La promesse de l'ombre

LINDA WINSTEAD JONES

La promesse de l'ombre

éditions Harlequin

Titre original : RAINTREE : HAUNTED

Traduction française de ROSELYNE AULIAC

Photos de couverture

Paysage : © GETTY IMAGES / NORDIC PHOTOS / ANDERS EKHOLM
Paysage orageux : © DOUGLAS E. WALKER / MASTERFILE
Paysage coucher de soleil : © ROYALTY FREE / VIVIANE ROCH

Conception graphique : VIVIANE ROCH

83/85, boulevard Vincent-Auriol 75646 PARIS CEDEX 13.
Service Lectrices — Tél. : 01 45 82 47 47

ISBN 978-2-2808-4648-6 — ISSN 1950-2753

Gideon

Je m'appelle Raintree. Plus qu'un patronyme ou qu'une mention sur un arbre généalogique, ce nom représente une particularité de mon ADN.

C'est une marque du destin.

La magie est un phénomène bien réel qui se manifeste tout autour de nous, les gens ne sont simplement pas assez attentifs pour s'en rendre compte. Moi, j'ai toujours été conscient de ce phénomène et ce pour une bonne raison : la magie coule dans mes veines. Mes ancêtres étaient considérés comme des magiciens, des enchanteurs ou des sorciers. Parfois même, comme des démons ou des diables. Ce n'est donc pas étonnant que ma famille ait décidé, il y a des années de cela, de dissimuler les pouvoirs surnaturels dont ses membres étaient dotés. J'ai bien dit *dissimuler* et non pas *enterrer*. En effet, posséder un don est une responsabilité qu'il faut assumer si on veut se simplifier la vie.

Tous les Raintree ont des pouvoirs, plus ou

moins importants, plus ou moins magiques. Le mien est lié à l'énergie électrique. Je sais tirer parti de l'électricité environnante. Je peux même provoquer une élévation de la tension électrique. Cela peut se montrer bien utile, mais j'ai aussi une fâcheuse tendance à faire exploser les ordinateurs ou les lampes fluorescentes. Enfin, ce sont de petits désagréments, car avec le temps j'ai appris à gérer mon pouvoir.

Mais, surtout, je sais parler aux fantômes. Ils sont une simple manifestation de l'énergie électrique que nous ne maîtrisons pas encore complètement. Et ce don s'avère très utile dans mon métier.

En effet, je suis Gideon Raintree, le seul inspecteur de police chargé des enquêtes criminelles à Wilmington, en Caroline du Nord.

Prologue

Dimanche — Minuit

Tabby éprouvait une poussée d'adrénaline si forte et si rapide qu'elle avait du mal à tenir en place. Même la montée des marches à vive allure jusqu'au troisième étage n'avait pas réussi à calmer son excitation. Elle fronça le nez avec dédain en observant la porte de l'appartement peinte en vert. La peinture était très écaillée, le bois avait gonflé et la plaque portant le numéro était de guingois. Comment un Raintree digne de ce nom pouvait-il vivre dans un pareil taudis ?

Cela faisait si longtemps qu'elle attendait cet instant. Depuis toujours, lui semblait-il parfois. Elle n'avait pas attendu patiemment, loin s'en faut, mais elle avait attendu. Tout devait être parfait, aussi la pression avait-elle été souvent très forte. Mais le moment fatidique était enfin arrivé. Elle fit passer la boîte de pizza dans sa main gauche avant de frapper de nouveau à la porte avec sa main droite, des coups plus forts et plus rapides. Elle fut prise d'un vertige de triomphe. Elle s'était spécialement entraînée pendant près d'une année pour cet instant précis, et l'heure avait enfin sonné.

— Qui est là ? demanda une femme visiblement agacée derrière la porte verte tout écaillée.

— Le livreur de pizza, répondit Tabby.

Elle écouta le bruit métallique de la chaîne de sécurité qu'on faisait glisser et le lourd cliquetis des maillons. Elle entendit un verrou tourner et enfin — oui, enfin — la poignée grincer, puis la porte s'ouvrit en grand.

Elle toisa rapidement la femme qui lui faisait face. Vingt-deux ans, un mètre soixante-cinq, des yeux verts et des cheveux roses coupés court. C'était bien elle.

— Il doit y avoir une erreur, à moins..., commença la femme à la chevelure rose.

Elle n'eut pas le temps de continuer. Tabby pénétra de force dans l'appartement, repoussant la jeune Raintree dans le salon miteux et claquant la porte derrière elle. Elle laissa tomber la boîte de pizza vide, révélant le couteau qu'elle tenait dans sa main gauche.

— Si tu cries, je te tue, lança-t-elle avant que Echo ait pu émettre un son.

Les yeux de la jeune femme s'agrandirent. Tabby

s'était attendue à ce que ce regard soit plus saisissant. Elle avait tant entendu parler du fameux regard des Raintree. Or, les yeux d'Echo n'avaient vraiment rien de spécial, leur couleur plutôt ordinaire tirant sur le bleu, le gris et le vert.

Il suffisait d'un seul coup, un coup enfoncé profondément, et le tour était joué. Mais Tabby avait attendu si longtemps, elle voulait faire durer le plaisir. Ce qu'elle aimait par-dessus tout c'était savourer la peur de ses victimes. Quand elle donnait libre cours à son pouvoir, la haine et l'horreur avaient un goût délicieux. Ces sensations terribles dont elle s'abreuvait la rendaient plus forte. A cet instant précis, elle se délectait de la terreur d'Echo et c'était un sentiment merveilleux. Cette peur la comblait physiquement et mentalement. Elle nourrissait son vertige.

— Je n'ai pas beaucoup d'argent, gémit Echo d'un ton pathétique.

Chaque seconde qui s'écoulait augmentait sa terreur.

— Tout ce que vous voulez…

— Tout ce que je veux, répéta Tabby en obligeant Echo à reculer jusqu'à ce que son dos heurte le mur.

Au sens littéral du terme. Ce qu'elle voulait à tout prix, c'était le pouvoir de cette fille. Son don de divination. Bien utilisé, il devait procurer une certaine puissance même si, à en juger par cet appartement miteux, Echo n'avait pas su tirer le meilleur parti de son talent. Quelle honte qu'un pouvoir aussi extraordinaire soit gâché par cette mauviette tremblant comme une feuille !

Parfois, Tabby rêvait que lorsqu'elle tuait, elle s'appropriait les pouvoirs de ses victimes. Cela aurait pu être possible, un prolongement de son propre don en quelque sorte, mais jusqu'à présent, elle n'y était pas parvenue. Un jour, quand elle aurait suffisamment renforcé son pouvoir, elle aurait recours à la magie noire pour atteindre la prochaine étape de sa propre évolution.

Dans son désir de voir le don de divination s'échapper de l'âme de cette Raintree pour pénétrer dans la sienne, elle posa la pointe de son couteau sur la gorge pâle et fine d'Echo et l'enfonça légèrement, provoquant une petite entaille. La fille haleta et sa terreur grandissante emplit l'air d'un parfum délicieux et puissant. Elle aurait pu passer toute la nuit à s'amuser avec Echo Raintree, mais Cael voulait que le travail soit exécuté de façon rapide et efficace. Il avait insisté plusieurs fois sur ce point lorsqu'il lui avait confié la mission. Elle n'était pas là pour s'amuser mais pour se comporter en soldat, en guerrier. Certes, elle aurait adoré rester un moment pour jouer avec la peur d'Echo, mais elle ne tenait pas à décevoir Cael.

Elle sourit et écarta très légèrement le couteau, une goutte de sang perlait sur la gorge pâle de la fille. Celle-ci parut un peu soulagée et Tabby lui laissa croire, l'espace d'un instant, qu'il ne s'agissait que d'un simple vol bientôt sur le point de s'achever.

Mais rien n'était terminé. Ce n'était que le début.

1

Lundi matin — 3 h 37

Quand le téléphone de Gideon sonnait au milieu de la nuit, cela signifiait que quelqu'un était mort.

— Raintree, grommela-t-il d'une voix ensommeillée.

— Désolé de te réveiller.

Surpris d'entendre la voix de son frère Dante, Gideon émergea aussitôt des brumes du sommeil.

— Que se passe-t-il ?

— Un incendie vient de se déclarer au casino. Ça pourrait être pire, ajouta Dante, devançant la question de Gideon. Mais comme ça a l'air assez grave, j'ai préféré te prévenir pour que tu ne l'apprennes pas par les infos du matin. Appelle Mercy dans deux heures et dis-lui que je vais bien. Je l'aurais fait moi-même mais je vais être débordé durant les prochains jours.

Gideon se redressa, tout à fait réveillé maintenant.

— Si tu as besoin de moi, n'hésite pas, je suis là.

— Non, merci. Il vaut mieux que tu ne prennes pas l'avion cette semaine ; de toute façon, à part ça, tout va bien. J'ai voulu t'appeler maintenant avant d'être plongé dans la paperasse jusqu'au cou.

Gideon passa ses doigts dans ses cheveux. Dehors, les vagues de l'Atlantique déferlaient avec fracas sur la plage. Il proposa de nouveau à son frère de se rendre à Reno pour lui donner un coup de main. Il pourrait y aller en voiture, si nécessaire. Mais après lui avoir affirmé une dernière fois que tout allait bien, Dante raccrocha.

Gideon mit l'alarme de son réveil sur 5 h 30. Il appellerait Mercy avant qu'elle ne démarre sa journée. Il fallait que l'incendie soit important pour que Dante ait la certitude qu'on en parlerait aux informations nationales.

Puis il se recoucha, dans l'espoir de se rendormir un peu. Il écouta le grondement de l'Océan et laissa son esprit vagabonder. Avec l'arrivée du solstice d'été dans moins d'une semaine, l'énergie électrique qui émanait de lui et qu'en temps normal il parvenait à maîtriser était devenue totalement incontrôlable. D'habitude, elle n'échappait à son contrôle qu'en présence d'un fantôme, lui-même doté d'une charge électrique. Il fallait qu'il se montre prudent. Il ferait peut-être mieux de prendre quelques jours de congé, d'adopter un profil bas et de rester éloigné du poste de police. Il en était là de ses réflexions lorsqu'il se rendormit.

Elle lui apparut sans crier gare, flottant à l'extrémité du lit et lui souriant, comme à son habitude. Cette nuit-là, elle portait une robe blanche toute simple qui retombait sur ses chevilles dénudées, sa longue chevelure brune flottant librement. Emma — c'est le prénom que, prétendait-elle, elle porterait un jour — lui apparaissait toujours sous les traits d'une enfant. Elle ne ressemblait en rien aux fantômes qui le hantaient habituellement. La fillette lui rendait visite uniquement pendant son sommeil et n'avait pas connu les épreuves de la vie. Elle n'avait aucun besoin de justice, n'éprouvait aucun chagrin et n'était pas tenaillée par le remords d'une action inachevée. Au lieu de cela, elle apportait avec elle la lumière et l'amour, ainsi qu'un sentiment de paix. Et, surtout, elle insistait pour l'appeler papa.

— Bonjour papa.

Il soupira et s'assit sur son lit. Sa première rencontre avec cet esprit si particulier remontait à trois mois, mais dernièrement ses visites s'étaient rapprochées. Elles devenaient aussi de plus en plus réelles. Qui sait ? Peut-être avait-il été son père dans une autre vie. En tout cas, une chose était sûre, il ne serait le père de personne dans cette vie-là.

— Bonjour, Emma.

L'esprit de la petite fille flotta jusqu'au pied du lit.

— Je suis tout excitée.

Elle se mit à rire et le son de sa voix parut curieusement familier à Gideon. Il aimait ce rire. Il faisait naître dans son cœur des sentiments étranges. Des sentiments qu'il s'empressa de refouler. Cette sensation de chaude familiarité ne signifiait rien. Absolument rien.

— Pourquoi es-tu aussi excitée ?

— Parce que je vais bientôt venir vers toi, papa.

Il ferma les yeux et soupira.

— Emma chérie, je te l'ai répété une centaine de fois, je n'ai pas l'intention d'avoir des enfants, alors cesse de m'appeler papa.

Elle se contenta de rire de nouveau.

— Ne sois pas stupide, papa. Tu m'as depuis toujours.

Emma avait en effet tout d'une Raintree : des yeux incroyablement expressifs, une chevelure sombre, et une peau couleur de miel. Mais il se gardait bien de croire tout ce qu'il voyait. Après tout, elle ne lui apparaissait qu'en rêve. Peut-être ferait-il mieux de cesser de manger des nachos avant d'aller se coucher.

— Désolé, ma chérie, mais pour faire un bébé il faut un papa et une maman. Or, comme je n'ai pas l'intention de me marier ni d'avoir des enfants, tu devras te choisir un autre papa.

Emma ne se troubla pas pour autant.

— Tu as toujours été têtu comme une mule. Puisque je te dis que j'arrive, papa ! Je viendrai vers toi dans un rayon de lune.

Il avait bien tenté de nouer des relations amoureuses, mais elles avaient toujours tourné court. Il avait tant de secrets à préserver. Comment y parviendrait-il en vivant avec une femme ? Il avait donc renoncé depuis longtemps à se marier et à fonder une famille. Il devait déjà rendre des comptes à son nouveau chef, à sa famille et à toute une kyrielle de fantômes. Il n'avait pas l'intention de se compliquer l'existence avec quelqu'un d'autre. Les femmes allaient et venaient dans sa vie, mais il s'arrangeait toujours pour que ce ne soit que des liaisons passagères.

C'était la responsabilité de Dante de perpétuer la lignée, pas la sienne. Gideon jeta un coup d'œil vers la commode où était déposé le tout dernier talisman contre la stérilité, prêt à être emballé et expédié. Une fois que Dante aurait des enfants, Gideon ne serait plus le prochain dans l'ordre de succession pour le titre de Dranir, le chef de famille des Raintree. Il ne pouvait rien imaginer de pire que d'être Dranir, sauf peut-être se marier et avoir des enfants.

Son frère aîné était très occupé en ce moment ; mieux valait attendre quelques jours avant de lui envoyer le talisman. Enfin, il allait y réfléchir.

— Sois prudent, lança Emma en se rapprochant un peu. Elle est très méchante, papa, crois-moi. Tu dois faire très attention.

— Cesse de m'appeler papa, riposta-t-il.

Après coup, il ajouta :

— Qui est très méchante ?

— Tu le sauras bientôt. Prends bien soin de mon rayon de lune, papa.

— Un rayon de lune, répéta-t-il doucement. Quel ramassis de…

— Ça ne fait que commencer, précisa Emma tandis que sa voix et sa silhouette s'évanouissait.

Quand l'alarme sonna, Gideon se réveilla en sursaut. Il détestait ce maudit rêve. Instinctivement, il regarda en direction de la commode où se trouvait le talisman contre la stérilité destiné à Dante puis, leva les yeux, un peu comme s'il s'attendait à voir Emma flotter dans la pièce. Les rêves aussi réalistes le mettaient toujours un peu mal à l'aise.

Il quitta son lit et laissa le rêve derrière lui, sentant son corps et son esprit s'éveiller à mesure qu'il s'avançait lentement vers la porte-fenêtre donnant sur une petite véranda privée. Il écarta les rideaux pour apercevoir l'Océan où il avait l'habitude de puiser sa force. Il lui semblait parfois que le rythme des vagues était à l'unisson des battements de son cœur, et l'Océan bouillonnait d'une énergie électrique si intense qu'il pouvait la sentir et la savourer.

Il devait appeler Mercy pour lui parler de l'incendie du casino, mais il s'en occuperait une fois qu'il aurait bu son café. Il redoutait de lui apprendre la nouvelle. Même si Dante allait bien, elle ne manquerait pas de se faire du souci pour lui.

Après son coup de fil, il se rendrait au bureau. Il était certain que Frank Stiles avait assassiné Johnny Ray Black, mais il n'en avait pas encore la preuve. Il la trouverait, il en était certain. Ensuite, il poserait quelques jours de congé, histoire de laisser passer le solstice d'été. Si tout était calme au poste de police, il pourrait emporter des dossiers à la maison et travailler à domicile.

Puis les dernières paroles d'Emma résonnèrent à ses oreilles, étonnamment réelles. « Ça ne fait que commencer. »

2

Lundi matin — 10 h 46

Le petit appartement avait été saccagé. Des débris de verre jonchaient la moquette d'un beige terne ; des livres et des bibelots soigneusement sélectionnés avaient été jetés à bas de l'étagère ; une boîte de pizza vide gisait sur le sol ; le canapé de cuir rouge qui trônait au milieu de la pièce portait une profonde entaille. Etait-ce le même couteau qui avait servi à éventrer le canapé et à tuer Sherry Bishop ? Il ne le savait pas. Du moins, pas encore.

Tandis que Gideon fixait le corps de Sherry, la femme postée derrière lui parlait d'une voix rapide et haut perchée.

— Je me suis dit que peut-être Echo avait décidé de rentrer plus tôt et qu'elle avait commandé une pizza sur son portable. Elle aime manger tard le soir, alors je ne me suis pas doutée… J'ai été stupide, grommela-t-elle. Ma mère me tuera quand elle apprendra que j'ai laissé entrer une cinglée dans l'appartement.

Il se tourna vers elle et l'observa. *Ma mère me tuera*… S'agissait-il d'une expression toute faite que Sherry Bishop avait employée des centaines de fois auparavant et qui lui était venue tout naturellement à l'esprit ? Ou bien n'avait-elle pas encore réalisé qu'elle était morte ?

Elle paraissait presque réelle, perchée sur la chaise derrière lui. Comme à son habitude, elle portait un jean moulant délavé et un T-shirt coupé court qui laissait voir son nombril orné d'un piercing. Sa coupe de cheveux était récente.

Echo avait découvert le corps un peu plus tôt dans la matinée, en rentrant d'un week-end à Charlotte. Elle avait aussitôt appelé Gideon au lieu de composer le numéro des pompiers. Tant pis pour sa semaine de congés. Il avait passé les coups de fil nécessaires depuis son portable, pendant qu'il se rendait sur les lieux du crime. Echo l'attendait dans l'entrée de l'appartement. Il avait fait de son mieux pour la réconforter, et empêché les agents de police de pénétrer sur le lieu du crime pour ne pas détruire d'éventuels indices. Les jeunes policiers se tenaient dans l'entrée, observant l'appartement d'un air curieux, tels des gamins à qui on aurait interdit l'accès à une confiserie. Avait-il un jour été aussi jeune qu'eux ?

Tous l'observaient mais cela ne le gênait pas. Il avait déjà la réputation d'être bizarre et c'était bien le cadet de ses soucis.

— Est-ce que vous le connaissiez ? demanda-t-il doucement.

— Si je *la* connaissais ? rectifia Sherry.

Une femme ? Il étudia de nouveau le corps puis la pagaie que l'agresseur avait laissée dans l'appartement.

Elle est très méchante, papa, crois-moi. Quand Emma lui était apparue en rêve, Sherry Bishop était morte depuis plusieurs heures. Non seulement morte, mais aussi mutilée. L'index de sa main droite avait disparu, probablement sectionné après sa mort à en juger par la faible quantité de sang répandu. Un morceau de cuir chevelu et une mèche de cheveux blonds et roses avaient également été prélevés avec soin. Il avait du mal à comprendre qu'une femme ait pu commettre un acte aussi horrible, mais désormais il savait que tout était possible.

— Vous la connaissiez ?

Le spectre secoua la tête en signe de dénégation. Elle semblait presque réelle, hormis le fait qu'elle manquait de consistance. C'était comme si elle avait été façonnée dans un épais pan de brume. Ses cheveux blonds et roses en mèches hirsutes, son jean et son T-shirt, sa carnation pâle. Elle semblait plutôt immatérielle.

— J'ai ouvert la porte, elle s'est précipitée à l'intérieur et m'a dit qu'elle ne me ferait pas de mal si je ne criais pas. Ensuite, elle m'a frappé à la nuque et…

Elle porta la main à sa gorge et regarda le corps derrière Gideon. Son propre corps.

— Cette ordure m'a tuée, n'est-ce pas ?

— Oui, effectivement. Tout ce que vous pourrez me dire sur elle me sera utile pour mener l'enquête.

Sherry regarda son corps et haleta.

— Elle m'a sectionné le doigt ? Comment je vais faire maintenant pour jouer de la batterie avec…

Le spectre s'affala sur le canapé.

— Oui, je sais, soupira-t-elle. Je suis morte.

— Inspecteur Raintree ?

Un des agents passait sa tête dans l'embrasure de la porte.

— Vous, euh, vous allez bien ?

Gideon leva la main sans regarder l'agent.

— Oui, ça va.

— Je vous ai, euh, entendu parler.

Cette fois, il lança un regard froid au jeune policier.

— Je parle tout seul. Prévenez-moi dès que les gars de l'identité judiciaire seront là.

Il entendit Echo se remettre à pleurer et les agents la réconforter. Sa cousine détournait leur attention pour lui permettre de travailler en paix, il le savait. Tout homme normalement constitué se serait précipité pour réconforter Echo Raintree.

Le fantôme de Sherry Bishop soupira de nouveau et sa silhouette se mit à frémir.

— Dites-moi, ils ne peuvent pas me voir ?

— Non, murmura Gideon.

— Mais vous, vous le pouvez ?

Il fit signe que oui.

— Comment ça se fait ?

Le sang. La génétique. Une malédiction. Un don. Les électrons. Comment lui expliquer ?

— Nous n'avons pas le temps de parler de moi.

Il ne savait pas combien de temps dureraient les liens de Sherry Bishop avec la terre. Peut-être encore quelques minutes, une heure, voire deux jours. Peut-être réclamerait-elle justice. Dans ce cas, elle errerait encore dans les parages jusqu'à ce que l'enquête soit close, mais il ne pouvait pas en être certain. Avec les fantômes, on n'était jamais sûr de rien. Ils étaient imprévisibles.

— Racontez-moi tout ce que vous savez sur la femme qui vous a agressée.

L'inspecteur Hope Malory grimpa quatre à quatre l'escalier du vieil immeuble, ralentissant le rythme tandis qu'elle approchait du troisième étage. Une demi-douzaine de policiers et une poignée de voisins s'entassaient sur le palier devant l'appartement de la victime, tâchant de voir à l'intérieur comme s'ils étaient au spectacle. Tous sauf une jeune fille de petite taille, avec des cheveux blonds striés de mèches d'un rose vif. Elle se tenait en arrière, et avait l'air terrifiée de ce qu'elle aurait pu voir à l'intérieur.

Tout en s'approchant, Hope prit une profonde inspiration et lissa sa veste bleu marine. Ce matin, comme d'habitude, elle avait revêtu son uniforme. Son pistolet était logé dans un étui attaché à sa ceinture et son badge était suspendu de façon bien visible autour de son cou.

Les seules concessions à sa féminité étaient un soupçon de maquillage et des talons de cinq centimètres. Elle voulait faire bonne impression pour son premier jour dans cette brigade. Mais d'après ce qu'elle savait, peu importait ce qu'elle pourrait dire ou faire, son nouveau coéquipier ne serait pas du tout ravi de la voir.

Elle se fraya un chemin dans l'entrée parmi un groupe de policiers. L'un d'entre eux lui murmura :

— Vous ne pouvez pas entrer.

Elle s'arrêta donc un instant à la porte pour regarder travailler Gideon Raintree.

Lorsqu'elle avait reçu sa nouvelle affectation, elle avait soigneusement étudié son dossier. L'homme n'était pas seulement un bon policier, il avait un taux d'élucidations époustouflant. En cet instant précis, il était accroupi, examinant le corps de la victime et se parlant à lui-même à voix basse. Derrière lui, une lampe posée sur un guéridon dirigeait curieusement son faisceau lumineux sur son corps ramassé, comme s'il était pris sous les feux d'un projecteur. Les stores étaient baissés, aussi la pièce était-elle plongée dans une quasi-pénombre. Tout était dans l'état où il l'avait trouvé, elle le savait.

La photo d'identité dans le dossier de Gideon ne lui rendait pas justice. Elle pouvait en juger de l'endroit où elle se tenait, même si elle ne distinguait pas clairement son visage. Il était très beau avec un corps superbe – le costume parfaitement taillé ne parvenait pas à le dissimuler – et le fait qu'il ait besoin d'une coupe de cheveux n'enlevait rien à son charme. Elle avait toujours eu un faible pour les hommes à la chevelure plutôt longue. Or, les cheveux très sombres et légèrement ondulés de Raintree retombaient souplement sur son col. Malgré ses efforts visibles pour s'habiller de façon classique, il n'aurait jamais l'air tout à fait conventionnel.

Le costume qu'il portait valait une petite fortune, et ce n'était certainement pas son salaire de policier qui lui avait permis de se l'offrir, à moins de se nourrir de pommes de terre à l'eau durant toute une année. Il était gris foncé, tombait impeccablement et devait être infroissable. Ses chaussures avaient également dû coûter cher à en juger par la qualité du cuir. Il portait une moustache et un bouc soigneusement taillés à la dernière mode, qui donnaient un petit air de malice à son personnage. N'eût été le revolver et le badge, il n'avait pas du tout l'air d'un policier.

Elle s'avança dans la pièce malgré l'avertissement du policier derrière elle. Raintree releva vivement la tête.

— Je vous ai dit…, commença-t-il.

Mais il s'arrêta net. Il fixa sur elle son regard d'un vert intense, à la fois surpris et intelligent et, pour la première fois, elle put enfin observer à loisir le visage de Gideon Raintree.

De près, il était tout simplement magnifique. Jamais elle n'avait vu un homme aussi beau. Des pommettes et des cils pareils, cela devrait être interdit ! Sans parler de cette façon qu'il avait de vous dévisager en plissant les yeux…

L'ampoule de la lampe derrière lui explosa.

— Désolé, dit-il, comme s'il y était pour quelque chose. Je ne suis pas encore prêt à laisser la place à l'identité judiciaire. Laissez-moi quelques minutes et vous aurez le champ libre.

Son ton était hautain et quelque peu énervé.

— Je ne fais pas partie de l'identité judiciaire, riposta Hope en faisant prudemment un pas en avant.

Il releva brusquement la tête et la dévisagea de nouveau, moins poliment cette fois.

— Dans ce cas, sortez.

Elle ne bougea pas d'un pouce. En temps normal, elle se serait avancée et lui aurait tendu la main pour une présentation en règle, mais Raintree portait des gants blancs, aussi renonça-t-elle à cette idée. La ferme poignée de main qu'elle avait l'habitude d'échanger avec ses collègues masculins attendrait.

— Je suis l'inspecteur Hope Malory, votre nouvelle coéquipière, se contenta-t-elle de lâcher.

Il répondit sans l'ombre d'une hésitation et d'un ton assuré :

— Mon coéquipier a pris sa retraite il y a cinq mois, et je n'ai besoin de personne d'autre. Ne touchez à rien en sortant.

Gideon Raintree venait purement et simplement de la congédier. Il reporta aussitôt son attention sur le corps allongé sur le sol, même s'il ne disposait plus que d'un faible éclairage pour l'étudier. Le plafonnier diffusait une lumière chiche, mais elle avait l'air de lui convenir. Hope s'était efforcée de ne pas regarder le cadavre mais comme elle était décidée à rester, elle s'obligea à examiner la scène du crime. A l'instar de la femme sur le palier, les cheveux de la victime étaient un mélange de blond pâle et de rose vif. Elle était vêtue d'un jean usé et d'un T-shirt blanc à l'origine, avec une publicité pour un festival de musique local. Elle portait quatre anneaux dorés à une oreille et un seul à l'autre oreille, ainsi que cinq bagues — or et argent — sur ses doigts effilés. Sur les neufs doigts. Hope sentit son estomac se soulever. Un doigt avait été sectionné et il y avait une horrible blessure sanguinolente au sommet du crâne de la victime, comme si on avait tenté de la scalper.

La même personne qui lui avait tranché la gorge.

Elle prit une profonde inspiration pour tenter de se calmer. Ce ne fut pas une très bonne idée. La mort n'était pas belle à voir, et elle ne sentait pas bon non plus. Certes, elle avait déjà vu des cadavres auparavant. Mais ils n'étaient pas aussi récents ni aussi mutilés que celui-ci. Il était impossible de ne pas être bouleversé par ce spectacle.

Raintree soupira.

— Vous n'avez pas l'intention de partir, n'est-ce pas ?

Elle lui fit signe que non et tenta de se couvrir le nez et la bouche avec la main d'un geste naturel.

— Bien, enchaîna sèchement Raintree. Sherry

Bishop, vingt-deux ans. Elle était célibataire et n'entretenait aucune liaison sérieuse au moment du meurtre. Elle n'avait pas beaucoup d'argent, il est donc probable que le vol ne constitue pas le mobile. Elle jouait de la batterie dans un orchestre local et travaillait comme serveuse dans une cafétéria pour arrondir ses fins de mois.

— Si elle jouait dans un orchestre, il se peut qu'un déséquilibré ait fait une fixation sur elle, suggéra Hope.

Raintree, qui était toujours accroupi près du corps, secoua négativement la tête.

— Elle a été tuée par une femme, une gauchère avec de longs cheveux blonds.

— Comment avez-vous pu réunir toutes ces informations en l'espace de, mettons, vingt minutes ?

— Quinze.

Il se releva lentement.

Il mesurait plus d'un mètre quatre-vingts — un mètre quatre-vingt-six précisément, comme l'indiquait son dossier — aussi dut-elle tendre le cou pour le regarder dans les yeux. Sa peau était d'une couleur chaude, sans doute le résultat d'une vie au grand air, et, de près, le vert de son regard était tout à fait remarquable. Le bouc et la moustache lui donnaient une apparence quelque peu diabolique, ce qui lui seyait bien, tout compte fait. Lorsque ses yeux étaient plissés par l'attention, comme maintenant, il avait l'air très dur, comme s'il était aussi dénué de pitié que les meurtriers qu'ils poursuivaient. Soudain intimidée, elle détourna son regard et le fixa sur sa cravate de soie bleue.

— D'après l'angle de la blessure, la meurtrière tenait le couteau dans sa main gauche, expliqua-t-il. Le médecin légiste ne manquera pas de le confirmer, j'en suis certain.

D'après ce qu'elle savait, Gideon Raintree était toujours sûr de lui. Et il avait toujours raison.

— Vous avez dit *la meurtrière*. Comment savez-vous qu'il s'agit d'une femme ?

Il hocha la tête.

— Il y a un seul cheveu blond et long sur les vêtements de la victime. Des cheveux de cette longueur chez un homme, c'est possible mais peu probable. Encore une fois, le médecin légiste le confirmera.

Bon, d'accord. Il était observateur. Il avait de l'expérience. C'était un bon flic.

— Comment pouvez-vous connaître les détails intimes de sa vie ? demanda Hope. Jouer de la batterie. Aucune liaison sérieuse. Serveuse dans une cafétéria.

Elle balaya la pièce du regard en quête d'indices et n'en trouva pas.

— Sherry Bishop était la colocataire de ma cousine Echo.

Elle hocha la tête. Elle s'efforçait de rester naturelle mais l'odeur lui donnait la nausée.

Raintree fixa sur elle son regard étrange.

— C'est votre premier homicide, n'est-ce pas ?

Elle fit signe que oui.

— Si vous avez envie de vomir, faites-le dans l'entrée. Je ne veux pas que vous veniez salir mon lieu du crime.

Quelle prévenance !

— Rassurez-vous, je ne vais pas salir votre lieu du crime.

— Bien. Si vous tenez à rester dans les parages, interrogez les voisins et vérifiez s'ils ont entendu quelque chose la nuit dernière ou tôt ce matin.

Volontiers. Elle acquiesça d'un signe de tête puis se retourna pour fuir la pièce, laissant Gideon seul avec la victime. Elle aurait parié qu'il était plus à l'aise avec la jeune morte qu'avec elle.

Sa nouvelle coéquipière était absorbée par les interrogatoires d'un voisinage curieux, et les spécialistes de l'identité judiciaire passaient au peigne fin l'appartement. Gideon put donc enfin prendre une pause et s'assit auprès d'Echo sur les marches conduisant au quatrième étage.

— Elle est là ? demanda doucement Echo.

Pour l'instant, personne ne leur prêtait attention. Mais il savait que cela ne durerait pas.

— Oui, elle est assise derrière nous.

Tout en sachant pertinemment qu'elle ne la verrait pas, Echo jeta un coup d'œil par-dessus son épaule sur les marches vides.

— Désolée, j'aurais dû m'en douter.

Comme Sherry, Echo avait tout juste vingt-deux ans. Elle avait un talent fou — en tant que guitariste et devineresse — mais elle maîtrisait peu, voire pas du tout, son don de divination. Dire d'Echo qu'elle était voyante n'était pas tout à fait exact. Elle était incapable de dire où une personne avait laissé son portefeuille ou si elle allait se marier l'année prochaine. En revanche elle voyait les catastrophes. Elle rêvait d'inondations et de tremblements de terre, et ses cauchemars se révélaient prémonitoires.

Gideon avait parfois des prémonitions mais, en ce qui le concernait, on ne pouvait pas parler de don. Son instinct était légèrement plus développé que la normale. S'il ne rêvait pas de catastrophes, il les ressentait comme s'il y était — présent, mais incapable d'intervenir pour stopper ce qui était en train de se produire. Par comparaison avec le pouvoir d'Echo, le sien — parler aux morts — était une partie de plaisir.

— Elle n'a pas souffert, affirma Gideon en passant

son bras autour des épaules d'Echo. Elle ne s'est même pas rendu compte de ce qui lui arrivait.

— Foutaises, marmonna Sherry d'un ton acerbe. Ça m'a fait un mal de chien.

Heureusement, personne d'autre que lui ne l'entendit.

— Pourquoi a-t-on voulu tuer Sherry ? demanda Echo.

Elle continuait de pleurer mais plus doucement maintenant. Des larmes régulières, comme apaisées.

— Tout le monde l'aimait.

— Je ne sais pas.

Quelque chose le tracassait. Sherry n'avait pas reconnu sa meurtrière. Elle n'avait jamais pensé que sa vie était menacée. Il n'existait aucune raison logique qui expliquât sa mort, encore moins la sauvagerie avec laquelle on l'avait mutilée. Dans toutes les affaires dont il s'était occupé depuis qu'il était à Wilmington, et cela faisait maintenant quatre ans, les victimes connaissaient leur assassin. La plupart du temps, la drogue était le mobile du crime mais parfois il s'agissait de crimes passionnels, plus rarement d'un meurtre commis par un étranger. A de rares exceptions près, un lien personnel unissait la victime et l'assassin.

Il ne voulait pas effrayer sa cousine, mais il y avait une possibilité qu'il ne pouvait pas négliger.

— Est-ce que dernièrement tu as eu des visions qui auraient pu te mettre en danger ?

Echo comprit immédiatement où voulait en venir Gideon.

— Tu crois que l'assassin de Sherry en avait après *moi* ?

— Quelle gourde ! marmonna doucement Sherry. Je n'aurais jamais dû me teindre les cheveux en blond et rose comme Echo. On pensait que ce serait chouette pour l'orchestre, vous comprenez ? Un signe de reconnaissance. Un… un truc… (Elle fit la moue). Enfin, je pensais que ce serait rigolo.

— Ce n'est qu'une hypothèse, précisa doucement Gideon. Ecoute, comme tu ne peux plus rester ici, je veux que tu te trouves un endroit tranquille où loger et que tu y restes jusqu'à ce que l'affaire soit résolue. Où sont tes parents ?

— A Saint Moritz.

Evidemment.

— Je ne veux pas que tu ailles si loin.

De toute façon, les parents d'Echo n'étaient d'aucun secours en cas de crise.

— Tu peux rester chez moi quelques jours.

Echo soupira et appuya sa tête au creux de ses mains.

— On a un concert la semaine prochaine, je suis tranquille jusque-là. Je peux appeler la cafétéria pour leur dire que je ne viendrai pas travailler cette semaine, ensuite j'irai à Charlotte et je resterai chez Dewey jusqu'à vendredi.

Dewey. Parfait. Ce type était un saxophoniste maigrichon, à l'air niais et amoureux d'Echo, même si, selon elle, ils étaient juste de bons copains. Tout compte fait, il valait mieux qu'elle passe quelques jours chez Dewey plutôt que de rester dans les parages au cas où ce serait effectivement elle la cible de l'assassin et non Sherry.

— Appelle-moi avant de revenir à Wilmington. Il se peut que tu doives annuler ton concert.

A son grand étonnement, Echo ne protesta pas.

— On ferait peut-être mieux de tout annuler. On ne trouvera jamais quelqu'un comme Sherry pour la remplacer à la batterie. Et même si c'était le cas, ce ne serait plus pareil.

Gideon ne voyait pas souvent Echo. Il avait douze ans de plus qu'elle, et ils n'avaient aucun point commun. En fait, cette petite cousine était un peu trop excentrique à son goût. Non pas qu'il se soit toujours comporté comme un saint. Néanmoins, elle faisait partie de la famille et il s'assurait de temps à autre qu'elle allait bien. A deux reprises, il était même allé la voir jouer dans un club enfumé. Il avait trouvé la musique trop bruyante et trop agressive, mais les filles avaient l'air de passer un bon moment.

Elle avait raison. Plus rien ne serait comme avant.

— Tu as l'air crevée.

Echo haussa ses minces épaules.

— Je suis censée travailler cet après-midi — tu sais, à la cafétéria —, c'est pourquoi j'ai préféré rester éveillée la nuit plutôt que de rentrer en voiture dans la soirée ou d'essayer de me lever de bonne heure ce matin pour revenir ici. Tu sais combien je déteste me lever tôt.

— Oui, je sais.

— J'ai préféré ne pas dormir et conduire pour avoir le temps de manger un morceau avant de…

Sa voix se brisa.

— Je suppose que je devrais appeler Mark pour lui dire que je ne viendrai pas aujourd'hui, et que Sherry ne… Enfin, tu me comprends.

Elle ne parvenait pas à prononcer ces mots terribles. Sherry ne viendrait plus travailler. Plus jamais.

Il prit la clé de sa maison dans sa poche et la tendit à Echo.

— Va dormir quelques heures chez moi avant d'aller à Charlotte. Tu n'es pas en état de conduire.

Elle acquiesça d'un signe de tête et glissa la clé dans sa poche.

— Laisse ton portable branché, ajouta-t-il.

Les Raintree ne faisaient pas étalage de leurs dons,

mais il se pouvait que quelqu'un ait découvert celui d'Echo et qu'il ait voulu la réduire au silence. A cause de quelque chose qu'elle avait vu ou qu'elle aurait pu voir ? Et pourquoi avait-on prélevé un doigt et un morceau de cuir chevelu ? Compte tenu de ces deux éléments, l'affaire sortait de l'ordinaire et n'avait rien à voir avec les dossiers qu'il avait eu à traiter jusqu'à présent. Mais cela ne l'avançait pas pour autant. Il n'avait que des questions. Des théories. Et encore plus de questions.

Quand il descendit les quelques marches, Sherry Bishop le suivit.

— Vous allez découvrir qui m'a fait ça, dites ? demanda-t-elle.

— Je vais essayer.

— C'est tellement injuste. Vous savez, j'avais fait des projets pour ma vie. Des tas de projets. D'ailleurs, j'aurais bien aimé que vous m'invitiez à sortir un jour. Evidemment, vous êtes plus âgé que moi et tout ça, mais n'empêche, vous êtes vraiment sexy.

— Eh bien, merci, marmonna Gideon.

Sherry poussa un gémissement.

— Dire que je n'ai même pas eu le temps d'étrenner mes nouvelles bottes ! Elles étaient vraiment chouettes, et je les avais eues en promo. (Elle soupira). Quelle poisse ! Dites à Echo que je les lui donne.

— Je lui dirai.

Il s'arrêta en bas des marches et observa sa nouvelle collègue. Elle était en train d'interroger une vieille femme aux cheveux grisonnants et crêpelés. Il aimait travailler seul. Il pouvait ainsi parler plus facilement avec les victimes. Son dernier coéquipier avait finalement décidé de croire que Gideon se parlait à lui-même et qu'il avait régulièrement de bons pressentiments. Mais Hope Malory ne semblait pas du genre à s'en laisser conter. Elle ne paraissait pas du tout disposée à accepter ce qu'elle ne comprenait pas.

Il appréciait les femmes. Certes, il n'avait aucune intention de se marier ni même de se lancer dans une liaison amoureuse sérieuse, mais il ne menait pas pour autant une vie de moine. La plupart des femmes étaient séduisantes à leur manière. Toutes avaient au moins une particularité qui attirait et retenait l'attention d'un homme pendant un certain temps. Mais Hope Malory était beaucoup plus que séduisante, elle était belle. Une chevelure sombre, épaisse et soyeuse, coupée à la hauteur du menton, encadrait son visage. Elle possédait une carnation laiteuse et sans défaut, des yeux sereins d'un bleu sombre et des lèvres charnues et rosées, qui semblaient faites pour les baisers. Grande, élancée, avec de longues jambes et des rondeurs au bon endroit, elle était extrêmement féminine.

Un visage d'ange sur un corps de rêve en somme. Qui plus est, elle avait une façon de porter son revolver qui montrait qu'elle savait s'en servir. Tout cela faisait-il d'elle une femme parfaite ?

Il sentit un courant électrique traverser son corps. Les lumières de l'entrée clignotèrent, provoquant l'étonnement des personnes encore présentes et qui levèrent la tête à l'unisson. Au moins, cette fois-ci, aucune lampe n'avait explosé.

— Vous allez l'avoir, dites ? insista Sherry Bishop.

Il ne pouvait détacher son regard d'Hope Malory qui prenait rapidement quelques notes tout en continuant à interroger la voisine.

— L'avoir ? Pour l'instant, je n'ai pas l'intention de m'occuper d'elle. Je reconnais qu'elle est plutôt canon mais ce n'est pas mon type, et j'ai pour principe de ne jamais mélanger le boulot et le plaisir.

— Ma parole, Raintree, vous êtes un obsédé sexuel ! gronda Sherry. Je ne vous parle pas de votre nouvelle coéquipière mais de ma meurtrière !

Sans cesser de fixer Hope, il répondit :

— Je vais faire mon possible.

— Echo dit que vous êtes le meilleur, ajouta Sherry d'un ton radouci.

— Vraiment ?

Hope Malory jeta un coup d'œil dans sa direction,

l'espace d'un instant, leurs regards se croisèrent et elle reporta précipitamment son attention sur la vieille dame.

— Ouais, et vous avez intérêt à vous dépêcher.

Il se retourna pour regarder Sherry Bishop. Elle s'était considérablement amenuisée depuis qu'ils avaient quitté l'appartement. Bientôt elle s'éloignerait et irait rejoindre sa demeure où elle serait en paix. C'est ainsi que cela devait se passer, mais après son départ, il aurait beaucoup plus de mal à communiquer avec elle. Peut-être y arriverait-il, mais rien n'était moins sûr.

Hope s'avança vers lui d'un pas souple, et il ne put s'empêcher d'admirer sa grâce et son assurance. Les notes qu'elle avait prises devaient être complètes, il en était certain.

— Rien, avoua-t-elle en arrivant à sa hauteur. Mme Tarleton, qui habite juste à côté, est pratiquement sourde. L'autre voisin était sorti et n'est rentré que tôt ce matin. Personne n'a rien entendu. Tout le monde aimait la victime et votre cousine, même si elles étaient, selon les dires de Mme Tarleton, jeunes et plutôt excentriques.

Elle regarda en direction de l'escalier derrière Gideon.

— Je devrais peut-être interroger votre cousine.

— Non.

Elle le fixa droit dans les yeux et haussa légèrement les sourcils.

— Vraiment ?

— J'ai déjà parlé à Echo.

— Compte tenu de votre lien de parenté avec elle, vous risquez de ne pas être objectif. Qui plus est, vous êtes un homme.

— De la façon dont vous le dites, ce n'est pas un bon point pour moi.

— C'est possible. Le fait est qu'elle pourrait me raconter des choses qu'elle ne vous dirait pas à vous.

— J'en doute.

La jeune femme lui jeta un regard franchement hostile.

— Est-ce qu'on ne devrait pas vous dessaisir de cette affaire ? Après tout, vous avez un lien personnel dans cette histoire.

— Je n'ai rencontré Sherry Bishop qu'une seule fois. Peut-être deux. Il n'y a aucune raison…

— Je ne parlais pas de votre lien avec la victime, Raintree. Jusqu'à preuve du contraire, votre cousine est sur la liste des suspects.

— Echo ne ferait pas de mal à une mouche.

— Mais dites-lui que ce n'est pas elle, Gideon ! s'insurgea Sherry d'un ton irrité. Comment oset-elle insinuer qu'Echo ait pu me faire une chose pareille ?

— Vous n'êtes pas objectif, insista Hope.

Gideon fit de son mieux pour ignorer les commentaires acerbes de Sherry.

— Nous commencerons par vérifier l'alibi de ma cousine, si ça peut vous rassurer. Une fois qu'elle sera éliminée de la liste des suspects, peut-être me laisserez-vous faire mon boulot.

— Vous n'avez aucune raison de vous montrer aussi chatouilleux.

Gideon se pencha légèrement vers elle et baissa la voix.

— Inspecteur Malory, si vous êtes déterminée à être ma nouvelle coéquipière, je suppose que je ne peux pas y faire grand-chose. Du moins, pas pour l'instant. Mais accordez-moi une faveur : conduisez-vous en policier digne de ce nom, et non comme une petite fille.

Les narines de Hope frémirent de colère. Il avait touché la corde sensible.

— Je ne suis pas une *fille*, Raintree, vous…

— « Chatouilleux », ironisa-t-il. C'est un mot qu'aucun homme qui se respecte n'emploierait par ici.

— Soit, rétorqua-t-elle d'un ton plus glacial que nécessaire. A l'avenir je grognerai et je me gratterai les fesses, comme ça je serai digne de vous.

Sherry fit la grimace.

— Je parie que cette nana ne se gratte jamais le derrière.

A vrai dire, peut importait ce que Hope Malory dirait ou ferait, Gideon le savait. Elle n'allait pas se laisser oublier si facilement. Qu'il le veuille ou non, elle était bel et bien là et elle y resterait jusqu'à ce qu'il trouve un moyen de se débarrasser d'elle. Certes, elle était superbe, mais Wilmington ne manquait pas de jolies filles, qui ne se feraient pas prier pour atterrir dans son lit…

Il n'avait pas besoin de coéquipière. Surtout, il n'en voulait pas, cela ne marcherait jamais. Et, au bout du compte, quelle importance ?

Hope Malory ne ferait pas long feu.

3

Lundi — 14 h 50

— Si on allait déjeuner ?

Gideon jeta un rapide coup d'œil à sa nouvelle coéquipière tout en négociant un virage. Le vent ébouriffait les cheveux lisses et impeccablement coupés de Hope. Il aurait pu remonter la capote de la voiture, se disait-il. Mais encore une fois, pourquoi lui faciliter les choses ? Elle avait insisté pour le suivre, et il avait tenu à conduire. Elle n'apprécierait pas du tout ce qui risquait d'arriver à sa nouvelle voiture bourrée d'électronique s'il s'en approchait trop près au moment où ses flux électriques étaient incontrôlables.

— Je pensais que vous vouliez interroger le patron de ce club, cria-t-elle pour dominer le bruit du vent.

— Il ne sera pas là avant quatre heures ou plus.

Ils avaient déjà rencontré Mark Nelson, le gérant de la cafétéria où Sherry et Echo avaient travaillé au cours des sept derniers mois. Ils n'avaient rien appris d'intéressant mais Gideon voulait retourner là-bas ce soir. L'assassin y serait peut-être, pour guetter les réactions suscitées par la mort de Sherry Bishop.

— Bon, d'accord, acquiesça Hope à contrecœur. Je suppose que je pourrai avaler quelque chose.

Son manque d'enthousiasme était évident mais, Gideon le devinait, elle n'admettrait jamais que la vue du cadavre lui avait coupé l'appétit.

Il tourna dans plusieurs rues étroites du centre-ville et se gara devant chez Mama Tanya's Café. L'heure de pointe était passée, aussi le parking recouvert de gravier était-il pratiquement désert.

— Où sommes-nous, Raintree ? demanda-t-elle d'un air soupçonneux, en examinant le petit cube de béton peu engageant, aux murs décrépis et dépourvu de fenêtre.

— Chez Mama Tanya, précisa-t-il en ouvrant sa portière et en descendant de voiture. Elle prépare la meilleure cuisine soul de la ville.

Elle le suivit, ses talons crissant sur le gravier.

— Si vous avez l'intention de vous débarrasser de moi…

Il ne releva pas et pénétra dans le restaurant faiblement éclairé. Il ne plaisantait pas en disant qu'on y mangeait la meilleure cuisine traditionnelle des Noirs du Sud. C'était aussi un endroit agréable et bien fréquenté. Même les fantômes qui erraient par ici étaient heureux.

— Inspecteur Raintree !

Tanya en personne l'accueillit avec un grand sourire qui creusa les rides de son visage serein.

— Comme d'habitude ?

— Oui, merci.

Il s'installa à sa table préférée.

Tanya regarda Hope en haussant légèrement les sourcils.

— Et pour la jeune dame ?

— Juste une salade. La vinaigrette à part.

La commande fut accueillie dans un silence surpris. Gideon se tourna vers Tanya pendant que Hope prenait place.

— Apportez-lui la même chose que moi.

Elle voulut discuter mais se ravisa.

— Et si je n'aime pas ce que vous avez commandé ? demanda-t-elle quand Tanya se fut éloignée.

— Vous aimerez.

C'était la première fois de la journée qu'ils se retrouvaient seuls dans un endroit tranquille, et il profita de l'occasion pour examiner Hope d'un œil plus critique. Le trajet en décapotable avait ébouriffé ses cheveux, mais elle s'était contentée de les peigner avec ses doigts et ne s'était pas précipitée aux toilettes pour se refaire une beauté. Ses joues étaient rosies par la course et ses yeux brillaient. Certes, elle était intransigeante et casse-pieds. Mais Dieu, qu'elle était superbe !

— Alors, que faites-vous ici ? demanda-t-il.

— Je voulais juste une salade, fit-elle remarquer d'une voix douce.

— A Wilmington, précisa-t-il. La brigade n'est pas très importante. Je connais les inspecteurs des autres divisions ainsi que les agents de police. Or, je ne vous ai jamais vue par ici. Comment avez-vous décroché cette affectation temporaire et pour le moins inopportune ?

Elle ne mordit pas à l'hameçon.

— Auparavant, j'étais en poste à Raleigh. J'ai travaillé à la brigade des mœurs ces deux dernières années.

Il parut surpris. Elle avait l'air trop jeune pour être inspecteur de police depuis deux ans.

— Quel âge avez-vous ?

Elle ne se formalisa pas, comme certaines femmes n'auraient pas manqué de le faire.

— Vingt-neuf ans.

Elle avait vite gravi les échelons. Ambitieuse, intelligente, peut-être même un peu cupide.

— Pourquoi ce changement d'affectation ?

— Ma mère habite à Wilmington. Elle a besoin

de quelqu'un auprès d'elle, alors j'ai décidé qu'il était temps de rentrer au bercail.

— Elle est malade ?

— Non.

Hope hésita, visiblement mal à l'aise par la tournure personnelle que prenait la conversation.

— Elle a fait une chute l'an dernier. Rien de sérieux. Elle s'est foulé la cheville et a boité une quinzaine de jours.

— Mais vous vous êtes inquiétée, remarqua-t-il.

Bien sûr qu'elle s'était fait du souci. Elle était si sérieuse, attentionnée et dévouée. S'il était arrivé quelque chose à sa mère, elle se serait forcément sentie responsable. Voilà pourquoi elle était là.

— Oui, admit-elle, c'est vrai. Si nous parlions de vous ? enchaîna-t-elle aussitôt, manifestement désireuse de changer de sujet. Vous avez de la famille ici ? A part Echo, je veux dire.

Les personnes trop curieuses le rendaient nerveux. Pourquoi le questionnait-elle sur sa famille ? Evidemment, c'était lui qui avait donné un tour personnel à la conversation, et elle renversait les rôles, c'était de bonne guerre.

— J'ai une sœur et une nièce qui habitent dans l'ouest de l'Etat, à quelques heures d'ici, un frère dans le Nevada et des cousins dispersés aux quatre points cardinaux.

Sa remarque finale lui arracha un petit sourire. Bon. Après tout, elle n'était peut-être pas aussi sérieuse qu'il y paraissait.

— Et vos parents, que font-ils ?

— Ils sont morts.

Le sourire de la jeune femme s'effaça aussitôt.

— Désolée.

— Ils ont été assassinés quand j'avais dix-sept ans, ajouta-t-il sans émotion apparente. Vous voulez savoir autre chose ?

— Je ne voulais pas me montrer indiscrète.

Bien sûr que non, mais sa question abrupte avait mis un terme à la conversation, comme il l'avait espéré. Si elle s'en donnait la peine, sa séduisante coéquipière était capable de bouleverser sa vie. Une perspective qui lui faisait froid dans le dos.

Tanya posa sur la table deux assiettes remplies à ras bord et deux verres de thé glacé.

— Raintree, murmura Hope, après le départ de Tanya : ormis les navets, tout le reste est frit.

— Exact, admit-il tout en piochant dans son assiette. C'est délicieux.

Chacun se concentra sur la nourriture. Hope eut d'abord l'air quelque peu réticente sur le contenu de son assiette, mais elle se détendit après quelques bouchées et fit honneur au repas. Gideon appréciait ce silence mais, en même temps, il le rendait nerveux car il contenait une part de bien-être.

Il n'avait besoin de personne pour accomplir son travail et ne voulait pas de coéquipier. Il avait toléré Léon pendant trois ans et demi, et à la fin ils avaient fini par former une bonne équipe. Il élucidait les meurtres pendant que Léon s'occupait de la paperasse et racontait des blagues à longueur de temps. A la fin de la journée, l'un et l'autre paraissaient satisfaits et tout le monde était ravi. Hope Malory serait-elle aussi conciliante que Léon ? Rien n'était moins sûr.

— Je crois qu'elle a déjà tué auparavant, précisa une voix douce.

Gideon se retourna vers la table inoccupée derrière lui. En fait, elle l'avait été — jusqu'à l'arrivée de Sherry Bishop. Sa silhouette était plus éthérée que dans l'appartement, mais c'était bien elle.

— Quoi ? demanda-t-il doucement.

— Raintree, commença Hope, vous...

Il leva la main pour la faire taire sans quitter un instant Sherry des yeux.

— La femme qui m'a tuée, affirma le fantôme. Elle n'était pas du tout effrayée ni même nerveuse, mais simplement anxieuse. Tendue, comme Echo et moi l'étions toujours avant un concert. A mon avis, elle a aimé ça. Elle a pris du plaisir à me tuer.

— Raintree, répéta Hope d'un ton plus sec.

Il leva de nouveau la main, un doigt dressé pour lui faire signe de garder le silence.

— Si vous refaites ce geste, je vous brise le doigt !

Sherry Bishop se volatilisa, et il se retrouva face à l'inspecteur Malory, l'air furieux et déconcerté.

— Désolé, s'excusa-t-il, j'étais en train de réfléchir.

— Vous avez une curieuse façon de *réfléchir*.

— On me l'a déjà dit.

L'expression de Hope se modifia de façon subtile. Son regard s'adoucit, ses lèvres se gonflèrent et ses traits exprimèrent un sentiment pire que la colère : la curiosité.

— De toute évidence, ça vous réussit, remarqua-t-elle. Comment faites-vous ?

— Pour réfléchir ?

Il avait compris le sens de sa question mais ne tenait pas à y répondre.

— Je n'ai jamais connu aucun policier avec des états de service comme les vôtres. Hormis cette affaire qui remonte à l'an dernier, vous avez un taux de réussite exceptionnel.

— Je sais que Stiles est coupable, mais je n'ai pas réussi à le prouver. Pas encore.

— Comment vous y prenez-vous ? insista-t-elle.

Il aurait pu se contenter de lui répondre qu'il était comme tout le monde : il remarquait les petits détails qui échappaient aux autres ; il avait un flair exceptionnel ; il étudiait les scénarios habituels ; il aspirait à résoudre toutes les affaires. C'était l'entière vérité, mais la vraie raison de son parcours presque sans faute était tout autre.

— Je parle aux morts.

La réaction de Hope fut immédiate et on ne peut plus prévisible. Elle se mit à rire aux éclats. Ce rire transforma son visage. Ses yeux étincelèrent ; ses joues se colorèrent ; les commissures de ses lèvres se retroussèrent. Gideon fut frappé de se sentir aussi à l'aise avec elle. Ce rire lui était délicieusement familier. Il aurait pu s'y habituer… mais il ne pouvait pas se le permettre.

Hope ralentit en passant devant la maison de Raintree, et sa vue ne fit qu'attiser ses soupçons. La bâtisse de trois étages, à la façade gris pâle, construite dans le style propre à la Caroline et située sur Wrightsville Beach, n'avait sûrement pas été achetée avec le salaire d'un policier. Il s'agissait d'une des plus belles demeures de ce quartier huppé. Elle s'était déjà renseignée et connaissait le prix qu'il avait déboursé pour s'offrir cette résidence de luxe quand il était venu s'installer ici il y avait quatre ans de cela.

Elle aperçut un garage à trois places au fond d'une courte allée pavée. Les portes étaient fermées mais les trois box étaient occupés, elle le savait. Raintree possédait une Mustang noire de 1966 — la décapotable qu'il avait conduite aujourd'hui —, une Chevrolet Bel Air turquoise et crème de 1957 et une Dodge Challenger rouge de 1974.

L'argent mis à part, aucun policier n'avait des états de service aussi brillants que les siens. La plupart des meurtres qu'il avait résolus étaient liés au trafic de drogue. Etait-il en relation avec une personne appartenant à ce milieu et assez puissante pour s'acheter son propre flic ? Son nouveau collègue avait-il partie liée avec la pègre de Wilmington ?

Je parle aux morts, et puis quoi encore !

Les demeures bâties sur cette portion de plage étaient vastes et presque contiguës, le terrain coûtant une fortune. Elles s'alignaient le long de la rue, avec leurs façades colorées, mais la demeure de Raintree, d'un gris seyant, était une des plus belles. Pourquoi personne ne s'était posé de questions sur son train de vie ?

Tous les policiers qu'elle connaissait ambitionnaient d'intégrer la brigade criminelle, une division d'élite très recherchée. Et pourtant, cinq mois après le départ à la retraite de son collègue, Raintree opérait toujours en solo — du moins jusqu'à ce qu'elle arrive. D'après le nouveau patron, les autres inspecteurs ne tenaient pas à faire équipe avec Raintree. Les uns ne souhaitaient pas s'effacer derrière lui et jouer les seconds rôles ; les autres, connaissant sa volonté affichée de travailler seul, ne désiraient pas faire figure d'empêcheurs de tourner en rond. C'est pourquoi, en l'absence de problèmes particuliers, les choses étaient restées en l'état — jusqu'à son arrivée.

En demandant sa mutation, elle n'avait pas eu l'intention de jouer les trouble-fête — ni les potiches.

Certes, il pouvait y avoir des réponses tout à fait satisfaisantes aux questions qu'elle se posait sur Raintree, mais rien n'était moins sûr. Elle avait besoin de savoir avant de s'impliquer davantage, avant de lui faire confiance et de l'accepter comme partenaire.

Raintree était un menteur, comme tous les hommes, elle en était persuadée. La question était de savoir jusqu'où il était capable de mentir.

Elle gara sa Toyota bleue en bas de la rue ; quelqu'un devait organiser une réception à en juger par le nombre de voitures qui stationnaient le long du trottoir. Elle revint sur ses pas en direction de la maison de Raintree. La nuit était tombée depuis longtemps, elle ne verrait sans doute pas grand-chose mais elle était trop curieuse et trop tendue pour arriver à dormir. En outre, comme sa mère n'allait pas se coucher avant 2 heures du matin et que l'appartement au-dessus de la boutique était exigu, elle avait du mal à trouver le sommeil.

La belle demeure, les costumes onéreux, les voitures de collection… A n'en pas douter, Raintree était impliqué dans un trafic quelconque.

Elle avait étudié le dossier de Léon Franklin, son ex-adjoint, toutefois ses états de service étaient irréprochables. Il avait un peu d'argent de côté, mais pas trop. Une maison agréable, sans plus. Et toutes les personnes avec qui elle avait discuté s'accordaient à dire que Gideon Raintree était le cerveau de l'équipe. Il s'occupait de toutes les affaires d'homicide survenant à Wilmington et les résolvait toutes. Ce n'était pas normal.

Elle se faufila dans l'espace situé entre la maison de Raintree et la maison voisine, à la façade d'un jaune agressif.

Elle s'était habillée en noir pour la circonstance, afin de mieux se fondre dans l'obscurité. Certes, elle n'avait pas l'intention de l'épier par la fenêtre pour le prendre la main dans le sac, mais plus elle en saurait sur lui, mieux cela vaudrait. Quel mal y avait-il à jeter un simple coup d'œil alentour ?

Un mouvement sur la plage attira son attention. Elle tourna la tête dans cette direction. Quand on parlait du loup… Gideon Raintree rentrait de sa baignade, ses cheveux trop longs lissés en arrière, l'eau ruisselant sur sa poitrine. De la plage, il accéda directement à son allée privée et, ce faisant, pénétra dans une zone plus éclairée. Quand la lumière directe provenant de sa véranda le frappa de plein fouet, elle retint sa respiration l'espace d'un instant. Il était vêtu d'un vieux jean troué, coupé au-dessus du genou, qui retombait bas sur ses hanches. Il ne portait rien d'autre, hormis une petite amulette en argent suspendue autour de son cou au bout d'une cordelette noire.

— Gideon, appela une voix chantante depuis la maison jaune voisine.

Il s'immobilisa dans l'allée, leva la tête puis décocha un sourire radieux à la jeune femme blonde penchée vers lui. De toute la journée, Hope n'avait eu droit qu'à une ébauche de ce sourire-là. Décidément, cet homme était dangereux. Et ce à plus d'un titre.

— Salut, Honey.

Faisant face à sa voisine, Raintree s'accouda à la balustrade de son allée.

— On donne une fête samedi soir, déclara Honey. J'espère que tu viendras ?

— Merci, mais je ne pense pas. Je suis sur une affaire en ce moment.

— La fille dont on a parlé aux infos ? demanda Honey dont le sourire s'effaça.

— Oui.

Une autre femme, brune celle-là, rejoignit Honey sur la terrasse.

— Oh, je suis sûre que tu auras résolu l'affaire d'ici samedi, assura-t-elle d'un ton confiant.

— Eh bien, si c'est le cas, je ferai un saut.

En cette chaude nuit de juin, toutes deux portaient un maillot de bain minuscule. De véritables pin-up ! Appuyées à la rambarde, elles paradaient littéralement devant leur voisin.

C'était typiquement le genre d'homme susceptible d'attirer les femmes superficielles qui n'allaient pas au-delà des apparences. Du moins, le supposait-elle. Il avait fière allure, un compte en banque bien garni et ce charme indéniable que procurait la confiance en soi. Avec ses yeux et ses pommettes extraordinaires, et sa silhouette élancée mise en valeur par son jean coupé, il était capable de faire chavirer le cœur de ces écervelées.

Mais elle n'avait jamais été ce genre de femme.

— Pourquoi ne viendrais-tu pas maintenant boire un verre avec nous ? demanda Honey comme si l'idée venait juste de lui traverser l'esprit, alors qu'elle avait dû y penser dès l'instant où elle avait vu son séduisant voisin sur la plage.

— Désolé, je ne peux pas.

Il se tourna vers sa propre maison — et vers

Hope —, et elle eut l'impression que son regard la transperçait.

— J'ai de la compagnie.

Elle retint sa respiration. Là où elle se tenait, il ne pouvait pas la distinguer. Il avait dû apercevoir quelqu'un d'autre, ou bien c'était une façon polie de décliner l'invitation. Comme si tout mâle normalement constitué aurait pu refusé « un verre » offert avec tant d'insistance par de telles créatures de rêve !

— De la compagnie ?

— En effet.

Il se pencha de nouveau par-dessus la balustrade et fixa l'espace sombre entre les deux maisons.

— Mon nouvel adjoint s'est arrêté en passant.

Elle marmonna quelques jurons bien sentis, et il eut un sourire narquois comme s'il l'avait entendue. Mais c'était impossible. Tout aussi impossible que de l'apercevoir dans l'ombre.

— Amène-le avec toi, conseilla la brune. Plus on est de fous, plus on rit.

— Tu veux dire « amène-la », rectifia-t-il sans même jeter un regard sur ses voisines. C'est une fille.

Il avait dit « une fille » pour la faire enrager, elle le savait, aussi s'efforça-t-elle de ne pas réagir à la provocation.

— Oh, soupira Honey. Eh bien, je suppose qu'elle peut venir aussi.

Elle semblait nettement moins enthousiaste tout à coup.

— Merci, sans façon. On doit discuter boulot. N'est-ce pas, inspecteur Malory ?

C'était fichu. Il était trop tard pour faire demi-tour. D'un pas résolu, elle s'avança dans le cercle lumineux provenant des deux vérandas. Raintree était-il dangereux ? Pour la première fois, elle commençait à envisager cette éventualité. Il était si étrange. Mais elle était armée et saurait se défendre en cas de besoin.

— C'est exact, approuva-t-elle, en foulant le sable et les hautes herbes pour atteindre l'allée en planches.

— Depuis combien de temps êtes-vous là ? demanda Honey.

— Quelques minutes seulement.

— On ne vous a pas entendue.

— J'admirais la vue.

La brune soupira.

— Comme on vous comprend !

Hope sentit ses joues s'empourprer. Elle pensait à la *plage*, évidemment, mais d'après le ton de cette femme, ils avaient dû penser… Oh, non ! Il n'était pas question de laisser croire à Raintree que c'était *lui* qu'elle regardait. Même si, elle devait bien l'avouer, elle l'avait fait.

— J'aime beaucoup l'eau.

— Moi aussi, précisa Gideon.

Enjambant avec souplesse la balustrade, elle le rejoignit.

— Rentrons, dit-il en lui tournant le dos et en la précédant. Je suppose que vous êtes ici pour discuter de l'affaire Bishop ?

— Oui, admit-elle d'un ton assuré. J'espère que ça ne vous ennuie pas si je débarque sans crier gare ?

Il lui jeta un regard malicieux par-dessus son épaule.

— Pas du tout, inspecteur Malory, pas du tout.

La séduisante Hope Malory manigançait quelque chose. Elle était si tendue, si chargée d'électricité que s'il posait les mains sur elle, ils risquaient d'exploser tous les deux. Après tout, ce n'était peut-être pas une si mauvaise idée.

— Je vais me changer.

Il fit un geste en direction de la cuisine.

— Servez-vous à boire, je n'en ai pas pour longtemps.

Echo avait dormi ici quelques heures avant de

partir en voiture pour Charlotte. Il lui avait passé un coup de fil un peu plus tôt. Elle était toujours bouleversée, mais la panique avait fini par s'estomper. Que cela lui plaise ou non, Dewey saurait prendre soin d'elle.

Il lui fallut à peine cinq minutes pour se sécher et s'habiller, et durant tout ce laps de temps il ne cessa de s'interroger. *Pourquoi Hope Malory était-elle ici ? Que voulait-elle ?* Si les spécialistes de l'identité judiciaire avaient déjà établi leur rapport, c'est lui qu'ils auraient appelé, pas elle. Si elle avait une théorie — à ce stade de l'enquête, c'était tout ce qu'elle pouvait avoir —, elle aurait pu lui en parler par téléphone. En outre, le patron du club où se produisait l'orchestre d'Echo n'avait été d'aucune aide. Alors, que faisait-elle ici ?

Il le découvrit au moment où il pénétra dans le salon où l'attendait sa nouvelle coéquipière, assise sur une chaise en cuir, un verre de soda à la main.

— Vous avez une maison superbe, Raintree, remarqua-t-elle d'un ton qu'elle s'efforçait de rendre naturel, tout en jetant un regard circulaire. Comment faites-vous avec votre simple salaire de policier ?

C'était donc ça ! Elle pensait qu'il était corrompu et tentait de déterminer *jusqu'à quel point* il l'était. Voulait-elle avoir sa part du gâteau ou le faire jeter en prison ? Il aurait parié pour la deuxième solution, mais il n'en était pas à sa première erreur de jugement sur les femmes.

— Ma famille a de l'argent.

Il se dirigea vers la cuisine.

— Je vais me chercher quelque chose à boire.

Elle lui indiqua d'un signe de tête le verre de soda identique au sien qu'elle avait posé en face d'elle sur un dessous-de-verre.

— Je vous ai préparé un soda.

— Comment savez-vous ce que je veux ? Seriez-vous medium par hasard ?

Encore une fois, ce sourire fugace mais éclatant.

— Votre réfrigérateur en est rempli. Ce n'était pas difficile à deviner.

Il prit place sur une chaise. Etait-ce une coïncidence si elle avait posé son verre le plus loin possible de l'endroit où elle se tenait ? Non, ce n'en était pas une. Sous ses dehors coriaces, il devinait parfois chez elle un soupçon de nervosité. Lorsqu'elle avait évoqué la chute de sa mère et la nécessité d'être auprès d'elle en cas de besoin, lorsqu'il l'avait regardée dans les yeux… il avait perçu sa vulnérabilité.

Ce soir, avec son jean et son T-shirt noirs, et son pistolet, elle faisait de son mieux pour jouer les durs à cuire.

— Ainsi, votre famille a de l'argent, reprit-elle pour l'encourager à poursuivre.

— Exact.

— D'où provient-il ?

— Mes parents et grands-parents et leurs parents et grands-parents avant eux ont tous réussi. Ils ont eu de la chance aussi.

Elle le fixa droit dans les yeux, d'un regard étrange qui mettait mal à l'aise.

— J'ai vu l'appartement d'Echo ce matin. Est-ce qu'elle fait partie de la branche pauvre de la famille ?

— Echo est une rebelle, expliqua-t-il. Ses parents profitent pleinement de l'argent familial. Ils voyagent, reçoivent et mènent la grande vie. Echo veut prendre le contre-pied de ses parents. Elle souhaite s'en sortir par ses propres moyens. D'une certaine façon je l'admire, même si elle donne parfois l'impression de scier la branche sur laquelle elle est assise.

— Et vous, vous êtes chanceux ?

Il lui jeta un regard appréciateur et sourit.

— Pas ce soir, me semble-t-il.

Elle poursuivit, imperturbable :

— En tout cas, sur le plan professionnel, vous l'êtes. J'ai consulté votre dossier.

— Grand bien vous fasse. Je jetterais volontiers un coup d'œil sur le vôtre.

— Ne vous gênez pas.

Elle but une gorgée de soda pendant qu'il jouait avec la buée de son verre. Si l'inspecteur Malory commençait à mettre le nez dans ses affaires et qu'elle en découvre un peu trop, il serait obligé de déménager. Dommage, il se plaisait ici. Il aimait cette maison, ses collègues de travail — du moins, la plupart d'entre eux — et il adorait vivre près de l'Océan. Il avait fini par en ressentir le besoin à un point qu'il n'aurait jamais imaginé auparavant. Pendant des années, il était passé d'une division à l'autre, allant toujours là où il estimait être le plus utile. Malheureusement, on avait besoin de ses talents un peu partout, et il avait fini par s'installer à Wilmington.

Mais la curiosité excessive de sa nouvelle coéquipière remettait tout en question. S'il voulait rester ici, il devait tenter de la neutraliser.

Deux solutions s'offraient à lui : se débarrasser d'elle ou s'en faire une amie. Elle ne semblait pas du genre à se laisser évincer aisément une fois dans la place. Et il n'était pas certain de pouvoir se lier d'amitié avec elle; sa réserve et sa méfiance à son égard étaient trop manifestes.

Elle examina de nouveau le salon d'un œil critique.

— Il y a quelque chose de bizarre dans cette pièce, remarqua-t-elle d'un air songeur. Ne vous méprenez pas, elle est très agréable. Le mobilier est confortable, les tableaux sont de bonne facture, les lampes ne proviennent pas d'un magasin discount ou d'un vide-grenier. Tout est assorti…

— Mais ? insista-t-il.

Elle fixa sur lui son curieux regard bleu.

— Le poste de télévision est petit et bon marché, et vous avez une vieille ligne téléphonique fixe. La plupart des célibataires d'un certain âge qui disposent d'un revenu correct possèdent une chaîne stéréo digne de ce nom. Or, vous avez un radiocassette encombrant que même un adolescent de quinze ans n'oserait pas emmener à la plage. Traverseriez-vous une période de malchance ?

Au contraire. Mais comment lui expliquer que ses appareils électroniques avaient la fâcheuse habitude d'exploser sans prévenir ? Il possédait deux autres petits téléviseurs dans la chambre d'amis, au cas où celui-ci le lâcherait, et il n'avait jamais eu de chance avec les téléphones mobiles ou les réveils numériques. Il ne pouvait pas rester trop près d'une automobile dotée de composants électroniques, c'est pourquoi il conduisait des modèles anciens. Les rares fois où il avait pris l'avion, il avait dû porter un puissant talisman protecteur que seul Dante savait fabriquer. Il usait les téléphones portables comme d'autres jetaient les Kleenex.

— Je ne regarde guère la télévision et je n'écoute

pas beaucoup de musique non plus. Quant aux portables, ils ne sont pas sûrs.

— Et vous avez besoin que vos appels téléphoniques soient sécurisés parce que… ?

Cette fois, c'était trop. Il se mit lentement debout, posa son verre et traversa la pièce pour se poster près d'elle.

— Pourquoi ne me le demandez-vous pas ? s'enquit-il d'un ton posé.

— Vous demander quoi ?

— Si je suis un flic corrompu.

A ces mots, les yeux de Hope trahirent une vive inquiétude. Elle était en train d'évaluer la situation, se dit-il. Il n'était pas armé, elle avait dû s'en apercevoir. Or, elle l'était. Il avait un léger avantage en se tenant debout à son côté et en la dominant, mais elle avait son pistolet à portée de main.

— Pourquoi ne pas me le demander ? répéta-t-il.

Elle le fixa droit dans les yeux.

— Vous l'êtes ?

— Non.

Son appréhension s'estompa peu à peu.

— Il y a quelque chose qui cloche ici. Mais je n'arrive pas à déterminer ce que c'est.

— L'argent. Les gens n'arrivent pas à se figurer qu'on veuille devenir flic par choix personnel.

— Ce n'est pas seulement l'argent, Raintree. Vous êtes un bon policier. *Trop* bon même.

Il se pencha un peu en avant, et elle ne se recula pas. Elle sentait bon. Elle respirait la propreté, la douceur et la tentation. Il émanait d'elle une délicieuse impression de bien-être et d'intimité. Il replia ses doigts comme pour résister à l'envie de la toucher, de caresser la courbe de sa joue et la ligne de son long cou. Mais il se retint à temps.

— Il y a bien longtemps que j'ai pris ma décision. Je ne fais pas ce boulot parce que j'y suis obligé. J'ai suffisamment de quoi vivre pour passer mes journées à la plage et ne rien faire de mes dix doigts, si tel était mon bon plaisir. Je pourrais également travailler dans le casino de mon frère (— à condition de rester loin, très loin, des machines à sous — songea-t-il en son for intérieur) ou m'installer dans la demeure familiale. Mais quand mes parents ont été assassinés, ce sont deux inspecteurs et quelques agents qui ont coffré le meurtrier. Ce métier est important à mes yeux, et je le fais parce que j'en ai la possibilité.

Et par choix. Il sentait qu'elle était capable de le comprendre.

Mais il ne réussit pas à déchiffrer son expression. Pour l'heure, son visage était impénétrable.

Elle est méchante, papa, très, très méchante. Emma le mettait-elle en garde contre l'assassin de Sherry Bishop ? A moins que ce ne soit contre sa nouvelle coéquipière ?

4

Lundi — 22 h 45

Elle n'avait pas tué la bonne personne !

Tabby était assise à une table d'angle près d'une large baie vitrée, au fond de la cafétéria, mais elle ne contemplait pas la promenade au bord de la rivière qui attirait beaucoup de monde en cette chaude nuit d'été ; elle préférait observer les clients et les employés à l'intérieur de l'établissement. Elle n'aurait jamais cru qu'un endroit pareil soit aussi fréquenté un lundi soir, pourtant les petites tables étaient toutes occupées par des touristes et des habitués qui buvaient des décas et dévoraient des maxicookies. Plusieurs clients et les deux serveuses avaient la larme à l'œil en évoquant le souvenir de Sherry Bishop. Bon, d'accord, elle avait commis une erreur. Au moins, en compensation, elle respirait avec délices l'atmosphère de souffrance et de peur qui régnait ici. Mais elle était bien obligée de le reconnaître : son équipée de la nuit dernière avait été une perte de temps.

C'est en regardant les informations du soir qu'elle avait compris son erreur. Une fois la pression retombée et avec la satisfaction du devoir accompli, elle avait dormi presque toute la journée. A son réveil, elle avait pris le temps d'examiner ses nouveaux souvenirs. Un jour, grâce à la puissance de la magie, elle saurait comment les utiliser pour s'approprier les pouvoirs des personnes qu'elle avait tuées. A ce moment-là, croyant que sa dernière victime était Echo Raintree, elle avait touché avec vénération, et même avec joie, les fragments humains qu'elle avait prélevés. Chacune de ses victimes possédait un don — parfois inutilisé, voire méconnu — mais c'était celui d'Echo Raintree qu'elle convoitait par-dessus tout.

Puis elle avait allumé le poste de télévision, et c'est à ce moment-là qu'elle s'était rendu compte de sa bévue.

Qui aurait pu penser que deux femmes aux cheveux roses habitaient le même appartement ? Elle sirota son café glacé. Cael allait la tuer quand il découvrirait la méprise, à moins qu'elle ne répare son erreur dans les plus brefs délais. Echo Raintree aurait pu se trouver ici ce soir, elle l'aurait suivie jusqu'à sa nouvelle adresse pour achever la besogne. Mais elle n'avait pas eu cette chance, du moins pas encore. Le meurtre de deux jeunes filles ne manquerait pas d'attirer l'attention, elle le savait, mais avait-elle le choix ? Non.

Pour l'instant, Echo ne s'était pas présentée à la cafétéria. Pas ce soir. Elle devait pleurer la mort de sa colocataire, mais elle ne resterait sûrement pas absente toute la semaine. Les obsèques auraient lieu d'ici quelques jours. Elle ne connaissait pas encore le lieu ni la date, mais cette information serait bientôt officielle. Il était impossible qu'Echo n'assiste pas aux funérailles de son amie. Il fallait que tout soit réglé *cette semaine*.

Si jamais Echo Raintree voyait en rêve ce qui allait lui arriver et qu'elle prévienne sa famille, son plan risquait de ne pas se dérouler aussi facilement que prévu.

La porte s'ouvrit et elle tourna aussitôt la tête pour observer le couple qui pénétrait dans la cafétéria. Son cœur bondit dans sa poitrine. Bon sang ! Gideon Raintree ! Elle en saliva presque. Elle le voulait plus encore que sa cousine, mais elle avait reçu l'ordre d'attendre. Selon Cael, le meurtre d'un flic ferait trop de vagues ; il soulèverait trop de questions. Vers la fin de la semaine, quand le moment serait presque arrivé, elle tuerait Gideon. Mais pas ce soir.

Elle ne pensait pas avoir été repérée à proximité du lieu du crime la nuit dernière, néanmoins ce soir elle se félicitait de porter une perruque courte et brune. Elle lui tenait chaud à la tête et commençait à la démanger, mais au moins elle n'avait pas à s'inquiéter de savoir si quelqu'un la reconnaissait. Elle pouvait se détendre et observer tout à loisir.

Gideon et la femme qui l'accompagnait prirent place à une extrémité de la salle de manière à avoir une vue d'ensemble de l'établissement et à surveiller les moindres allées et venues. Ils arboraient une tenue décontractée, la femme vêtue de noir, Raintree portant un T-shirt et un jean délavé. Tous deux étaient armés, mais de façon discrète. Etui à revolver à la cheville ; aucun badge visible. S'agissait-il d'une visite officielle ? Bien sûr. Ils étaient à la recherche du meurtrier de Sherry Bishop.

Du coin de l'œil, elle examina la femme assise à côté de Raintree. Cael lui avait ordonné de ne pas descendre Gideon pour l'instant, mais qu'en était-il de cette femme ? S'agissait-il de la petite amie de Gideon ou d'un flic ? A en juger par l'étui à revolver, elle penchait pour la deuxième hypothèse, mais peut-être était-elle les deux à la fois. Il se passait quelque chose entre eux, elle le devinait. Il émanait d'eux une certaine énergie : sexuelle, légèrement acrimonieuse, un peu incertaine. Quelles que soient leurs relations, le meurtre de cette femme détournerait l'attention de Raintree si jamais il s'approchait trop près et trop tôt de la vérité. Mais il risquait d'y avoir du grabuge, or Cael voulait l'éviter à tout prix pour le moment.

A force de rester assise là à observer la salle, elle sentait la nervosité la gagner. Le sentiment d'avoir commis une erreur lui gâchait une partie du plaisir que lui avait procuré son équipée de la nuit précédente, et son appétit sanguinaire n'était pas rassasié, loin s'en faut. Pour l'heure, sa mission était un fiasco, alors qu'importait si elle tuait un flic sans en avoir reçu l'ordre formel ? En se débarrassant de cette femme, elle ferait diversion, or elle en avait bien besoin. Elle devait détourner l'attention de Gideon et brouiller la piste menant à Echo et à cette maudite colocataire assassinée par erreur.

Puisque tout allait de travers et qu'elle n'osait pas contacter Cael avant d'avoir dûment rempli sa mission, ses instructions n'avaient plus guère d'importance. Il lui pardonnerait toutes les erreurs commises entre-temps à condition que Gideon et Echo soient morts d'ici à la fin de la semaine. Elle pourrait tuer la femme flic et Gideon à tout moment, ou presque, mais ce n'était pas ainsi qu'elle voyait les choses. Peu importait la façon dont elle s'y prendrait pour descendre la femme mais, en ce qui concernait Raintree, c'était une toue autre histoire.

Gideon était membre de la famille royale, le

second dans l'ordre de succession au titre de Dranir, et il était doté d'une puissance qui dépassait tout ce qu'elle pouvait imaginer. Elle tenait à être près de lui pour plonger dans son cœur le couteau qui avait servi à tuer Sherry Bishop. Elle voulait sentir son sang sur ses mains et prélever un ou deux souvenirs pour sa collection.

Même si elle n'avait pas encore découvert le moyen de s'approprier le pouvoir de ses victimes, elle puisait une certaine forme d'énergie dans les trésors qu'elle avait accumulés au fil du temps. Une fois traités, séchés et rangés dans un sac en cuir spécial, ils lui remontaient le moral lorsque, par la force des choses, elle devait adopter un profil bas. Cael lui recommandait de freiner son enthousiasme, de se montrer prudente et de ne pas attirer l'attention sur elle et sur ses dons. Pas encore. Pas avant qu'ils ne se soient emparés de ce qui leur revenait de droit. Jusqu'à présent, elle avait fait preuve d'ingéniosité et de circonspection dans ses missions mais, dorénavant, tout allait changer.

Certes, elle pouvait descendre sa cible de loin, mais le meurtre de Gideon Raintree serait un moment fort et délicieux dont elle ne voulait se priver sous aucun prétexte.

***

Mardi matin — 7 h 40

Raintree l'avait prévenue la nuit dernière : rendez-vous au buffet du Hilton pour le petit déjeuner traditionnel du mardi matin qui réunissait tous les inspecteurs de la brigade de Wilmington. Après avoir garé sa Toyota, Hope se hâta vers l'entrée du restaurant, lissant son pantalon noir et ajustant sa veste sur ses hanches d'un geste machinal. Elle avait dix minutes de retard : sa mère l'avait retenue au moment où elle quittait la boutique, et elle avait eu du mal à se libérer.

Elle repéra aussitôt les neuf hommes en uniforme qui occupaient une table ronde au centre du restaurant. Par sa prestance et sa forte personnalité, Raintree se détachait de ce groupe d'hommes habillés pourtant de façon similaire et qui exerçaient le même métier. Il attirait irrésistiblement le regard comme si on avait braqué un projecteur sur lui. Les inspecteurs discutaient entre eux tout en buvant du café et en mangeant des œufs au bacon et des viennoiseries. La tête haute et le buste droit, elle s'avança dans leur direction. Aussitôt, des têtes se tournèrent sur son passage… sourcils levés et mâchoires tombantes.

Elle était habituée à ce type de réactions. Elle ne ressemblait pas à un policier et, au début, sa présence suscitait toujours un peu de ressentiment et une question inexprimée. Avait-elle couché pour en arriver là ? Sinon, le ferait-elle pour grimper plus vite les échelons ? Elle devait se montrer plus professionnelle, plus distante et s'impliquer davantage que ses collègues masculins. Si ce n'avait été pour sa mère, elle n'aurait jamais quitté Raleigh et recommencé de zéro. Rien ni personne d'autre n'aurait pu l'obliger à subir de nouveau cette période d'initiation particulièrement éprouvante.

La seule chaise libre à la table était celle à côté de Raintree. Elle s'y installa, et il la présenta à ses collègues. Tous firent preuve d'un intérêt non dissimulé à son égard et ils la bombardèrent de questions, mais ils reprirent le fil de leur discussion : où allait-on se retrouver pour déjeuner demain ?

Ce délicat problème résolu, la conversation roula enfin sur les affaires en cours, notamment sur le meurtre de Sherry Bishop. Raintree avait réclamé, tant au niveau national que fédéral, les dossiers de tous les meurtres non élucidés commis de façon similaire durant les six derniers mois et, cet après-midi, la plupart des rapports se trouveraient sur son bureau — et sur le sien. A mesure qu'ils discutaient de l'affaire, il devint très vite évident que non seulement Gideon Raintree était un bon policier mais que ses collègues l'aimaient et le respectaient.

Elle se détendit un peu. S'il avait été corrompu,

les autres l'auraient su ou tout au moins se seraient douté de quelque chose et se seraient montrés méfiants ou distants, voire curieux. Or, elle ne constata rien de tel. La nuit dernière, elle était persuadée qu'il était impliqué d'une façon ou d'une autre dans les crimes qu'il résolvait. Mais maintenant elle n'en était plus aussi sûre. Avait-elle envie de croire qu'il était honnête parce qu'il était beau et séduisant mais aussi exaspérant ? Elle ne voulait pas s'en tenir aux apparences ; elle ne souhaitait pas ressembler à ces femmes qui jugeaient les hommes sur leur physique et leurs beaux discours, sans chercher à savoir ce qui se cachait derrière la façade. De l'extérieur, il était impossible de deviner la vraie nature d'un être humain, or apprendre à bien connaître un homme et découvrir la vérité sur son compte était une expérience trop douloureuse. Tout au moins l'avait-elle été pour elle.

Le repas terminé, les policiers se levèrent de table pour aller vaquer à leurs occupations. Hope et Raintree sortirent ensemble du restaurant, sous le chaud soleil matinal.

— Quel est le programme aujourd'hui ? demanda-t-elle pendant qu'ils pénétraient sur le parking rempli de voitures.

Ses talons claquaient sur l'asphalte. A côté d'elle, Gideon marchait d'un pas plus souple, régulier et rythmé.

— Je veux retourner à l'appartement pour jeter un coup d'œil alentour. De votre côté, vous pourriez vous occuper de la paperasse en attendant l'arrivée des dossiers que j'ai réclamés. Il faudrait mettre au propre les interrogatoires des voisins. Par ailleurs, le rapport du labo ne nous parviendra pas avant un jour ou deux, mais vous devriez les appeler, histoire de mettre la pression.

Elle fit un effort surhumain pour rester calme.

— Je ne suis pas votre secrétaire, Raintree.

— Je n'ai pas dit ça.

— Vous voulez que je m'occupe de la paperasse pendant que vous mènerez l'enquête en solo.

— Léon ne s'en plaignait pas.

— Je ne suis pas Léon.

Il s'arrêta à quelques mètres de sa voiture et lui lança un regard appuyé.

— J'en suis parfaitement conscient, inspecteur Malory.

— Aujourd'hui, c'est moi qui conduirai, précisa-t-elle.

— Il vaudrait mieux que je…

— Je conduirai, répéta-t-elle en martelant les mots.

Elle refusait de le voir dominer la situation alors qu'ils étaient censés faire équipe. Autant mettre tout de suite les points sur les i.

Un éclair brilla dans les yeux verts de Raintree.

Etait-ce de l'amusement ? Peut-être. Mais sûrement pas une capitulation. Toutefois, il se contenta de dire :

— D'accord, si vous insistez.

Sa Toyota était garée non loin de la Mustang.

— Vous voulez remonter la capote ? demanda-t-elle en désignant la décapotable.

— Non, ça ira, répondit-il d'un ton nonchalant.

Elle prit ses clés et déverrouilla les portières avec la commande à distance. Elle s'apprêtait à prendre place derrière le volant quand il s'arrêta pour observer le véhicule.

Il posa négligemment sa main sur le capot.

— Belle bagnole. Elle consomme beaucoup ?

Elle faillit s'esclaffer.

— En tout cas, elle est moins gourmande que la vôtre.

Puis il s'écarta de la voiture et s'installa sur le siège passager, d'un air tranquille et tout à fait à l'aise. Hier, il avait insisté pour conduire mais aujourd'hui il semblait y renoncer de bonne grâce. Tout compte fait, ils arriveraient peut-être à s'entendre tous les deux. Elle attacha sa ceinture et tourna la clé de contact. Rien ne se produisit.

Elle fit une nouvelle tentative. Il y eut un petit bruit sourd, puis plus rien.

— On dirait que votre démarreur est en panne,

fit-il remarquer d'un ton neutre en ouvrant sa portière et en mettant pied à terre.

— Je connais un type, ajouta-t-il en prenant ses clés de voiture dans sa poche et en se dirigeant vers sa décapotable. Je vais vous donner son numéro et vous me rejoindrez quand...

— Oh, non !

Hope verrouilla sa Toyota et le suivit, d'une démarche moins rapide mais tout aussi déterminée.

— Je m'en occuperai plus tard. Il est hors de question que vous me laissiez en plan ici.

Il lui jeta un coup d'œil par-dessus son épaule.

— Quelle conscience professionnelle, inspecteur Malory !

A la lumière crue du jour, elle distinguait les fines ridules autour de ses yeux.

— Je suis têtue, précisa-t-elle. Il faudra vous y habituer.

Il la gratifia d'un grand sourire tout en ouvrant la portière côté passager, attendant qu'elle prenne place. Ce qu'elle fit, puis elle leva les yeux vers lui.

— Ne refaites jamais ça, ajouta-t-elle d'une voix douce.

— Faire quoi ?

— Me traiter comme si j'étais votre petite amie pour la soirée. Je suis votre *coéquipière*, Raintree.

Est-ce que vous avez déjà tenu la portière ouverte à Léon ?

— Non, mais il était laid comme un pou et avait des gros mollets tout poilus.

Elle lui jeta un regard furieux et ne répondit pas.

— D'accord, admit-il en faisant tourner le moteur. Vous êtes un des gars de la brigade. Un autre flic, un autre coéquipier, tout simplement.

— En effet.

Elle se faisait du souci pour sa voiture, mais il était hors de question de faire le pied de grue sur le parking en attendant l'arrivée d'un dépanneur pendant que Raintree se rendrait sur le lieu du crime pour tenter de trouver des indices qui lui auraient échappé la veille.

Elle ne croyait plus qu'il était un flic ripoux, mais elle n'avait aucune preuve, dans un sens ou dans l'autre, et elle ne le connaissait pas assez pour se fier à son instinct. Instinct qui, par ailleurs, lui avait déjà joué des tours.

Tout en sortant sa Mustang du parking, il précisa :

— Au fait, Léon m'appelait Gideon. Si vous êtes décidée à jouer les crampons jusqu'à ce que cette histoire de coéquipier soit tirée au clair, vous devriez en faire autant.

Quoi ? L'appeler par son prénom semblait si

personnel. Si amical. Comment pouvait-elle se montrer *amicale* avec lui alors qu'elle le trouvait arrogant et menteur.

Peut-être était-il tout simplement un bon policier. Elle le souhaitait, et ne demandait pas mieux que d'apprendre à le connaître. Car s'il était vraiment ce flic de génie, alors, elle aurait beaucoup à apprendre à ses côtés.

En réalité, ce qui lui faisait garder ses distances, c'était l'attirance qu'elle avait immédiatement éprouvée pour lui. Or, malgré son caractère pragmatique, elle n'avait jamais été très habile pour jauger les hommes. Et la dernière chose qu'elle souhaitait, c'était retomber sur un salaud.

— Va pour Gideon, concéda-t-elle. Je suppose que vous pourriez m'appeler Hope.

Le demi-sourire qui éclaira son visage laissait supposer qu'il était au courant d'une chose qu'elle ignorait. Une plaisanterie secrète dont elle était exclue. Et c'était très désagréable.

— Vous semblez si enthousiaste, comment pourrais-je refuser ?

Quand Gideon, Hope sur ses talons, pénétra dans l'appartement, il ne lui sembla pas différent par rapport à la veille. Simplement plus calme. Plus mort. Sherry Bishop ne se tenait pas derrière lui, se lamentant sur l'injustice de sa fin tragique ou sur ses nouvelles bottes qu'elle n'aurait pas l'occasion de porter. Il n'y avait plus d'agents de police ou de voisins curieux essayant d'entrevoir le lieu du crime. Il se trouvait seul avec Hope Malory pour tâcher de reconstituer un meurtre des plus étranges.

Sa nouvelle coéquipière se tenait près de la porte, examinant la pièce avec attention. Elle gardait le silence, comme si elle comprenait qu'il avait besoin de calme et d'espace pour effectuer son travail. Au début, elle l'avait déconcentré mais maintenant il s'était accoutumé à sa présence. Il lui avait fallu presque un an pour se sentir aussi à l'aise avec Léon. Un constat.

Les stores étaient relevés pour laisser pénétrer la lumière matinale dans l'appartement. Sous cet éclairage naturel, le canapé éventré, les taches de sang et le saccage gratuit de l'appartement semblaient obscènes, déplacés, maléfiques et sonnaient *faux*.

Il se tenait immobile dans la pièce et pouvait presque suivre la progression des événements. La sonnette de la porte d'entrée avait résonné tard ce soir-là. Une voix féminine avait informé Sherry Bishop qu'il s'agissait du livreur de pizza. Elle avait ouvert la porte, la femme s'était précipitée à l'intérieur et…

— Il y avait quelque chose de bizarre à propos du couteau.

Il se retourna et aperçut la silhouette très floue de Sherry assise sur le canapé, dans sa pose habituelle. A la différence près qu'aujourd'hui ce même canapé était déchiqueté et qu'elle était morte.

— Le couteau ? murmura-t-il en s'accroupissant pour lui faire face.

Vue sous cet angle, elle avait l'air un peu plus consistant.

— Quoi ?

Hope fit un pas en avant.

Il la fit taire d'un signe de la main. Elle détestait ce geste, elle lui en avait déjà fait la remarque, mais il ne voulait pas courir le risque de perdre Sherry. Il n'osait même pas se retourner de peur de la voir se volatiliser de nouveau. Le fantôme qui se tenait devant lui ne resterait pas longtemps dans son état actuel.

— Je réfléchis à voix haute, précisa-t-il sans regarder Hope.

— Oh !

— Parlez-moi du couteau, reprit-il d'une voix douce.

— Il avait l'air ancien, vous voyez ce que je veux dire ? Il devait être en argent, et le manche était bizarre.

— Comment ça, bizarre ?

— Je n'ai pas pu le voir en entier, parce que

cette garce le tenait bien en main, mais il y avait quelque chose de gravé. Des mots, je crois.

— Quels mots ?

Le fantôme haussa les épaules.

— Je ne sais pas. Ce n'était pas de l'anglais. Vous pensez bien qu'en un pareil moment je n'essayais pas vraiment de le *déchiffrer*.

Déjà, elle commençait à s'estomper.

— Elle semblait hors d'elle. Pourquoi était-elle aussi furieuse ? Je n'ai rien fait pour…

Sherry ne s'éloigna pas ; elle disparut en un instant. Gideon, toujours accroupi, demeurait immobile devant le canapé, en train de réfléchir. Elle semblait certaine que l'assassin n'en était pas à son premier meurtre. Peut-être en aurait-il la confirmation cet après-midi, quand il étudierait les dossiers qu'il avait demandés. Il fallait non seulement comparer le type d'arme et la blessure, mais aussi tenir compte du doigt et du morceau de cuir chevelu manquants. Le tueur prélevait des souvenirs, et cet indice le mènerait vers les victimes précédentes, si tant est qu'il y en eût.

Il était rare qu'un tueur en série soit une femme, mais ce n'était pas impossible. Qu'est-ce qui avait attiré le meurtrier chez Sherry Bishop ? Quel élément avait retenu son attention et l'avait conduit ici ?

Tournant toujours le dos à Hope, il devina qu'elle traversait la pièce dans sa direction, se déplaçant à pas feutrés. Son énergie était en harmonie avec la sienne, il le ressentit dès qu'elle arriva à sa hauteur.

— Bon, admettons, vous m'effrayez un peu, concéda-t-elle.

— Désolé.

Gideon se retourna pour lui faire face.

— Je veux que les agents passent les environs au peigne fin pour retrouver le couteau.

— Mais ils l'ont déjà fait hier !

— Eh bien, qu'ils recommencent ! Il y a de fortes chances pour que le tueur l'ait conservé, mais il ne faut rien négliger. Nous avons besoin de l'arme du crime.

— Elle a peut-être été jetée dans la rivière, pour ce que nous en savons, argua-t-elle.

— J'espère que non.

Sherry n'avait pas reconnu son assassin, il n'y avait donc aucun indice de ce côté-là, juste une vague description, la mutilation… et le couteau.

Le regard de Hope s'adoucit légèrement.

— Vous prenez cette affaire très à cœur. Connaissiez-vous Sherry Bishop mieux que vous ne le prétendez ?

— Je m'implique à fond dans toutes mes enquêtes.

Elle l'observait avec attention, comme si elle

tentait de comprendre son mode de fonctionnement. Mais il demeura imperturbable.

Soudain, la silhouette floue d'Emma, le petit spectre qui apparaissait dans ses rêves et qui prétendait être sa fille, surgit en flottant derrière Hope. Ses yeux s'agrandirent, elle regarda vers la fenêtre et battit l'air de ses mains en direction de la jeune femme comme si elle tentait de la pousser.

— Couchez-vous !

Sans l'ombre d'une hésitation, et sans s'appesantir sur le fait qu'Emma lui était apparue en plein jour, il empoigna Hope et la projeta à terre. En tombant, ils passèrent à travers la silhouette d'Emma avant qu'elle ne disparaisse. L'espace d'une seconde, il frissonna au contact direct de l'enfant. Tous deux atterrirent rudement sur le sol, juste au moment où la vitre volait en éclats et où une balle sifflait et allait se planter dans le mur. Ils demeurèrent allongés un moment, son corps couvrant et écrasant celui de Hope.

Il sentit un courant électrique parcourir ses bras, ses jambes et son torse. Dans ses membres en contact avec ceux de Hope, il se produisit une petite étincelle qu'il ne put maîtriser. Elle aussi dut la ressentir, il le devina à sa façon de sursauter, comme si elle avait reçu une décharge.

Après le coup de feu, le silence régna de nouveau

jusqu'à ce qu'ils entendent les cris d'un voisin effrayé, deux étages plus bas.

Il roula sur le sol, saisit son pistolet et rampa vers la vitre brisée. Hope se tenait derrière lui, revolver au poing. Il examina prudemment les alentours, tâchant de découvrir d'où le coup de feu avait été tiré. Une fenêtre du bâtiment d'en face était ouverte et les rideaux aux tons passés se soulevaient légèrement avec le souffle de la brise.

— Ne bougez pas d'ici et restez baissée, ordonna-t-il tout en bondissant vers la porte.

— Pas question !

Elle se rua derrière lui ; il n'avait pas le temps de s'arrêter pour discuter avec elle. Pas maintenant. Elle voulait être traitée d'égal à égale? Parfait. Tant pis pour elle.

— Troisième étage, quatrième fenêtre en partant du sud. J'y vais. Téléphonez pour demander des renforts et surveillez l'entrée principale. Personne ne doit sortir d'ici.

Pour une fois, elle ne broncha pas.

Hope demeura en faction près de l'entrée principale pendant que Gideon s'engouffrait dans la cage d'escalier. Toute personne voulant sortir de l'immeuble devait soit franchir cette porte soit emprunter une sortie latérale à quelques mètres de là et contourner le bâtiment. A moins que le tireur ne se soit déjà volatilisé, il était piégé. Elle téléphona pour faire son rapport et signaler sa position, puis elle attendit. L'attente n'avait jamais été son fort, mais cela faisait partie du métier. Elle aurait ainsi le temps de réfléchir à ce qui venait de se produire même si, pour le moment, elle n'avait aucune envie d'y penser.

Raintree avait-il aperçu un reflet sur le canon d'une arme ? Avait-il entendu un bruit inhabituel qui l'avait alerté ? Il l'avait projetée à terre une fraction de seconde *avant* que la balle ne soit tirée : il devait donc forcément avoir vu ou entendu quelque chose. Or, à cet instant, il faisait face au mur et tournait le dos à la fenêtre, de sorte qu'il n'avait rien pu voir. Comme la vitre avait volé en éclats, il était presque impossible d'entendre un bruit quelconque provenant de l'autre côté de la rue. L'instinct ? Non, cette aptitude s'apparentait trop aux dons d'un médium, et elle refusait de s'engager sur ce terrain-là. Deux folles dans la famille, c'était largement suffisant.

Hormis ce problème d'intuition extraordinaire, quelque chose d'autre la tracassait. Quand Gideon Raintree l'avait couverte de son corps, un phénomène bizarre s'était produit. Certes, elle avait entendu parler de réactions chimiques ; elle en avait même fait l'expérience à une ou deux reprises. Elle savait également que l'attirance sexuelle s'apparentait à une étincelle.

Mais tout cela était une sorte de folklore purement métaphorique, elle n'avait jamais ressenti une *véritable étincelle* auparavant. Un bruit sec, un crépitement d'électricité. Quand elle avait senti le corps puissant de Gideon peser sur elle, c'était comme si elle avait mis son doigt dans une prise de courant. Une décharge électrique avait littéralement parcouru tout son être, de la tête aux pieds. Un éclair avait enflammé son sang et embrasé ses sens. L'espace d'un instant, elle avait dû lutter contre l'envie violente d'agripper de toutes ses forces l'homme allongé sur elle, non pas pour échapper à ce courant d'énergie mais pour en recevoir davantage, pour en exiger encore plus.

Elle tenta de chasser ce souvenir. Son imagination lui avait joué des tours, se répétait-elle. Mais en même temps, comment aurait-elle pu imaginer une sensation aussi puissante et délicieuse ? Elle avait ressenti *quelque chose* ; mais elle ne parvenait pas à définir ce que c'était.

Elle aurait voulu rejoindre Gideon au troisième étage, mais tant que les renforts n'étaient pas arrivés, elle devait rester ici. Qu'allait-il trouver dans l'appartement ? Le tueur était-il encore là, à attendre ?

Un policier avec un taux d'élucidations comme

le sien s'était sûrement fait des ennemis au fil des ans. Il y avait cette affaire sur laquelle il continuait d'enquêter plusieurs mois après les faits. Frank Stiles, le suspect numéro un, avait-il tenté d'éliminer Gideon ? Celui-ci s'était-il approché trop près de la vérité ? A moins que le coup de feu ait un rapport avec le meurtre de Sherry Bishop ? L'éventail des possibilités était trop large, et ce n'était pas le moment d'échafauder des théories sans fondement.

Dès que la voiture de police arriva, Hope chargea les deux agents de rester en faction devant l'immeuble. Elle se précipita dans l'entrée en direction de la cage d'escalier, comme Gideon l'avait fait quelques minutes plus tôt. Elle avait déjà travaillé en équipe auparavant et s'était même liée d'amitié avec certains de ses adjoints. Elle en avait perdu de vue quelques-uns parce qu'ils avaient pris leur retraite ou obtenu une promotion, mais jamais encore aucun d'entre eux ne s'était fait tuer. Et elle espérait de tout son cœur que cela ne se produirait pas de sitôt.

Elle retrouva Gideon sur le palier du deuxième étage.

— L'oiseau s'est envolé, constata-t-il, déçu. J'ai sonné partout au premier étage, mais personne ne répond. Qui surveille l'entrée ?

— Deux agents, avec ordre d'interdire à quiconque d'entrer ou de sortir.

Ils se répartirent l'exploration du second étage, chacun commençant par une extrémité. Personne n'avait rien vu, mais tous avaient entendu le coup de feu. Trop d'appartements étaient vides et fermés à clé. D'autres policiers arrivèrent en renfort, le gardien d'immeuble fut localisé, et en moins de quarante-cinq minutes, ils eurent fini de passer le bâtiment au peigne fin, étage après étage, appartement après appartement. Ils fouillèrent la ruelle adjacente. A deux reprises. Soit le tireur avait réussi à s'enfuir avant qu'ils n'atteignent le bâtiment, soit il faisait partie des locataires habituels ; dans ce cas, ils l'avaient vu et lui avaient parlé sans même savoir qui il était.

Une fois les recherches terminées, Gideon se laissa tomber sur les marches du porche et examina la rue d'un air songeur. Elle détestait l'interrompre quand il était plongé dans ses pensées mais trop de questions se bousculaient dans sa tête, et elle n'en pouvait plus d'attendre.

Elle s'assit à côté de lui, mais pas trop près.

— Selon vous, qui peut bien vouloir votre mort ?

Il se tourna vers elle, l'air étonné.

— Parce que vous croyez que c'était moi qui étais visé ?

Elle eut un sourire crispé.

— Je suis en poste ici depuis moins de deux jours. Je n'ai donc pas eu le temps de me faire des ennemis sérieux. En revanche, vous…

Gideon reporta son regard sur la rue.

— Evidemment, vu sous cet angle…

Hope se recula un peu.

— Dites-moi, comment avez-vous su ?

— Que voulez-vous dire ?

— Voyons, Raintree ! Vous m'avez projetée à terre avant que le coup de feu n'éclate. Il s'en est fallu d'un cheveu, mais, d'une certaine manière, vous saviez.

Il demeura silencieux un instant.

— C'est un reproche ?

— Bien sûr que non, mais je suis curieuse et j'aimerais savoir.

— Ne soyez pas trop curieuse. Ça pourrait être dangereux.

Elle mourait d'envie de lui parler de l'étincelle, mais de quoi aurait-elle l'air s'il ne l'avait pas ressentie ? Elle était peut-être le fruit de son imagination, tout comme l'attirance physique qu'elle avait éprouvée malgré elle et qui l'avait fait vibrer de la tête aux pieds. Après tout, si une étincelle s'était vraiment produite au moment où il lui avait fait un rempart de son corps, c'était peut-être pour une raison très simple : cela faisait deux ans qu'un homme ne l'avait pas touchée.

— Je vis pour le danger, assura-t-elle à moitié sérieuse.

— On en reparlera plus tard.

Elle détestait remettre *quoi que ce soit* à plus tard, mais elle approuva d'un signe de tête et n'insista pas. Après tout, elle lui devait bien cela.

— Bon, on fait quoi maintenant ?

Il jeta un regard circulaire dans la rue.

— Une personne a bien dû voir quelque chose ! On est en plein jour, il est aux alentours de midi, et si le tireur a quitté l'immeuble, il a dû sortir en courant. Un témoin l'a forcément remarqué.

Il se tourna vers elle et la regarda droit dans les yeux. Il voulait bien être pendu si elle ne ressentait pas de nouveau cette étincelle, même si leurs corps ne se touchaient plus.

— Il faut qu'on découvre ce témoin, se contenta-t-il d'ajouter.

5

Gideon s'éloigna de l'immeuble d'où avait été tiré le coup de feu et descendit la rue en compagnie de Hope. C'était la première fois qu'il voyait Emma alors qu'il était éveillé. Son apparition laissait donc supposer qu'elle n'était pas un pur produit de son imagination. Le petit spectre lui avait sauvé la vie, à moins que ce ne soit celle de Hope, ou les deux. Il ne savait pas qui aurait été atteint par le projectile si Emma ne l'avait pas averti qu'il devait se baisser et si elle n'avait pas battu l'air de ses mains en direction de Hope, comme pour tenter de la pousser hors de la trajectoire de la balle.

Ce n'était pas un fantôme. Elle était exactement ce qu'elle prétendait être depuis le début, il en était certain : une entité qui n'était pas encore venue au monde, un esprit parmi les vivants. Il lui avait fallu une somme d'énergie considérable pour se matérialiser ainsi devant lui, et il ne pourrait plus jamais penser à Emma comme à un mauvais rêve, comme au symbole d'une vie familiale à laquelle il n'osait aspirer. Elle était une Raintree, du moins le serait-elle un jour.

Ils passèrent devant une librairie à l'angle de la rue. Une femme d'un certain âge se tenait derrière le comptoir près de la fenêtre et regardait au-dehors avec curiosité. Si le tireur était passé par là, elle aurait du le voir. Gideon désigna d'un signe de tête la vendeuse qui les observait.

— Vous devriez lui demander si elle a vu quelque chose.

Hope, qui s'était montrée étrangement silencieuse depuis qu'ils avaient quitté l'immeuble, parut surprise.

— Vous ne voulez pas l'interroger vous-même ?

— J'ai un coup de fil perso à passer, précisa-t-il.

Elle aurait ainsi l'impression qu'il ne cherchait pas à la court-circuiter. Elle hésita et finit par pénétrer dans la boutique, le laissant seul sur le trottoir. Il s'empara de son portable et composa un numéro préenregistré.

Dante répondit à la deuxième sonnerie.

— Comment ça va? demanda Gideon d'une voix forte pour couvrir la friture sur la ligne.

Ces maudits portables !

— Dans la paperasse jusqu'au cou, répondit son frère.

— Je compatis, crois-moi. Je ne veux pas te retarder, mais il faut que je sache. Il y a trois mois environ, tu m'as envoyé une turquoise.

— Oui, je m'en souviens.

— Je suppose que cette fichue pierre était dotée d'un pouvoir ?

D'un geste machinal, il tripota la cordelette suspendue autour de son cou. Pour l'heure, le talisman en argent, un cadeau de Dante, était dissimulé sous sa chemise et sa cravate, mais il était toujours conscient de son pouvoir protecteur. Tous les neuf jours, son frère aîné lui envoyait par colis express un nouveau talisman. Il y tenait absolument compte tenu des dangers potentiels auxquels Gideon était exposé de par son métier. De toute évidence, la turquoise qu'il avait déposée sur la commode de sa chambre était dotée d'un pouvoir très différent.

Dante s'esclaffa.

— Tu en as mis du temps pour t'en apercevoir.

— De quoi s'agit-il au juste ?

— D'un aperçu de l'avenir.

— Proche ou lointain ?

— Ce n'était pas spécifié.

Gideon s'adossa à la façade en brique de la librairie

et poussa un bref juron. Selon Dante, l'époque à laquelle se produirait l'événement était imprécise. Or, Emma était une entité qui attendait de venir au monde, et elle comptait arriver bientôt.

Pas nécessairement. Il contrôlait la situation. Il était maître de son destin. S'il ne voulait pas fonder une famille, rien ni personne ne l'y obligerait. Malgré tout ce que la vie lui avait enseigné, il refusait de croire qu'il n'avait pas le choix dans une affaire de cette importance.

— Qu'est-ce que tu as vu ?

— Ce ne sont pas tes oignons !

Dante rit de nouveau, puis abrégea la conversation, comme s'il avait été interrompu par quelqu'un.

Hope ouvrit la porte de la boutique et passa la tête dans l'entrebâillement.

— Raintree, vous devriez venir, ça va vous intéresser.

Tabby fit irruption dans le meublé vieillot et poussiéreux qu'elle avait loué récemment. Le flot d'adrénaline n'était pas encore retombé et son cœur continuait de cogner dans sa poitrine. Elle avait eu la femme dans sa ligne de mire et aurait pu la descendre facilement depuis l'appartement désert de l'autre côté de la rue, en face de celui d'Echo Raintree. Viser. Appuyer sur la détente. Voir la cible s'écrouler. S'enfuir. C'était un bon plan qui avait le mérite de la simplicité. Ce n'était pas sa méthode de travail préférée, mais du moins cela lui aurait permis de détourner l'attention de Raintree.

Or, celui-ci avait réduit son plan à néant en projetant la femme à terre, et le projectile s'était perdu dans le mur. Elle ne connaissait pas l'étendue de ses pouvoirs mais, outre son aptitude à parler aux fantômes, il devait être quelque peu médium puisqu'il s'était jeté à terre avec sa coéquipière un quart de seconde *avant* qu'elle n'appuie sur la détente.

Elle détestait les chambres d'hôtel. On y manquait d'intimité. Qui plus est, elle avait besoin de savoir que personne ne touchait à ses affaires. Où qu'elle aille, elle dénichait toujours un meublé pas cher comme celui-ci. Elle payait un mois de loyer d'avance et s'arrangeait pour partir avant la fin du bail. Elle évitait soigneusement les voisins et ne traînait *jamais* dans les parages une fois sa mission accomplie.

Sur la petite table de cuisine, le doigt et le morceau de cuir chevelu sanguinolents étaient en train de sécher après avoir subi un traitement adéquat. Elle s'assit devant ces souvenirs et se laissa griser par les sensations fortes qu'ils évoquaient. Un réconfort dont elle avait bien besoin, car, pour l'instant, elle avait l'impression d'aller d'échec en échec.

Echo demeurait introuvable, et c'était là le hic. Les ordres de Cael étaient formels. Echo devait mourir *en premier*. Si elle appelait son cousin pour lui expliquer ce qui s'était passé, il lui ordonnerait de rentrer et enverrait quelqu'un d'autre pour finir la besogne à sa place. Et alors, elle ne donnait pas cher de sa peau. Elle devait à tout prix terminer la mission qui lui avait été confiée. D'abord Echo, puis Gideon plus tard dans la semaine, de préférence au moment et à l'endroit où elle pourrait savourer pleinement l'expérience.

Tout en réfléchissant au moyen d'y parvenir, elle effleura la mèche de cheveu rose, raide et ensanglantée. Certes, elle avait commis des erreurs, mais bientôt les Raintree qu'elle était chargée d'éliminer seraient bel et bien morts, et c'était tout ce qui comptait. Quant à la femme flic, elle la tuerait aussi, elle en faisait une question de principe. Elle détestait l'échec.

La libraire d'un certain âge avait vu une femme avec une longue chevelure blonde s'éloigner en hâte — pour ne pas dire en courant — de l'immeuble au moment du coup de feu. Le signalement et l'horaire permettaient tout au moins d'établir un lien entre la fusillade et le meurtre de Sherry Bishop.

Mais que se cachait-il derrière ces deux faits ? A cette question, Hope n'avait pas de réponse.

— Désolé pour votre voiture, remarqua Gideon. Elle sera en sécurité cette nuit sur le parking du Hilton. Demain matin, on fera venir un garagiste.

Avec le coup de feu, l'enquête qui s'était ensuivie et l'examen des rapports concernant les meurtres non élucidés commis en dehors de Wilmington et semblables à celui de Sherry Bishop, ils n'avaient pas vu le temps passer et il était trop tard maintenant pour appeler un mécanicien. Il la reconduisait donc chez sa mère. Il avait emporté une pile de dossiers pour les réexaminer chez lui à tête reposée, sans doute en quête d'un élément qui lui aurait échappé. Il était vraiment dur à la tâche.

Et motivé par bien autre chose que la cupidité, elle était bien forcée de l'admettre. Il était terriblement consciencieux. Et si ce qu'il lui avait confié était vrai, en fin de compte ? La tragédie de ses parents l'avait peut-être poussé à faire ce métier, et surtout à le faire avec passion et acharnement. En ce cas, elle n'avait rien à craindre et pouvait lui faire confiance.

Ce soir, elle était exténuée et contente d'être ramenée chez elle, ou plutôt chez sa mère, Rainbow Malory, qui possédait un appartement au-dessus du Calice d'argent, le magasin de style New Age dont elle était à la fois propriétaire et gérante, en plein centre-ville de Wilmington. Bien sûr, Rainbow n'était pas le prénom qui figurait sur son état civil. En réalité, elle s'appelait Marie. Un nom charmant, solide et normal. Mais à l'âge de seize ans, Marie s'était rebaptisée Rainbow, et ce prénom lui était resté.

Horrifiée, Hope vit que Gideon se garait dans le virage et coupait le contact.

— Merci, dit-elle en se hâtant de sortir de la Mustang et en s'efforçant de le dissuader d'aller plus loin.

Mais on ne se débarrassait pas de Gideon Raintree aussi aisément. Il mit pied à terre et la suivit. Dieu merci, le Calice d'argent ne se trouvait plus qu'à quelques pâtés de maisons.

— Nous en avons déjà discuté, Raintree, jeta-t-elle d'un ton acerbe. Est-ce que vous auriez agi ainsi avec Léon ?

— Si on lui avait tiré dessus, oui.

— C'est *vous* qui étiez visé, pas moi.

— Prouvez-le.

Certes, elle n'avait aucune preuve. En apercevant la boutique de sa mère, elle se redressa en soupirant.

— Merci, ça ira.

— Le magasin est encore ouvert ?

Elle jeta un coup d'œil à sa montre. L'été, il fermait plus tard en raison de l'afflux des touristes.

— Oui, mais il ne contient aucun article susceptible de vous intéresser.

— Qu'en savez-vous ?

Elle avait passé deux jours en sa compagnie et elle ne connaissait rien de lui, réalisa-t-elle soudain. Elle posa la main sur la poignée de la porte.

— Ne parlez pas du coup de feu à ma mère.

Le Calice d'argent vendait des boules de cristal, de l'encens et des bijoux fabriqués par des artisans locaux. On y trouvait aussi bien des tarots et des inscriptions runiques que des foulards de soie de couleurs vives et des coffrets de bois sculptés à la main. La bijouterie était l'activité la plus rentable, mais c'étaient les objets New Age qui avaient la préférence de Rainbow Malory. Lorsque Hope pénétra dans la boutique, les haut-parleurs diffusaient des chants étranges et un peu dissonants — une musique qui favorisait la méditation, selon sa mère.

Rainbow, qui se tenait derrière le comptoir, leva la tête et les accueillit avec un grand sourire. A cinquante-sept ans, elle demeurait encore très séduisante, même si sa chevelure brune striée de mèches grises révélait son âge, à l'instar des rides qui creusaient son visage lorsqu'elle souriait. Elle ne se teignait pas les cheveux, ne se maquillait pas et ne portait pas de soutien-gorge.

— Présente-moi ton ami, veux-tu ? demanda Rainbow en contournant le comptoir.

Elle était vêtue d'une jupe ample et colorée qui lui descendait jusqu'aux chevilles et portait des sandales confortables.

— Voici Gideon Raintree, mon coéquipier, précisa Hope. Il voulait juste voir la boutique, mais il ne peut pas rester.

Du coin de l'œil, elle observa sa mère : son visage s'illumina, à l'instar de celui de toutes les autres femmes qui voyaient Gideon pour la première fois ; elle redressa le buste, le gratifia d'un sourire radieux, puis elle s'exclama :

— Vous avez la plus belle aura que j'ai jamais vue.

Morte de honte, Hope ferma les yeux. Elle n'avait pas fini d'en entendre ! Au cours du petit déjeuner entre collègues, il ne manquerait pas de raconter que la mère de Hope s'intéressait aux auras, aux boules de cristal et aux tarots. Elle s'attendait à l'entendre éclater de rire, mais il se contenta de dire :

— Merci.

Elle ouvrit les yeux et le regarda. Il n'avait pas l'air de se moquer. En fait, il paraissait sincère et tout à fait à l'aise en examinant les objets disposés sur les étagères.

— C'est un endroit agréable, finit-il par dire. Vous avez des articles intéressants, l'atmosphère est accueillante…

— C'est si important, l'atmosphère, précisa Rainbow. Je m'efforce à chaque instant de faire régner une énergie positive dans ma boutique.

Hope aurait voulu se cacher dans un trou de souris mais Gideon ne semblait ni décontenancé ni même amusé.

— Je parie que les touristes adorent cet endroit. C'est un lieu paisible.

— Eh bien, merci du compliment. Vous avez un jugement très sûr. Je m'en suis rendu compte dès que j'ai vu votre aura…

Cette fois-ci, la coupe était pleine.

— M'man, cesse de l'ennuyer avec tes histoires. Il doit partir maintenant. Il a du travail qui l'attend ce soir.

— Non, je ne suis pas pressé, assura-t-il d'un ton nonchalant. J'ai besoin de décompresser avant de me replonger dans les dossiers.

Elle le foudroya du regard mais il l'ignora et continua d'examiner la marchandise. S'ils devaient faire équipe tous les deux, il avait intérêt à comprendre au quart de tour.

— Vous allez dîner avec nous, annonça Rainbow d'une voix tout excitée. Je vais fermer dans une vingtaine de minutes. J'ai un ragoût qui mijote au four. Il y en a largement pour trois. Vous devez être affamé, ajouta-t-elle d'un ton maternel.

Au grand désespoir de Hope, il accepta l'invitation de sa mère.

Les deux femmes étaient aussi dissemblables que le jour et la nuit. Alors que Hope était la prudence et l'anxiété personnifiées, Rainbow se montrait chaleureuse et décontractée. Malgré un air de famille, comme il en existe souvent entre une mère et sa fille, il était difficile de croire que le même sang coulait dans leurs veines.

Rainbow avait servi du ragoût avec du pain fait maison. Un repas simple mais savoureux. Dans le séjour, Gideon se tint à bonne distance du poste de télévision et choisit la chaise la plus éloignée de la cuisinière et du micro-ondes. Il fit de son mieux pour maîtriser ses flux électriques en les maintenant à un niveau très faible.

A l'évidence, Hope n'avait qu'une envie : qu'il finisse de manger et qu'il s'en aille au plus vite. Elle donnait des signes d'impatience et jetait des regards embarrassés dans sa direction. Elle était gênée par le mode de vie de sa mère et par la franchise avec laquelle celle-ci en parlait. Que dirait-elle si elle savait qu'il partageait toutes ses convictions et plus encore ? Il aurait pu rester après le repas, mais il se montra magnanime et abrégea son tourment en refusant le dessert et le café que Rainbow lui proposait. Il la remercia et lui souhaita une bonne nuit, au grand soulagement de Hope.

— Désolée, dit-elle d'une voix douce quand ils arrivèrent à mi-chemin de l'escalier. Maman est un peu excentrique, je sais. Elle est pleine de bonnes intentions, mais elle n'a jamais dépassé sa période hippie.

— Vous n'avez pas à vous excuser. Etre différent n'est pas forcément une mauvaise chose.

Dieu sait s'il parlait en connaissance de cause !

— Ah oui ? ricana Hope. Je ne suis pas sûre que vous auriez dit la même chose si vous aviez vu votre mère se pointer un beau jour au forum de l'emploi pour raconter à qui voulait l'entendre qu'elle vendait des boules de cristal et de l'encens, puis interpeller le P.-D.G. de votre père en lui disant que son usine polluait l'environnement et qu'il ferait mieux de mettre la clé sous la porte.

Il ne put s'empêcher de rire.

— Croyez-moi, ça n'avait rien de drôle non plus quand elle a dit à mon premier vrai petit ami qu'il avait une aura pourrie et qu'il ferait mieux de s'adonner à la méditation pour doper son énergie positive.

— L'énergie positive est une excellente chose, remarqua-t-il en arrivant à la boutique qui baignait dans une lumière tamisée après que Rainbow eut fermé la porte à clé pour la nuit.

— Inutile de prendre cet air condescendant, maugréa-t-elle. Je suis bien placée pour savoir que ma mère est bizarre, excentrique et même carrément… cinglée.

Gideon ne se dirigea pas directement vers la porte. Il n'était pas décidé à partir — pas encore. Il examina les boules de cristal et les bijoux exposés dans la vitrine, puis il fouilla parmi les pendentifs en argent suspendus sur un présentoir. Il en choisit un — un nœud celtique classique retenu par une cordelette en satin noir — qu'il fit glisser du portant du bout du doigt.

Il tourna le dos à Hope, déposa le talisman au creux de ses mains et murmura quelques paroles. Une petite lueur verte jaillit de ses doigts. Elle ne dura pas longtemps, pas plus que les mots qu'il prononça.

— Que faites-vous ? demanda Hope en allant se placer devant lui juste au moment où la lueur s'éteignait.

Avant même qu'elle ait deviné son intention, il lui passa le talisman autour du cou.

— Faites-moi plaisir, portez-le quelques jours.

Elle souleva le pendentif et y jeta un coup d'œil.

— Pourquoi ?

Gideon avait conféré au talisman le pouvoir de protection. Seuls les membres de la famille royale — Dante, Mercy et lui-même — possédaient ce don et l'utilisaient d'ailleurs avec parcimonie. Leurs pouvoirs étaient inopérants sur eux-mêmes, ils n'étaient efficaces que sur autrui. Tous trois se gardaient bien d'en faire étalage et veillaient jalousement sur leurs talents cachés, comme sur tout le reste. En l'occurrence, il ne savait pas si la balle tirée en fin de matinée lui était destinée ou si c'était Hope qui était visée, mais, dans tous les cas, il se sentirait mieux si elle était protégée. Aucun charme ne serait jamais assez puissant pour la préserver de tout danger, mais ce talisman lui donnerait un avantage indéniable. Il lui procurerait, ne serait-ce que pour quelques jours — neuf pour être précis —, un peu de cette énergie positive dont elle se moquait.

— Acceptez-le, insista-t-il posément.

Elle examina le talisman d'un air dubitatif.

— Je ne vous connais pas assez pour savoir si je peux vous passer toutes vos fantaisies.

— On nous a tiré dessus. Ça signifie que désormais, vous et moi, on fait équipe et que vous devez m'accepter tel que je suis.

Elle demeurait hésitante et si tendue qu'elle était sur le point d'exploser. Cela ne lui ferait pas de mal de se laisser aller un peu de temps en temps.

Pendant qu'elle faisait tourner le nœud celtique entre ses doigts, il s'approcha d'elle et se positionna de telle sorte qu'elle se retrouva acculée au comptoir, piégée entre ses bras puissants et la vitrine. Maintenue ainsi tout contre lui, elle semblait encore plus menue et fragile. Elle faisait des efforts inouïs pour être l'égale des autres inspecteurs de la brigade, pour paraître forte, indépendante et coriace. Mais elle était femme avant tout. Elle était la douceur même, et elle n'irait nulle part, du moins pas avant qu'il ne l'ait décidé.

— Faites-le pour moi, suggéra-t-il d'une voix insinuante. Portez cette amulette, je me sentirai mieux si je sais que vous l'avez autour du cou.

— C'est idiot, protesta-t-elle, visiblement ennuyée de se retrouver à sa merci. D'ailleurs, vous-même n'en portez pas.

Il glissa un doigt sous son col, saisit la cordelette en cuir et lui montra le talisman que Dante lui avait envoyé en fin de semaine dernière. A la lumière du réverbère planté devant la boutique et du néon au-dessus du café de l'autre côté de la rue, elle le distingua clairement.

— Oh, remarqua-t-elle d'une voix faible. Je l'ai déjà aperçu une fois…

— Ce n'est pas parce que vous ne pouvez pas voir, sentir ou toucher quelque chose, que ça n'existe pas.

Il n'avait jamais tenté d'expliquer ses croyances à qui que ce soit, encore moins à une femme qu'il côtoyait depuis deux jours seulement. La vie était si courte, et il n'avait que faire de l'opinion des gens qu'il connaissait à peine. Mais, pour Hope, c'était différent : grâce à sa mère, elle était environnée de magie au quotidien, et pourtant elle la refusait. Et cela l'ennuyait.

— Alors comme ça, remarqua-t-elle d'un ton ironique, vous aussi vous voyez des auras ? Est-ce que je brille dans le noir, Raintree ?

— Je ne distingue pas les auras.

Etait-ce une illusion d'optique ou paraissait-elle soulagée ?

— Mais ça ne m'empêche pas de croire que j'en ai une.

Il fallait vraiment qu'elle soit mutée dans une autre division, pour leur propre bien à tous les deux. Il se sentirait plus en sécurité s'il travaillait seul, et elle serait plus à l'aise si elle s'occupait de vols, de fraudes ou de délinquance juvénile. Tout, sauf les homicides. Il accepterait n'importe quel adjoint, même un jeune loup aux dents longues. Elle tourna la tête et sa gorge capta la lumière de la rue. Son cou pâle, mince et long était une invitation aux baisers. Si elle n'avait été qu'une touriste de passage, une simple secrétaire ou une vendeuse, il l'aurait volontiers séduite et attirée dans son lit pour une nuit ou deux.

Mais voilà, elle était sa coéquipière. Enfin, plus pour longtemps.

Il se pencha vers elle et l'embrassa dans le cou. Elle haleta lorsqu'il fit courir sa main sur son corps, ses épaules, son dos et enfin, plus bas, son ventre. Une caresse bien trop intime pour des collègues de travail ou de simples connaissances. Alors, comme si elle prenait conscience de cette inconvenance, elle eut un brusque sursaut.

Mais il était trop tard, elle était à sa merci, et elle s'abandonna totalement entre ses bras. Il avait envie de l'entendre gémir, de la voir quitter cette attitude de froide réserve qui ne l'abandonnait jamais. Il maîtrisait l'électricité, or les réactions du corps sont le plus souvent électriques. Il avait donc le pouvoir de lui faire connaître les sensations les plus enivrantes et de lui procurer un plaisir extrême.

Il pressa sa main sur le ventre de Hope, comme si cet endroit secret lui appartenait. Il était chaud et tendre sous ses caresses. Alors, il lui envoya une décharge électrique. A travers le tissu épais de son pantalon, à travers ses sous-vêtements, à travers sa peau, il atteignit le cœur de son intimité et sentit les spasmes monter en elle. Pas un instant il ne la quitta des yeux, attentif au moindre de ses soupirs, à la plus infime de ses réactions. Il était fasciné par ces vagues de plaisir qu'il sentait jaillir au plus profond d'elle-même.

Elle poussa un long gémissement, et il sentit son corps frémir contre le sien et se contracter. Puis elle s'agrippa à lui, sauvagement, avidement, comme si elle voulait prolonger encore cette étreinte.

Gideon se sentit envahi par un intense sentiment de triomphe mêlé aussi de gratitude : il venait de faire jouir Hope Malory. Il n'était pas très fier d'avoir utilisé ses dons mais, magie ou non, il savait au fond de lui-même que ce qu'ils venaient de vivre était un moment d'intimité rare. Jamais il n'avait éprouvé une telle émotion à voir une femme s'abandonner au plaisir. Jamais il n'avait éprouvé un tel désir et, compte tenu de leur proximité, elle devait en être consciente. A contrecœur, il retira lentement sa main et recula.

— Qu'est-ce que vous… ?

Hope ne put achever sa phrase.

Il prit son portefeuille dans la poche arrière de son pantalon et en retira une coupure de dix dollars.

— Pour le talisman, précisa-t-il en déposant le billet sur le comptoir, comme si de rien n'était. Je passe vous chercher demain matin ? Petit déjeuner au Hilton, comme aujourd'hui ? Ensuite, on s'occupera de votre voiture.

Après ce qui venait de se passer, il s'attendait à ce qu'elle l'envoie au diable. Certes, elle pouvait porter plainte contre lui pour harcèlement sexuel, mais qui la croirait ? *Nous étions tous les deux entièrement habillés. C'est arrivé si vite. Il a posé la main sur moi et j'ai joui comme une femme qui serait en manque d'amour depuis dix ans.*

Elle n'oserait pas. Personne ne la prendrait au sérieux. La seule chose qu'il lui restait à faire, c'était de l'envoyer paître, demander à faire équipe avec un autre inspecteur ou solliciter une nouvelle affectation mieux adaptée.

— Je crois que je me passerai de petit déjeuner, parvint-elle à murmurer, sa respiration haletante trahissant son émoi.

Il sourit. Peut-être allait-il se débarrasser d'elle plus facilement qu'il ne pensait. Mais cet espoir fut de courte durée. D'une voix entrecoupée, elle murmura :

— Passez me prendre quand vous serez prêt.

Après avoir verrouillé la porte derrière Raintree, Hope, le visage décomposé, se précipita dans l'escalier et s'effondra sur la dernière marche. Ses genoux fléchissaient ; ses cuisses étaient agitées de tremblements ; elle avait du mal à retrouver son souffle ; son esprit bouillonnait. Mais que lui était-il arrivé ?

Soit, cela faisait longtemps qu'un homme ne l'avait pas touchée. Et elle trouvait Gideon très séduisant. Il possédait ce charme malicieux et diabolique qui la fascinait et l'agaçait tour à tour. Mais de là à sentir ses sens s'embraser et à atteindre l'orgasme simplement parce qu'il avait posé sa main sur elle et qu'il l'avait embrassée dans le cou ! C'était impossible, non ?

Improbable, inouï mais, selon toute apparence, *pas* impossible.

Dissimulée dans l'ombre, elle s'adossa au mur, encore toute frémissante au souvenir de la vague de plaisir qui l'avait submergée. Ses genoux continuaient de trembler, et la moiteur qui imprégnait le cœur de son intimité lui disait qu'elle n'en avait pas fini avec cet homme qui l'avait menée à l'extase en une poignée de secondes. En réalité, son esprit avait tiré un trait définitif sur lui, mais son corps s'y refusait.

Gideon était capable de la faire souffrir cruellement. Il n'était peut-être pas l'homme qu'il lui fallait. Elle risquait de se tromper encore une fois. Or, elle ne tenait pas à se brûler de nouveau les ailes. Alors pourquoi mourait-elle d'envie de connaître le goût de ses baisers ?

Elle se mit à tripoter le pendentif suspendu à

son cou et sentit monter en elle une bouffée de colère. Elle devait réagir au lieu de rester ainsi prostrée. Pour commencer, elle allait arracher ce gri-gri qu'elle avait eu la faiblesse d'accepter. Puis elle porterait plainte contre ce goujat pour avoir osé porter la main sur elle. Cependant, tout bien réfléchi, c'était probablement la réaction qu'il escomptait. Depuis le début, il n'avait eu qu'une idée en tête : se débarrasser d'elle. Mais elle n'allait pas lui faire ce plaisir ; il en serait pour ses frais. Demain matin, lorsqu'il viendrait la chercher, elle ferait comme si de rien n'était. Elle ne le traînerait pas en justice et ne demanderait pas sa mutation. Non. Elle avait mieux à faire. Aura ou pas, cet homme était une véritable énigme et elle était bien décidée à le percer à jour.

A cette période de l'année, les orages étaient fréquents, et Gideon les adorait. Ce qu'il aimait par-dessus tout, c'était les éclairs. Ce soir-là, à minuit passé, il se tenait sur la plage, vêtu de son jean coupé aux genoux, le talisman de Dante autour de son cou, et il offrait aux nuages son visage et ses bras tendus, paumes ouvertes vers le ciel. Les électrons remplissaient l'air. Il les humait et s'en délectait.

Il conservait encore la saveur de Hope au plus

profond de lui-même. En temps normal, rien ne parvenait à détourner son attention de l'orage imminent chargé d'électricité, mais, ce soir, il ne pouvait s'empêcher de se rappeler la façon dont elle avait chancelé contre lui, s'agrippant à sa veste, gémissant, vibrant et éprouvant un plaisir d'une intensité inouïe. Il gardait aussi le goût de sa peau sur sa langue. Il avait cherché à la déstabiliser et, comble de l'ironie, c'était lui qui se sentait perturbé au plus haut point, plusieurs heures après l'avoir abandonnée, pantelante et honteuse.

Mais il ne devait en aucun cas se laisser détourner de son objectif. Pas maintenant. Jamais. C'est pourquoi il refusait d'admettre l'idée qu'Emma serait un jour sa fille et envoyait régulièrement à Dante des talismans contre la stérilité. Quelqu'un devait perpétuer le nom des Raintree, mais ce ne serait pas lui.

D'ailleurs, quelle femme normalement constituée l'accepterait tel qu'il était avec tout ce qu'il représentait ? Qu'il le veuille ou non, il y avait des moments où il souhaitait plus que tout au monde rencontrer cette perle rare. Mais sans pour autant renier sa personnalité et ses obligations, encore moins renoncer à ses dons. C'était hors de question, il ne le ferait jamais. Toutefois, certains jours, il aspirait à un soupçon de normalité. Juste une petite touche. Or, c'était impossible. Rien dans sa vie n'avait été ni ne serait jamais normal.

Hope était on ne peut plus normale. Si elle savait qui il était et ce qu'il était capable de faire, elle s'éloignerait de lui définitivement, et il ne pourrait plus jamais la toucher.

Le premier éclair déchira le ciel et illumina la nuit. Il dansa sur fond de ciel noir, superbe, brillant et puissant, zébrant l'horizon telle une artère gonflée de sève. Il le sentit pénétrer sous sa peau, dans son sang. L'éclair suivant fut encore plus proche et plus superbe, comme s'il répondait à l'appel de Gideon. Leur attirance était réciproque. Ils se nourrissaient l'un de l'autre.

Le troisième éclair arriva droit sur lui, bondissant dans son corps et embrasant son sang. Ses yeux roulèrent dans leurs orbites et ses pieds se soulevèrent au-dessus du sable, le faisant flotter à quelques centimètres du sol. Il ne se sentait jamais aussi fort que durant ces moments d'une rare intensité, au cœur de la nuit qui le dissimulait dans son manteau sombre, avec les vagues qui se brisaient à proximité, et l'éclair qui bouillonnait dans son sang.

Non seulement il aimait l'orage, mais il *était* l'orage. Transporté par ce spectacle grandiose, il en faisait partie intégrante. Il se délectait de sa puissance et de sa beauté. Il y puisait sa vigueur, mais il donnait autant qu'il recevait. Avec l'arrivée du solstice, il n'avait pas besoin de ce supplément d'énergie mais il le désirait. Il y aspirait de tout son être. Seul sur la plage, fortifiant son corps grâce à la toute-puissance de la nature déchaînée, il lui était impossible de renier qui il était.

Raintree.

La foudre le frappa, et il fut projeté en arrière, à quelques mètres de là. Il eut l'impression non pas d'avoir été repoussé mais plutôt de voler. Il atterrit sur son postérieur, le souffle coupé, revigoré et tonifié. Son cœur cognait dans sa poitrine et sa respiration était difficile. Alors que l'orage s'éloignait, des petites lueurs d'éclair s'accrochaient à son corps et semblaient jaillir de sa peau, telles des taches lumineuses étonnamment visibles dans l'obscurité de la nuit. Blanc, vert et bleu, l'électricité dansait en lui et sur lui. Il leva la main vers le ciel sombre et regarda les étincelles naître sur sa peau et s'éteindre peu à peu.

La normalité n'était pas pour lui et ne le serait jamais. Mieux valait ne pas gaspiller son temps à désirer l'impossible comme, par exemple, faire réellement l'amour à Hope la prochaine fois qu'elle vibrerait et frémirait de plaisir.

Si elle se moquait des auras, boules de cristal et autres porte-bonheur, que penserait-elle de lui ?

6

Mercredi matin — 8 h 40

Au moment où il arriva au Calice d'argent pour prendre Hope, Gideon espérait à moitié qu'elle serait loin, très loin de la boutique de sa mère. Elle avait eu toute la nuit pour réfléchir à la suite qu'elle comptait donner à l'incident de la veille. A l'heure actuelle, elle se trouvait peut-être au poste de police, pour porter plainte contre lui ou demander sa mutation. A moins qu'elle ne soit déjà en route pour Raleigh mais, il devait le reconnaître, elle n'était pas du genre à prendre ses jambes à son cou. Pourtant, il lui paraissait peu probable qu'elle continue de travailler avec lui comme si de rien n'était.

Elle le surprit encore une fois. Elle l'attendait sur le seuil de la boutique, l'air apparemment désinvolte, une tasse de café à la main. Comme à son habitude, elle portait un tailleur-pantalon gris de coupe classique et un chemisier blanc ajusté, qui auraient semblé quelconques sur toute autre femme mais qui étaient très sexy sur elle. Se rendait-elle compte que ses pantalons moulants, censés lui donner une apparence professionnelle, faisaient ressortir la longueur et la finesse de ses jambes ? Et avec ces talons hauts — qu'elle mettait sans doute pour paraître encore plus grande qu'elle ne l'était —, elle avait une allure folle. Si elle portait le talisman qu'il lui avait donné la nuit dernière, il était bien caché, tout comme le sien.

— Ce n'est pas prudent de vous tenir ainsi à découvert, lui reprocha-t-il en se penchant pour ouvrir la portière côté passager.

— Bonjour, dit-elle d'un air distant en prenant place à côté de lui. Quel est le programme de la journée ?

Si elle avait le cran de le regarder droit dans les yeux, c'est qu'elle n'était pas humaine, se dit-il.

— J'ai retenu quatre homicides commis dans le Sud-Est, qui présentent des similitudes avec le meurtre de Sherry Bishop.

— Tous des femmes ?

Il fit un signe de dénégation.

— Trois femmes et un homme.

— Quels sont les points communs ?

— La même arme et des souvenirs prélevés sur les victimes. Pas forcément des doigts ou des cheveux, mais ce modus operandi est suffisamment inhabituel pour qu'on s'y intéresse de près. Pas de témoin et pour ainsi dire aucune preuve. Toutes les victimes étaient célibataires. Non seulement elles n'étaient pas mariées mais on ne leur connaissait aucune liaison, et n'avaient pas de famille vivant à proximité. C'est peut-être une coïncidence, mais…

— Je ne crois pas aux coïncidences, remarqua-t-elle d'un ton froid.

— Moi non plus.

Le fantôme de Sherry Bishop ne lui était pas apparu depuis hier, mais cela ne signifiait rien. Il pouvait surgir à tout moment pour lui fournir une autre information, utile ou non. A moins qu'il ne soit parti vers un monde meilleur, auquel cas il devrait se débrouiller seul.

Réussirait-il à être aussi *seul* qu'il le souhaitait ? se demanda-t-il en jetant un coup d'œil à Hope. Elle avait beau être superbe, fascinante et intelligente, il n'avait pas besoin d'une coéquipière et il ne voulait d'elle à aucun prix. Alors pourquoi diable était-elle encore là ? En l'espace de quarante-huit heures, il avait tenté de s'en débarrasser puis de s'en faire une amie. Il avait bousillé sa voiture, lui avait sauvé la vie et donné du plaisir. Elle devrait l'aimer ou le haïr or, au lieu de cela, elle se montrait aussi froide qu'à l'accoutumée.

Mais jusqu'où devait-il aller pour la faire craquer ?

— J'ai appelé un mécanicien pour votre auto. Il devrait nous rejoindre au Hilton d'ici dix minutes.

— Merci, répondit-elle d'un ton sec.

— L'analyse du labo concernant Sherry Bishop nous parviendra en début d'après-midi. Du moins, une partie des résultats. Une fois que votre voiture sera réparée, on pourrait aller au bureau pour passer quelques coups de fil au sujet des autres meurtres.

— D'accord. Si on a le temps, et si vous n'y voyez pas d'inconvénient, j'aimerais consulter le dossier de Stiles. Il se peut qu'il soit responsable du coup de feu et que la femme blonde aperçue par la libraire n'ait rien à voir dans le cas qui nous occupe.

— Possible, admit-il. Si on a affaire à un tueur en série, notre meurtrière n'a pas agi *de cette façon* les fois précédentes. Elle n'est jamais restée dans les parages pour tirer sur des policiers.

— Elle a peut-être été effrayée en apprenant que le *meilleur flic* du comté était chargé de l'enquête.

— Je sens comme une pointe de sarcasme dans votre voix.

— Quelle idée ! Vous l'êtes vraiment, à en juger par vos états de service.

Ainsi… elle n'était pas aussi froide et distante qu'il y paraissait.

Quand ils arrivèrent sur le parking du Hilton, le mécanicien était déjà là et les attendait. Gideon se gara près de la Toyota et coupa le contact. Au moment où il s'apprêtait à mettre pied à terre, elle dit d'une voix douce :

— Encore une chose, Raintree, avant qu'on y aille. Si vous osez me toucher encore une fois, je vous tue.

Il hésita, la main posée sur la poignée de la portière.

— Vous voulez dire que vous porterez plainte contre moi, c'est bien ça ?

Elle le fixa droit dans les yeux et soutint fermement son regard. Oui en fait, elle était tout à fait humaine, plutôt remontée contre lui et très perturbée.

— Non, j'ai bien dit : « je vous tue ». Je règle mes problèmes moi-même, Raintree, alors si vous pensiez que j'allais me précipiter en larmes chez le patron pour réclamer justice ou demander ma mutation, vous vous êtes fourré le doigt dans l'œil.

Jusqu'au coude !

— Je ne sais pas comment vous avez réussi à faire ça et je m'en moque, poursuivit-elle d'une voix basse mais résolue. Enfin, pas vraiment. Je suis *curieuse*, mais pas au point de laisser passer un tel acte. Dorénavant, ne posez plus vos mains sur moi si vous tenez à les conserver.

Sur ce, elle ouvrit sa portière et descendit de voiture sans plus s'occuper de lui, mettant ainsi un terme à la conversation.

Qu'il le veuille ou non, il avait une nouvelle coéquipière.

Anxieuse et mécontente, Tabby arpentait fébrilement la promenade bordant la rivière. Les obsèques de Sherry Bishop n'auraient pas lieu avant samedi et, de plus, elles seraient célébrées dans l'Indiana. Autant dire au bout du monde ! Devait-elle faire tout ce trajet au cas où Echo y assisterait ? Non, elle devait être ici dimanche. Et en avoir terminé avec sa part des préparatifs.

Il était temps de se montrer réaliste. Désormais, elle devait faire abstraction de ses propres aspirations pour se concentrer sur sa mission. Il était trop tard pour tuer Echo en premier. Si cette devineresse était capable de voir ce qui se tramait, elle l'avait déjà vu. Mais le don d'Echo n'était peut-être pas aussi développé qu'on le disait.

Elle devait se focaliser sur ce qu'il était possible de faire ici et maintenant, et tirer un trait sur tout le reste. Echo était introuvable, du moins pour l'instant, mais Gideon Raintree était bel et bien là, à Wilmington, si près qu'elle parvenait presque à le sentir.

Les voisins de Raintree étaient trop proches et trop curieux. Il y avait toujours quelqu'un sur la plage ou à proximité de sa véranda. Le surprendre chez lui serait jamais possible. Elle avait besoin de tranquillité et d'un peu de temps pour mener à bien ce qu'elle avait prévu de faire. Elle se réserverait plusieurs minutes, et non quelques secondes, en tête à tête avec Raintree, même si elle aurait préféré avoir des heures devant elle, mais il ne fallait plus y compter.

Il avait passé presque toute la journée au poste de police en compagnie de son adjointe, mais elle n'était pas stupide au point d'aller débusquer le loup dans sa tanière. Qui plus est, elle souhaitait faire durer le plaisir. Au moment où elle le tuerait, elle voulait plonger son regard dans les yeux verts de Gideon — la marque des Raintree.

Dieu merci, elle savait comment l'attirer hors du poste de police, et assez loin de chez lui.

La promenade au bord de l'eau était fréquentée par de nombreux touristes et quelques habitants du coin. Elle les examina à tour de rôle. Il devait bien y avoir parmi eux une personne seule. Non pas momentanément esseulée, mais plongée dans une solitude totale et absolue. Elle jeta un coup d'œil rapide aux différents promeneurs, mais aucun ne correspondait au profil recherché. Soudain, son regard tomba sur la personne idéale.

Seule, effrayée et séparée de ses proches. Manquant de confiance en elle, vulnérable et délaissée. *Parfait.*

Tabaet Ansara sourit en repérant la silhouette rousse bien proportionnée. Cette femme se doutait-elle qu'elle allait mourir ?

Mercredi — 15 h 29

— Comment ça, la puce électronique est foutue ?

Hope hurlait presque dans le combiné.

— Ma voiture est neuve, pour ainsi dire !

En réalité, elle n'était plus sous garantie.

Elle écouta les explications plutôt vagues du mécanicien. Tout ce qu'il savait c'était qu'un composant très cher devait être remplacé. Bien sûr, il n'avait pas la pièce sous la main. Il faudrait la commander et cela prendrait quelques jours pour l'obtenir et ensuite pour l'installer.

Elle raccrocha le téléphone d'un geste rageur, et Raintree leva lentement la tête pour la regarder.

— Mauvaises nouvelles ?

— Je n'ai plus de voiture pour quelques jours.

Elle se mit à feuilleter les pages jaunes.

— Vous pourriez me conseiller une société de location ?

— Inutile de louer une voiture.

— Il n'est pas question que vous me serviez de chauffeur pendant tout ce temps, argua-t-elle.

Il y avait bien le véhicule de sa mère. Il ne consommait pas beaucoup d'essence mais il n'était guère plus grand qu'une boîte à chaussures et il avait une fâcheuse tendance à caler aux stops et aux feux de signalisation.

— Vous sauriez vous débrouiller avec le levier de vitesse ?

— Pardon ?

— Les vitesses au volant, précisa-t-il en levant de nouveau son regard sur elle. Vous y arriveriez ?

— Oui, jeta-t-elle laconique.

Ce matin, il avait dû la prendre au sérieux puisqu'il ne l'avait pas touchée de toute la journée. Ni de façon déplacée, ni par inadvertance, pas un geste. C'était bien ce qu'elle voulait, non ? Alors pourquoi se sentait-elle encore aussi énervée en sa présence, au point qu'elle avait envie de crier ?

— Je vais vous prêter ma Challenger, dit-il. Nous passerons chez moi ce soir et je vous laisserai un jeu de clés.

En la voyant hésiter, il ajouta :

— Si Léon s'était retrouvé sans voiture, je lui aurais fait la même proposition.

Elle faillit refuser, mais s'abstint. Après tout, ce serait juste pour quelques jours.

— Bon, d'accord.

Assis à bonne distance de son ordinateur, il étudiait l'épais dossier posé sur ses genoux. Ils disposaient du rapport initial concernant le lieu du crime dans l'affaire Sherry Bishop et ils attendaient d'un moment à l'autre celui du médecin légiste. Charlie Newsom, un des inspecteurs de la brigade, poussa la porte du bureau que Raintree et Hope partageaient — du moins pour le moment. Les yeux brillants et le sourire ravageur, il jeta un regard admiratif à la jeune femme. Charlie était sûrement un type bien et non un de ces salauds qu'elle attirait comme un aimant, et il n'avait pas le chic pour la mettre en rogne.

— J'ai fait la recherche sur Stiles. Il était en taule la semaine dernière pour ivresse et désordre sur la voie publique.

— Il a été libéré? demanda Gideon.

Charlie fit un signe de dénégation.

— Non. Il est toujours détenu à la centrale.

Hier matin, ce n'était donc pas lui qui avait tiré sur Raintree — ou sur elle.

Gideon promenait ses doigts sur la photo au sommet de la pile. Elle représentait une femme assassinée dans un petit bourg rural de l'Etat, quatre mois auparavant. Il y en avait d'autres semblables à celle-ci, certaines prises sous un mauvais éclairage, d'autres moins horribles, mais c'était cette photo qui lui parlait.

Marcia Cordell avait très peu de points communs avec Sherry Bishop. Cette institutrice de trente-six ans enseignait dans une petite école de campagne. Au moment de sa mort, elle portait une ample robe marron qui aurait pu être choisie à dessein pour dissimuler sa silhouette. Ce n'était pas le genre de femme qu'on risquait de surprendre — vivante ou morte — avec des mèches de cheveux roses et un piercing au nombril. Elle ne vivait pas en appartement mais au bord d'une route départementale, dans une maisonnette dont elle avait hérité à la mort de son père il y avait cinq ans de cela.

En revanche, ce que Marcia et Sherry avaient en commun, c'était leur statut de célibataire. Au lieu de combler la solitude de ses nuits avec la musique et un emploi de serveuse dans une cafétéria, Marcia Cordell peuplait le vide de sa vie avec les enfants des autres, deux gros chats et — à en juger par la photo devant lui — une collection impressionnante de boules de neige en provenance d'endroits où elle n'avait jamais mis les pieds. Toutes deux avaient été assassinées à l'aide d'un couteau qui avait provoqué une blessure similaire. Alors que Sherry avait été tuée d'une entaille à la gorge, Marcia avait reçu une demi-douzaine de coups de couteau avant d'être égorgée. Néanmoins, l'angle et la profondeur de la blessure ayant entraîné la mort étaient semblables dans les deux cas, et les deux habitations avaient été mises à sac, comme si l'assassin avait été pris d'une frénésie de destruction après avoir commis les meurtres.

Et une des oreilles de Marcia Cordell avait été tranchée et emportée.

Les enquêtes menées dans les juridictions en sous-effectifs étaient souvent bâclées et incomplètes mais, dans le cas présent, la police locale avait fait du bon travail. Le dossier était mince, toutefois le shérif poursuivait activement les recherches et s'était montré très coopératif au téléphone. Il avait invité Gideon à se rendre sur le lieu du crime qui avait été soigneusement préservé, Marcia Cordell n'ayant pas de famille proche et ne laissant aucune disposition testamentaire au sujet de sa maison. Non pas que quelqu'un ait envie de s'y installer après ce qui s'était passé…

Le fantôme de Marcia Cordell rôdait-il encore dans cette demeure, en quête de justice ? Possible mais peu probable. A moins que l'acharnement de l'assassin et l'horreur insoutenable du meurtre n'aient retenu l'esprit de Marcia dans les parages encore quelque temps. Si elle savait qu'il était déterminé à trouver la femme qui l'avait tuée, pourrait-elle reposer en paix ?

La pile de dossiers sur son bureau était démoralisante. S'il disposait du temps nécessaire, sans doute parviendrait-il à résoudre toutes ces affaires. Il épinglerait les assassins et les jetterait en prison, et les esprits des victimes iraient rejoindre une destination plus clémente. Mais il y avait tellement de noirceur ici-bas que la tâche était démesurée. Un seul homme n'y suffirait pas. C'était un monde dans lequel il ne pouvait pas se permettre d'élever un enfant. Il lui était impossible de remédier à tous les maux de la terre, même pour Emma… même pour Sherry Bishop ou Marcia Cordell.

— Ça va, Raintree ?

Plongé dans ses pensées, il n'avait pas entendu Hope pénétrer dans le bureau.

— Non, pas vraiment. Je pense qu'on a affaire à un tueur en série.

Mercredi — 23 h 17

Gideon s'accroupit près du corps allongé sur la moquette défraîchie d'une chambre d'hôtel bon marché. Les cheveux roux de la victime cachaient en partie son visage, mais ce qu'il en voyait était plus que suffisant. A l'instar de Sherry Bishop, la femme avait été tuée avec un couteau. Mais contrairement à Sherry, sa mort n'avait pas été rapide. Le lieu du crime ressemblait plus aux photos de l'homicide de Marcia Cordell.

Lily Clark. D'après son permis de conduire, elle avait trente et un ans et résidait dans une petite ville de Géorgie. Elle était venue passer une semaine de vacances ici et avait rempli sa fiche d'hôtel samedi en compagnie d'un ami mais, d'après l'employé de la réception, cet homme n'avait pas réapparu depuis dimanche après-midi. Par la suite, Lily Clark avait été vue en larmes à plusieurs reprises. Bien sûr, pour Hope, cet ami était le suspect idéal. Mais Gideon avait sa petite idée.

Deux meurtres en trois jours, c'était inhabituel pour Wilmington. Cette fois-ci, la victime était une touriste, et l'image de marque de la ville risquait d'en prendre un coup.

— Elle disait que ma vie ne valait pas un clou, déclara le fantôme d'une voix douce. Et elle avait raison. Je n'ai pas profité de l'existence comme j'aurais dû. Je me suis contentée de végéter, effrayée de tout et de rien. Pourtant, il ne m'est jamais venu à l'idée de redouter une fin aussi horrible.

— Elle essayait de vous traumatiser, Lily, assura

Gideon gentiment. Ne la laissez plus vous tourmenter ainsi. Oubliez tout ce qu'elle vous a dit.

Le fantôme de Lily Clark secoua la tête en signe de dénégation, incapable d'oublier *quoi que ce soit.*

— Non, elle avait raison. Elle disait que j'étais laide même avant d'avoir le visage tailladé, et que la mort était la meilleure solution pour moi parce qu'aucun homme ne m'aimerait jamais.

Le fantôme de la femme assassinée s'assit sur le bord du lit, les mains sagement croisées sur ses genoux, la lèvre inférieure agitée de tremblements. Sa silhouette était plus consistante que ne l'avait jamais été celle de Sherry Bishop. Sans doute errerait-elle encore longtemps dans les parages.

— Malheureusement, c'est la vérité, soupira le spectre.

Hope interrogeait le patron de l'hôtel pendant que des agents de police interdisaient l'accès au lieu du crime. Pour l'instant du moins, Gideon et le fantôme étaient seuls.

— Non, Lily, c'est faux. Maintenant écoutez-moi. Il faut oublier tout ce qu'elle vous a dit et vous concentrer sur les détails qui peuvent m'aider à l'identifier. Dites-moi tout ce que vous savez sur elle pour que je puisse la mettre hors d'état de nuire. Grande et blonde, c'est bien ça ? Que pouvez-vous me dire au sujet du couteau ?

— Il était ancien, je pense. La lame était tranchante et le manche en argent. Vous avez vu ? Elle m'a coupé le petit doigt !

Et cette fois-ci, elle n'avait pas attendu que sa victime soit morte.

— Il y avait quelque chose de gravé sur le manche ?

— Oui, s'écria Lily, un soupçon d'enthousiasme dans la voix. Mais je n'ai pas pu le déchiffrer. Ce n'était pas de l'anglais. Lorsqu'elle était assise sur ma poitrine et qu'elle pointait le bout du couteau sous mon nez, j'ai cru distinguer des caractères anciens.

Sa chevelure rousse se balança légèrement.

— Mais ils étaient incompréhensibles.

— Et vous n'aviez jamais vu cette femme avant aujourd'hui, constata-t-il, répétant ce que Lily lui avait dit quand il était arrivé sur le lieu du crime.

— Je me suis conduite comme une idiote, gémit-elle. Je suis venue ici avec Jerry et j'ai finalement découvert qu'il était marié. Puis j'ai fait entrer cette horrible femme dans ma chambre d'hôtel. Bien sûr, à ce moment-là, je ne savais pas qu'elle était capable d'une chose pareille. Elle avait l'air si sympa quand on s'est rencontrées sur la promenade. On s'est littéralement heurtées, et j'ai renversé ma limonade sur elle. J'ai cru qu'elle allait s'énerver mais elle s'est mise à rire. On a commencé à discuter, vous savez ce que c'est. Elle aussi avait des problèmes avec son petit ami, nous devions sortir ce soir pour boire un verre et...

Soudain, le fantôme se tut et regarda Gideon d'un air troublé.

— Attendez une minute. Vous vous appelez Raintree ? Gideon Raintree ?

Il fit un signe de tête affirmatif et sentit une boule se former au creux de son estomac. Comment diable connaissait-elle son nom ?

— J'ai failli oublier. J'ai un message pour vous.

Un frisson courut le long de sa colonne vertébrale.

— Un message ?

— Oui. La femme qui m'a tuée a dit qu'elle vous donnait rendez-vous à minuit sur la promenade au bord de la rivière, tout près de la cafétéria où travaillait l'autre fille qu'elle a assassinée. D'après elle, vous savez où c'est. Vous devez y aller seul. Sinon, elle descendra quelqu'un d'autre. Probablement une paumée comme moi que personne ne regrettera.

Son malaise ne fit qu'empirer. C'était bien plus grave qu'il ne l'imaginait. La meurtrière connaissait ses pouvoirs. Etait-elle médium, à moins qu'elle n'ait loué les services d'une voyante qui avait deviné juste ? Le *comment* n'avait guère d'importance, du moins pour l'instant. Le tueur en série qu'il recherchait avait torturé et assassiné cette pauvre femme dans l'unique dessein de la rendre suffisamment forte pour qu'elle demeure à proximité et lui transmette son message.

Lily Clark réussirait-elle un jour à se détacher de cette terre pour rejoindre un monde meilleur ?

— Il y a toujours quelqu'un pour vous regretter, assura-t-il.

Lily fit un signe de dénégation, mais il insista :

— Toute personne laisse un vide dans l'univers quand elle part trop tôt.

Un frémissement parcourut la silhouette du spectre, comme si elle perdait un peu de sa consistance.

— Pas moi, murmura-t-elle. Une chose est sûre, ma mort ne fera ni chaud ni froid à mon premier mari, et mes parents m'en voudront parce que je ne leur aurai pas donné de petits-enfants. Je travaille sur ordinateur toute la journée et vous savez aussi bien que moi qu'*ils* ne me regretteront pas.

— Vous me manquerez, assura Gideon, son regard allant du corps gisant à terre au spectre assis sur le lit.

C'était plus facile que de garder les yeux fixés sur ce qui restait de son enveloppe charnelle.

— Pourquoi ?

— Parce que si hier j'avais arrêté la femme qui vous a fait ça, vous seriez encore en vie.

Lily tendit la main comme pour le réconforter, et il sentit très nettement le frôlement de ses doigts glacés.

— Je ne vous fais aucun reproche.

— C'est ma faute.

— Vous faites toujours ça ?

Surpris, il tourna la tête et aperçut Hope dans l'embrasure de la porte. Depuis combien de temps était-elle là, à l'écouter et à le regarder ?

— Faire quoi ?

— Votre mea culpa, répondit-elle, une trace inattendue de sympathie dans la voix.

— Son petit ami n'est pas le meurtrier, affirma-t-il. C'est la même femme qui a assassiné Sherry Bishop.

Hope secoua la tête.

— Je sais bien que nous avons le… le doigt sectionné mais, à part ça, le modus operandi diffère du tout au tout. Sherry Bishop est morte sur le coup alors que Lily Clark a été…

Son regard effleura le corps.

— Elle a été torturée, Gideon. Le meurtrier a un mobile personnel.

— Non, il s'agit d'un crime sadique.

Il se releva.

— Et très semblable au meurtre non élucidé

commis dans le comté de Hale. C'est la même femme, Hope. Je le sais. Je veux une analyse comparative de l'arme dès que possible. Je parierais que le couteau qui a tué Sherry Bishop et Marcia Cordell a aussi servi à assassiner Lily Clark.

Lorsqu'il fit un pas dans sa direction, elle tressaillit un peu mais ne recula pas. D'une façon ou d'une autre, il devait se débarrasser d'elle avant d'aller au rendez-vous sur la promenade. Il ne pouvait pas lui expliquer comment il venait d'apprendre que la psychopathe qui avait descendu deux femmes en trois jours se trouverait là-bas, et surtout il ne voulait pas mettre la vie de Hope en danger.

La dernière chose dont il avait besoin, c'était de se faire du souci pour elle.

— Il est trop tard ce soir pour entreprendre quoi que ce soit, remarqua Gideon, la lassitude dans sa voix paraissant tout à fait crédible. Laissons les gars de l'identité judiciaire faire leur boulot. On y verra plus clair demain matin.

Hope fit la moue, visiblement déconcertée.

— Demain matin ?

— Oui. Je suis crevé. Il vaut mieux rentrer.

L'espace d'un instant, la pièce redevint silencieuse, si ce n'est les plaintes de l'apparition sur le lit qui continuait à se lamenter sur sa stupidité. Elle ne s'en irait pas de sitôt. Pas cette nuit, en tout cas. Sherry devait déjà être partie vers d'autres contrées mais, à l'évidence, Lily resterait attachée à cette terre plus longtemps.

— Allez-y, indiqua Hope. Je vais traîner encore un moment par ici, au cas où.

Il se sentirait mieux s'il la savait en sécurité chez elle, les portes fermées à double tour, mais ce n'était pas son problème. Par ailleurs, aujourd'hui, à une ou deux reprises, il avait aperçu la cordelette autour de son cou. Elle portait donc le talisman qu'il lui avait donné.

— A demain, dit-il, laissant derrière lui Hope, Lily Clark et l'équipe de l'identité judiciaire qui attendait pour passer la chambre ensanglantée au peigne fin.

Patienter jusqu'à demain matin ? Mon œil. Cela faisait deux jours — non, trois — qu'elle travaillait avec lui et cette façon de s'éclipser n'était pas dans son style. Hope laissa les techniciens à leur travail et suivit Gideon de loin. Il avait visiblement l'esprit ailleurs quand il monta dans sa Mustang et mit le moteur en marche.

Si elle le filait dans l'énorme et bruyante Challenger qu'il lui avait prêtée, il la repérerait avant même qu'elle ne sorte du parking. Elle s'adressa à la première personne qu'elle croisa, en l'occurrence le gardien de nuit de l'hôtel.

— Je peux emprunter votre véhicule ?

— Pardon ? demanda-t-il, surpris et méfiant.

— Votre véhicule, répéta Hope, tendant la main pour qu'il y dépose ses clés. Je vous le ramènerai dès que possible et je ferai le plein.

L'homme corpulent demeurait sur la défensive.

— Qu'est-ce que vous croyez ? s'écria Hope vertement. Que je vais le voler ? Je suis flic.

A contrecœur, il prit les clés dans la poche de son pantalon et les lui tendit.

— La camionnette grise.

— Merci.

Elle se précipita sur le parking et aperçut les feux arrière de la Mustang au moment où elle tournait dans Market Street. Gideon ne prenait *pas* la bonne direction pour rentrer chez lui.

A cette heure tardive de la nuit, les rues étaient presque désertes et, malgré les quelques touristes qui traînaient encore ici et là aux abords des clubs et des cabarets, nombreux en centre-ville, la filature de Raintree s'avérait délicate. Elle se laissa distancer pour ne pas attirer son attention au risque de le perdre de vue.

Tout en conduisant, elle échafaudait divers scénarios qui justifieraient son départ précipité de l'hôtel. Certes, un coup de fatigue n'était pas à exclure mais, dans ce cas, il aurait pris l'autre direction, celle de Wrightsville Beach.

Peut-être avait-il un rendez-vous galant ? C'était vraisemblable. Avec une femme comme sa voisine Honey. Séduisant comme il l'était, il ne devait pas manquer de compagnie féminine. A moins qu'il ne s'agisse de ce qu'elle soupçonnait depuis le début : il allait rencontrer un trafiquant de drogue pour encaisser un pot de vin. Qui sait si la mort de Lily Clark n'avait pas un rapport avec d'autres meurtres liés à la drogue et élucidés en leur temps par Gideon à Wilmington ; il avait dû trouver un indice sur le lieu du crime qui l'avait alerté sur l'identité du tueur.

Elle n'avait pas l'intention de tomber amoureuse de lui, alors pourquoi espérait-elle follement qu'il allait retrouver une bécasse quelconque pour boire un verre, danser et faire une partie de jambes en l'air ? Elle n'aimait pas beaucoup cette idée, même si elle n'avait aucun droit sur lui et n'en aurait jamais, mais elle avait encore moins envie de découvrir que sa première opinion sur lui se révélait fondée et qu'il n'était qu'un flic corrompu. Alors qu'il garait sa voiture dans un virage, elle tenta d'imaginer un autre scénario dans lequel il ne serait *ni* corrompu *ni* amateur de jolies femmes. Un scénario bien plus réconfortant, en tout point.

Elle le dépassa au moment où il sortait de sa Mustang et détourna un peu la tête pour qu'il ne la reconnaisse pas. Il était si absorbé qu'il ne jeta même pas un regard dans sa direction. Elle tourna au coin d'une rue et se gara devant une boutique de souvenirs aux rideaux baissés, attendant de voir Gideon dans son rétroviseur avant de quitter la camionnette.

Il se dirigea vers la promenade au bord de l'eau. Elle resta à bonne distance derrière lui mais assez près de façon à toujours le voir de dos. Même si le lieu était bien éclairé la nuit, il y avait de nombreuses zones d'ombre où elle pouvait se dissimuler. Il marchait d'un pas lent mais décidé, avec une grâce féline qui n'appartenait qu'à lui. Une fois arrivé à un endroit précis de la promenade, il s'arrêta et se pencha sur la balustrade de bois, regardant la rivière qui coulait en contrebas.

Là, elle se mit à fignoler son scénario préféré : il voulait rester seul pour réfléchir aux deux meurtres. Il était en train d'examiner les faits à sa façon plutôt étrange avant de rassembler les pièces du puzzle ; en aucun cas, il n'attendait une femme *ou* un trafiquant de drogue. Tapie dans l'ombre, elle observa les alentours. Un couple âgé le dépassa sans ralentir l'allure et se contenta de lui jeter un rapide coup d'œil. Immobile, Gideon continuait de fixer la rivière. C'était une nuit d'été tout à fait innocente, se dit-elle rassérénée…

Et puis il regarda sa montre. Il attendait quelque

chose. Non, *quelqu'un*. Elle ressentit un pincement au cœur et tenta de se raisonner : après tout, que lui importait de savoir pourquoi il était ici et qui il devait rencontrer.

Quelques minutes plus tard, une grande blonde sortit de l'ombre et s'avança vers Raintree d'un pas décidé. Il leva la tête comme s'il avait perçu sa présence avant même de l'avoir entendue approcher.

Une femme ! Elle aurait dû s'en douter. Un homme comme lui ne pouvait pas s'en passer, même s'il prenait son travail très à cœur. Elle l'avait entendu parler à la victime dans la chambre d'hôtel, détachant son regard du cadavre pour dire à celle qui ne pouvait plus l'entendre que sa vie avait de l'importance et qu'il ferait tout pour lui rendre justice. Et pourtant il était là, abandonnant un début d'enquête pour un *rendez-vous galant* ! C'était insensé mais classique, les hommes ne faisaient jamais ce qu'on attendait d'eux. Pourquoi ferait-il exception à la règle ?

Elle était sur le point de s'en aller discrètement — pour qu'il ne sache jamais qu'elle s'était de nouveau abaissée à l'épier — quand une intuition la cloua sur place.

La femme qui se dirigeait vers lui… Elle avait des cheveux blonds et raides, semblables au spécimen trouvé sur le corps de Sherry Bishop. Elle était plus grande que la moyenne et, à la façon dont elle se mouvait, on devinait qu'elle avait un corps souple et musclé, et qu'elle savait se servir de cette force.

Elle plongea sa main gauche dans la poche de sa veste et en retira un long couteau à l'air particulièrement menaçant.

7

— Regardez ! C'est elle ! Elle arrive !

Lily Clark sautillait en l'air et pointait un doigt tremblant en direction de la femme. Gideon distinguait le fantôme de façon très nette mais la blonde ne semblait pas voir sa dernière victime.

— Je sais, murmura Gideon.

— Tuez-la ! ordonna Lily.

— Non, pas encore.

Il devait découvrir ce qu'elle savait — et comment elle l'avait appris. Par ailleurs, même s'il était certain que cette femme était une meurtrière, tirer sur des suspects dans un endroit aussi fréquenté serait du plus mauvais effet.

La blonde sourit et fit en sorte qu'il remarque le couteau qu'elle tenait dans sa main. Toutefois, lui seul pouvait le voir. De la façon dont elle portait sa veste sur le bras, les clients de la cafétéria ne remarqueraient rien de suspect s'ils se tournaient dans leur direction. Mais, de toute façon, pour ce qu'il pouvait en apercevoir à travers la baie vitrée, la plupart des consommateurs étaient trop occupés d'eux-mêmes ou plongés dans leurs conversations pour s'intéresser à ce qui se passait dehors. Ils ne se doutaient pas qu'un monstre se tenait à quelques mètres d'eux.

— Je suis venu, dit-il, levant les mains pour lui montrer qu'il n'était pas armé.

— Je le savais, Raintree, déclara la blonde en se rapprochant de lui.

— Puisque vous connaissez mon nom, dites-moi le vôtre.

Son sourire s'élargit.

— Tabby.

Elle devait sûrement dire la vérité. Elle comptait sur le fait qu'il serait mort d'ici peu et qu'il ne serait plus en mesure de divulguer cette information à quiconque.

— Que voulez-vous, Tabby ?

— Discuter.

— C'est ce qu'elle m'a dit ! s'insurgea Lily d'un ton indigné. Ne l'écoutez pas. Vous êtes flic et vous avez un revolver. Alors, descendez-la !

— Non, pas encore, répondit-il doucement.

— Que voulez-vous dire... ?, commença Tabby.

Puis elle reprit après une seconde d'hésitation :

— Ce n'est pas à moi que vous parlez, n'est-ce pas ? Qui est ici ?

Méfiante, elle regarda alentour sans jamais voir Lily.

— Votre coéquipière, sans doute ? Non, il doit plutôt s'agir de cette pleurnicharde de Clark. Croyez-moi, bientôt vous serez débarrassé d'elle et content de l'être. Cette femme n'a pas cessé de me casser les oreilles. J'ai dû la bâillonner pour la faire taire.

Folle de rage, Lily se jeta sur Tabby, traversant son corps de part en part. Celle-ci dut ressentir quelque chose, une sensation de froid ou un courant d'air, car elle chancela un peu et son sourire s'évanouit.

En raison de la torture physique et morale qu'elle avait fait subir à Lily, Tabby l'avait rendue plus consistante que les autres esprits. Elle était plus attachée à l'univers des vivants que la plupart des fantômes. Avec un peu, voire *beaucoup* de concentration, peut-être parviendrait-elle à avoir une influence sur le monde qu'elle venait de quitter ? Il n'en avait jamais été témoin, mais c'était une éventualité.

Tabby s'arrêta à moins d'un mètre de Gideon. L'endroit était trop passant pour qu'il se risque à lâcher une étincelle électrique dans sa direction mais, si elle se rapprochait davantage, de sorte qu'il puisse la toucher, il pourrait alors lui envoyer une décharge en plein cœur.

— Vous avez deux solutions, Raintree. Soit vous me suivez sans faire d'histoires pour que nous discutions en privé, soit vous me donnez du fil à retordre et je vous descends. Et une fois que vous serez mort, je me vengerai sur des citoyens et des touristes innocents de cette ville que vous étiez censé protéger. Vous ne serez plus qu'un fantôme pitoyable errant dans les parages, incapable de lever le petit doigt pour m'arrêter.

Cette perspective sembla l'enchanter, et elle le gratifia d'un sourire sardonique.

— J'ai l'impression qu'il serait dangereux d'aller n'importe où avec vous. Pourquoi ne pas discuter ici ?

— Il serait encore plus dangereux pour vous de ne pas suivre mes instructions, riposta-t-elle, la voix dure et le regard glacial.

De sa main gauche, elle raffermit sa prise sur le manche du couteau, comme si elle devenait plus sûre, plus… prête. Gideon sentit le picotement de l'électricité au bout de ses doigts. S'il n'avait pas le choix…

Un jeune couple arrivait dans leur direction, bras dessus bras dessous, oublieux du reste du monde. Tabby fit un pas dans sa direction.

— Si vous faites un geste, je les poignarde tous les deux avant que vous ayez pu dire ouf.

Il demeura immobile, certain que Tabby mettrait sa menace à exécution. Les deux jeunes les dépassèrent, inconscients du danger auquel ils venaient d'échapper. Quand ils furent hors de portée d'oreille, Tabby retrouva son sourire.

— Vous venez avec moi, oui ou non ?

— J'ai une autre proposition à vous faire : je vous arrête ou je vous descends, à vous de choisir.

Mais sa menace n'eut pas l'effet escompté. Tabby n'avait peur de rien ni de personne. L'espace d'une seconde, son sourire s'élargit puis soudain se figea tandis qu'elle tournait la tête brusquement.

— Je vous avais dit de venir seul !

Profitant de cet instant de distraction, il tenta d'agripper son poignet et de lui envoyer une décharge en plein cœur. Il n'avait jamais tué personne auparavant mais c'était possible, il le savait, et si jamais un monstre méritait de mourir... Toutefois, avant qu'il ait pu la maîtriser, elle leva la main qui ne tenait pas le couteau et lui jeta une poudre au visage. Les particules tombèrent sur ses yeux et ses lèvres, l'aveuglant à moitié et le laissant étourdi. Elle balança son couteau d'un geste vif et sûr qui le prit au dépourvu. Avec une économie de mouvement qui dénotait une rare maîtrise, elle enfonça profondément la lame dans la cuisse de Gideon.

Sa jambe le trahit, et il s'effondra lourdement sur le sol. Tabby leva de nouveau le couteau, en un geste sauvage et désordonné cette fois, mais il réussit à retirer à temps sa main. La pointe de la lame ne provoqua qu'une simple éraflure. Folle de rage, elle proféra un juron et s'enfuit à toutes jambes.

A moitié sonné, il visa dans sa direction mais sa vue se brouilla. Il cligna des yeux pour tenter d'y voir plus clair. Il pouvait toujours lui envoyer une décharge électrique dans le dos, mais n'allait-il pas attirer l'attention des clients de la cafétéria ? Réussirait-il à la stopper dans son élan sans la tuer ? Si elle mourait, il n'aurait jamais la réponse à ses questions : comment avait-elle découvert qu'il parlait aux morts ? Combien de personnes avait-elle assassinées ? Pourquoi ?

Il était hors de question de la laisser s'échapper. Il souleva sa main et tenta de mobiliser toute son énergie électrique, d'en rassembler plus encore qu'il n'en avait jamais envoyé à quiconque, du moins à un être incapable de l'absorber — contrairement à lui.

Mais il ne tira pas. D'habitude, son esprit était si clair, si net, mais pour l'instant il avait du mal à se concentrer. Une voix familière prononça son nom.

Raintree ! Quelque part dans l'ombre, il aperçut les deux amoureux de tout à l'heure. Il les devinait plus qu'il ne les distinguait mais ils étaient là. Puis il se rendit compte que le jeune homme, surpris et curieux, se trouvait dans la trajectoire de Tabby et donc dans sa ligne de mire. Mais, l'instant d'après, sa vision se brouilla de nouveau.

Hope, pistolet au poing, surgit en courant.

— Ça va ?

— Oui, dit-il pendant qu'elle filait à toute allure vers les deux amoureux.

— Non, pas vraiment, ajouta-t-il à voix basse, alors qu'elle était déjà trop loin pour l'entendre.

Pourquoi s'étonner de sa présence ici ? Ou de la rapidité avec laquelle elle se lançait à la poursuite de Tabby ? Décidément, cette femme le surprendrait toujours.

— Appelez des renforts ! hurla-t-elle sans ralentir.

Il s'adossa à la balustrade et examina sa blessure à travers son pantalon déchiré. Il cicatrisait vite. L'éraflure de sa main était presque guérie mais la plaie à la cuisse était plus grave, et la poudre que Tabby lui avait jetée l'affaiblissait beaucoup. Le couteau avait pénétré profondément, et il stoppa l'hémorragie en pressant sa main sur la blessure. A un tout autre moment de l'année — en dehors des semaines précédant les équinoxes et les sol stices —, il serait allé aux urgences pour qu'on lui pose quelques points de suture mais, aujourd'hui, sa présence à l'hôpital risquait de provoquer de sérieux dégâts sur les équipements médicaux.

Tout en comprimant sa blessure, il tenta de se concentrer et de reprendre ses esprits. Un tueur en série qui connaissait ses pouvoirs ! Quel cauchemar ! Désormais Tabby lui enverrait toujours plus de fantômes, chacun lui réclamant justice, et elle poursuivrait ce petit jeu jusqu'à ce que l'un d'entre eux meure. Son jugement s'obscurcissait. Certes, il avait perdu du sang, mais pas au point de se sentir aussi faible. Il l'était encore plus maintenant qu'au moment où le couteau avait pénétré dans sa chair. Ce n'était pas du sable qu'elle lui avait jeté dans les yeux, espérant l'aveugler, mais une sorte de drogue qui brouillait sa raison. Il appuya encore plus fort sur sa blessure. Jamais il n'avait éprouvé une telle douleur.

Les lumières de la cafétéria dansaient devant son regard, et il plissa les yeux pour se protéger de leur éclat étrangement mobile. Les réverbères devenaient oblongs et leur luminosité allait en s'affaiblissant. Son rythme cardiaque était irrégulier. Il fallait qu'il se lève, mais il s'en sentait incapable. Son corps tout entier était lourd, et il ne parvenait pas à se concentrer plus d'un quart de seconde. Une seule pensée cohérente réussissait à percer les brumes de son cerveau : il n'allait pas bien du tout.

Un peu plus tard, il aperçut Hope qui revenait vers lui. Elle avait un peu ralenti l'allure mais pressait toujours le pas. Il voyait sa silhouette aussi déformée que les lumières, et il cligna des yeux pour tenter de récupérer la netteté de sa vision. Comment diable faisait-elle pour courir avec des talons hauts ?

— Je l'ai perdue, avoua-t-elle, à bout de souffle. Quelle poisse ! Dire qu'elle était là, et que je...

En voyant son aspect pitoyable, elle oublia sa frustration et s'accroupit près de lui.

— Vous n'avez pas l'air bien du tout. Vous avez appelé les renforts et une ambulance, n'est-ce pas ?

— Non.

Ses lèvres étaient engourdies et pesaient une tonne. Elle s'empara aussitôt de son portable.

— Bon sang, Raintree, pourquoi...

Il posa la main sur son poignet avant qu'elle ait pu composer le numéro.

— Pas d'hôpital ni de renforts. J'ai juste besoin que vous me rameniez chez moi.

— Chez vous !

Elle repoussa sa main, écarta les lambeaux d'étoffe et fit la moue en voyant la blessure.

— Dans l'état où vous êtes, c'est hors de question !

Elle pressa sa main sur la plaie, avec une force qui le surprit.

— Vous avez besoin d'un médecin.

Il fit de nouveau un signe de dénégation.

— Je ne peux pas.

— Il va falloir lui dire la vérité, conseilla Lily Clark en secouant sa chevelure rousse.

— C'est impossible, répondit-il.

— Vous l'avez déjà dit. Ma parole, vous délirez !

Hope retira doucement sa main et examina de nouveau la plaie, du moins ce qu'elle en apercevait à travers la déchirure du pantalon.

— Elle comprendra, insista Lily sur un ton presque gentil.

— Non, elle ne comprendra pas, remarqua-t-il.

Il ressentait les effets de la perte de sang et de… quelque chose d'autre.

— Comprendre quoi ? demanda Hope, exaspérée. Raintree, ne jouez pas à ce petit jeu avec moi.

Elle tenta de reprendre son portable pour composer le numéro des urgences, mais il eut assez de force pour l'en empêcher.

Sans doute Lily avait-elle raison. Cela faisait longtemps qu'il ne s'était pas confié à quelqu'un.

Très longtemps. Pourtant Tabby connaissait son secret. Etait-il éventé ? Ou le serait-il bientôt ? Il jeta un regard en biais au visage translucide du fantôme que lui seul pouvait voir.

— C'est vrai, dit-il, je devrais peut-être lui dire la vérité.

Lily hocha la tête et sourit.

— Elle va croire que je suis cinglé, poursuivit-il.

Le spectre aux cheveux roux posa la main sur son front, et il perçut très distinctement une sensation de fraîcheur sur sa peau. S'il voyait des fantômes tous les jours et leur parlait souvent, il était très rare qu'ils le touchent. Jamais comme maintenant.

— Ne soyez pas comme moi, Gideon, soupira Lily. Ne vivez pas replié sur vous-même, soyez heureux et laissez un grand vide dans l'univers quand votre tour viendra.

Il secoua la tête.

— Dites-le-lui, insista-t-elle.

— Ce n'est pas une bonne idée.

— Bon sang, Raintree, vous allez finir par me flanquer la frousse, reprocha Hope d'une voix douce.

Il perçut l'inquiétude dans sa voix.

Il reporta son regard sur elle. Sa tête tournait et, même si l'image de Hope dansait devant ses yeux, il devinait son malaise. A son corps défendant, elle se faisait du souci pour lui. Par ailleurs, cela faisait si longtemps qu'il ne s'était pas confié à quelqu'un, et la dernière fois… cela avait été un fiasco.

— Je n'avais pas l'intention de vous effrayer, précisa-t-il. Je parlais à Lily Clark.

Hope se pencha légèrement vers lui.

— Raintree, Lily Clark est morte !

— Oui, je sais.

Un des clients de la cafétéria avait fini par se rendre compte qu'il se passait quelque chose d'anormal sur la promenade, et un groupe de curieux s'avançait vers eux. Il n'avait plus beaucoup de temps.

— Vous vous souvenez quand je vous ai dit que je parlais aux morts ?

— Oui.

— Eh bien c'était la vérité.

Il avait des hallucinations. C'était sûrement ça.

Elle pressa plus fort sur la blessure. Des hallucinations provoquées par une plaie profonde mais d'une gravité somme toute relative ? Cela ne tenait pas debout.

— Ce n'est pas possible. Maintenant, j'appelle les urgences…

— Inutile de discuter. Je ne peux pas aller à l'hôpital cette semaine.

— *Cette semaine ?* Raintree…

— Regardez, ordonna-t-il d'un ton laconique.

Il dirigea son regard vers le réverbère le plus proche. Aussitôt, la lampe explosa dans une gerbe d'étincelles. Les personnes qui sortaient de la cafétéria pour venir à leur rencontre marquèrent un temps d'arrêt et reculèrent.

— La suivante, annonça-t-il posément.

La deuxième lampe explosa à son tour.

— Une autre ?

— Inutile, concéda-t-elle, se tournant vers les badauds qui s'avançaient de nouveau.

Elle grimaça un sourire à leur intention.

— Vous voulez que j'appelle une ambulance ? demanda un homme corpulent qui s'était détaché du groupe de curieux.

Il semblait être le responsable de la cafétéria, pourtant ce n'était pas lui qu'ils avaient interrogé dans la semaine.

— Non, merci, précisa Hope d'un ton calme. Mon ami a un peu trop bu et a fait une chute. Je pense qu'il a dû s'enfoncer une écharde ou quelque chose dans la jambe. Si vous aviez une serviette et des pansements, je lui donnerais les premiers soins et je le ramènerais chez lui.

L'explication était sans grand intérêt, aussi les autres badauds s'empressèrent-ils de retourner à leurs occupations.

— Bien sûr, acquiesça l'homme visiblement

déçu. J'ai une trousse remplie de pansements. Je vous l'apporte.

— Super, répondit Hope, reconnaissante.

— Super, répéta Gideon quand l'homme se fut éloigné. Alors, vous me croyez maintenant ?

— Certainement pas, riposta-t-elle d'un air sévère.

— Mais vous…

— Je pense qu'il y a un truc. Mais je ne sais pas encore lequel.

— Je vous ai dit…

Soudain, il tourna la tête et fixa un point dans l'espace.

— Elle est drôlement bien roulée mais aussi têtue qu'une mule.

— Vous parlez encore au fantôme de Lily Clark ? demanda Hope d'un ton sec.

Il se pencha vers elle.

— D'après Lily, vous devriez faire preuve d'une plus grande ouverture d'esprit.

— Vraiment ?

— Oui.

Il parut soudain perplexe.

— J'ai perdu beaucoup de sang mais pas au point de me sentir autant dans les vapes. Cette femme a dû me jeter une sorte de drogue à la figure, peut-être même du poison. Je ne peux pas rester ici. Il faut que je rentre chez moi.

— Il *faut* aller à l'hôpital.

— Non. Lily dit que vous prendrez bien soin de moi.

— Je ne crois pas que ce soit une écharde qui ait fait ça.

Hope leva la tête et aperçut l'homme de la cafétéria qui les dévisageait, l'air soupçonneux.

— Si, c'en était une. Elle était pointue, assura-t-elle en s'emparant des pansements.

— Vous êtes sûre… ?

D'un geste vif, elle lui montra son badge, et l'homme haussa les épaules.

— Bon, après tout, ce ne sont pas mes oignons.

— Je vous remplacerai ces pansements dès que possible, promit-elle.

— Pas de problème, déclara-t-il en s'éloignant. Ne vous en faites pas pour ça.

Il n'était pas dupe mais il n'avait aucune envie de faire des histoires ni de s'attirer des ennuis.

Elle entoura tant bien que mal la cuisse de Gideon d'un épais bandage maintenu serré. Il avait sûrement des hallucinations et son état nécessitait des soins appropriés qu'elle était incapable de lui prodiguer. Elle n'avait pas le temps de se pencher sur toutes les explications possibles qui justifieraient l'explosion des lampes. Il devait avoir un dispositif secret dissimulé quelque part et s'en était servi pour provoquer un court-circuit. A moins qu'il ne s'agisse d'une pure coïncidence. Il avait vu les lumières vaciller, s'était douté qu'elles allaient s'éteindre et avait réussi son coup de bluff. Il n'avait quand même pas fait exploser les lampes rien qu'en les regardant ! Pour l'instant, il fallait qu'elle l'aide à monter dans sa Mustang et qu'elle le conduise aux urgences.

— Vous ne me croyez toujours pas, constata-t-il d'une voix de plus en plus pâteuse.

Il avait vraiment l'air drogué. Mais cette histoire de poudre était aussi plutôt fumeuse. Enfin, c'était à un médecin de le dire, pas à elle. Après tout, elle n'était pas toubib.

— Désolée, Raintree, dit-elle en l'aidant à se relever.

La tâche n'était pas aisée, il était lourd et ne tenait pas sur ses jambes mais, en conjuguant leurs efforts, ils devraient parvenir jusqu'à la voiture et, de là, en route vers l'hôpital. Ils avançaient prudemment, à pas comptés. Pour le groupe de curieux qui les observaient depuis la cafétéria, il devait avoir l'air ivre. Tant mieux. C'était une explication plus plausible que la réalité — quelle qu'elle soit.

Il marmonna quelques mots à voix basse.

— Quoi ? demanda-t-elle.

— Ce n'est pas à vous que je m'adresse, répondit-il d'un ton bourru.

— Ben voyons !

Après quelques pas, il parla de nouveau.

— Touchez-la, ordonna-t-il. Vous le pouvez. La plupart des fantômes n'ont aucune influence sur le monde des vivants, mais vous êtes différente, Lily. Votre énergie est davantage liée à cette terre que celle de la majorité des esprits. Si vous vous concentrez et que vous essayez très, très fort…

— La ferme, Raintree ! riposta Hope d'un ton sec. Ce n'est plus drôle.

Elle chancela en sentant quelque chose de froid, comme un glaçon, lui effleurer la joue.

— Elle vous a touchée, constata-t-il en faisant péniblement un pas en avant.

Il la regarda en souriant.

— A la joue gauche. Juste sous la pommette.

Hope sentit son cœur chavirer quand le même courant froid effleura son estomac, comme si un doigt invisible avait traversé l'épaisseur de ses vêtements.

— A l'estomac.

Ce simple mot était curieusement lourd de sens.

Elle se passa la langue sur les lèvres.

— Je ne sais pas comment vous faites ça…

Un courant froid lui glaça les oreilles.

— Aux oreilles, marmonna-t-il.

Ils se trouvaient sous un réverbère. La lampe n'explosa pas mais vacilla quelques secondes puis s'éteignit. Gideon releva la tête.

— En ce moment, je n'arrive pas à maîtriser mon énergie. Si je vais à l'hôpital, je risque de faire sauter les appareils reliés aux malades.

Il avait l'air un peu ivre. Non, il avait *vraiment* l'air ivre.

— Ramenez-moi à la maison, ça vaudra mieux, croyez-moi.

Hope ne faisait confiance à personne, plus maintenant. Elle se méfiait surtout des beaux parleurs qui racontaient des boniments et des histoires à dormir debout. Pourtant, après avoir installé Gideon sur le siège passager de la Mustang et s'être engagée sur la route, elle ne prit pas la direction de l'hôpital mais celle de Wrightsville Beach.

Les effets de la poudre que Tabby lui avait jetée au visage commençaient à se dissiper. Il ne s'agissait pas d'un poison mortel, sinon son état se serait aggravé au lieu de s'améliorer. Mais c'était une sorte de drogue destinée à émousser ses sens. Il n'avait pas besoin de s'interroger sur la motivation de Tabby ; après avoir vu le corps de Lily Clark, il n'avait aucun doute sur le sort qu'elle comptait lui réserver. Elle avait voulu le neutraliser, et elle y était parvenue.

Plus encore, elle avait cherché à gagner du temps. Pour ensuite le torturer à loisir.

Il s'empara du talisman dissimulé sous sa chemise et le caressa doucement. Hope penserait sans doute qu'il ne l'avait pas du tout protégé, mais il savait à quoi s'en tenir. Le couteau aurait pu lui sectionner l'artère. Tabby aurait pu le descendre d'une balle de revolver au lieu de le poignarder à la cuisse. Il aurait aussi pu être amputé d'un doigt à l'heure qu'il est.

Hope aurait pu ne pas le suivre et ne pas être intervenue au bon moment.

— Que diable faisiez-vous là-bas ?

Elle jura entre ses dents tout en gardant les yeux sur la route, déserte à cette heure tardive. Les maisons étaient toutes plongées dans le noir.

— Simple curiosité, ajouta-t-il après quelques secondes de silence.

— Quand vous avez prétexté la fatigue pour reporter l'enquête au lendemain, ça sonnait faux.

— Alors, vous m'avez suivi.

— C'est un reproche ?

— Non.

Pendant qu'ils roulaient en direction de la maison de la plage, Lily ne se trouvait plus avec eux mais elle était toujours attachée au monde des vivants, il le savait. Etait-elle en train d'observer les techniciens de l'identité judiciaire qui passaient sa chambre d'hôtel au peigne fin, à la recherche de preuves ? A moins qu'elle ne soit auprès du médecin légiste chargé d'autopsier son corps ? Tabby s'était tellement acharnée sur cette pauvre femme qu'il serait difficile de convaincre son esprit d'aller rejoindre des contrées plus clémentes.

— Dès que je vous aurai aidé à vous allonger, j'appellerai un médecin, annonça Hope en pénétrant dans l'allée et en ouvrant la porte du garage avec la commande à distance.

— Non.

— Qu'est-ce qui vous prend, Raintree !

— Je n'ai pas besoin de médecin.

— J'ai vu la plaie, s'entêta-t-elle en garant la voiture. Elle est trop profonde. Vous ne pouvez pas vous soigner tout seul, et ne comptez pas sur moi pour jouer les infirmières de service. Je n'aurais pas dû vous écouter et vous ramener ici, je sais, mais…

— Avez-vous déjà oublié l'impression que vous avez ressentie quand Lily vous a touchée ? Et aussi le fait que j'ai vu à quel endroit elle vous touchait ?

— Joli tour de passe-passe, Raintree, lança-t-elle en contournant la voiture. Un jour, il faudra que vous m'expliquiez comment vous faites.

— Ce n'en était pas un, assura-t-il pendant qu'elle

ouvrait sa portière et se penchait pour l'aider à se mettre debout.

Elle passa son bras autour de sa taille, et ils se dirigèrent vers l'escalier menant à la porte de la cuisine. La montée des marches risquait d'être problématique ; toutefois, avec l'aide de Hope, il y arriverait. Il détestait l'idée de dépendre de quelqu'un mais pour l'instant… elle était sa coéquipière.

— L'électricité est le fondement même de la vie, expliqua-t-il en traînant la jambe. C'est elle qui fait battre notre cœur, fonctionner notre cerveau, et qui maintient l'esprit sur terre même après la mort du corps. Vous voulez vraiment une explication technique ? Désolé. Je ne me sens pas d'attaque ce soir. Ce serait trop long. Les électrons, un autre niveau de vibrations, ça vous dit quelque chose ?

— Ce n'est pas vraisemblable, rétorqua-t-elle avec son bon sens habituel.

— C'est grâce à l'électricité que les muscles et certains organes comme l'utérus se contractent, souvent avec des résultats intéressants, voire même au-delà de toute attente.

— Je vous ai prévenu, Raintree…

— Gideon, rectifia-t-il alors qu'ils pénétraient dans la cuisine et que Hope allumait la lumière. Si vous ne me croyez toujours pas, je me ferai un plaisir de vous faire une nouvelle démonstration.

— Non !

Elle s'écarta légèrement de lui mais ne le lâcha pas. Encore heureux, car il n'était pas certain de tenir debout sans son aide.

— C'est inutile.

Il grimaça un faible sourire. Il aurait dû être content qu'elle s'entête à ne pas le croire. S'il s'en tenait là, elle finirait par trouver une explication plausible pour justifier tout ce qu'elle avait vu et ressenti. C'était la réaction classique de toute personne confrontée à l'invraisemblable.

— Je vois des fantômes depuis toujours, expliqua-t-il pendant qu'ils se dirigeaient vers sa chambre. Quand j'étais enfant, je ne comprenais pas pourquoi les autres ne les voyaient pas. Les flux électriques sont venus plus tard. J'avais douze ans quand j'ai fait imploser mon premier téléviseur. Les trois années qui ont suivi ont été riches en expériences. Mais j'ai appris à maîtriser cette énergie, à la développer et à l'utiliser. Toutefois, aux alentours du solstice ou de l'équinoxe, mon flux électrique échappe à tout contrôle. Le solstice d'été va bientôt arriver. Dimanche, pour être précis.

Il tourna la tête vers elle.

— C'est moi qui ai bousillé votre Toyota.

— Vous n'avez pas…

— Si, je l'ai fait et je paierai les réparations. Je me suis déjà arrangé avec le garagiste. Je conduis des voitures anciennes parce que je n'ai pas le choix.

Je ne peux pas prendre le risque de rester en rade quelque part avec une de ces fichues bagnoles bourrées de composants électroniques. Je me demande qui a eu cette brillante idée. Comme si des ordinateurs avaient leur place dans une automobile !

Une fois dans sa chambre, il défit sa ceinture, posa son arme et son badge. Hope alluma la lumière au moment où il ôtait sa veste et s'asseyait sur le bord du lit.

— Merci, dit-il en s'allongeant sur le matelas. Rentrez chez vous, maintenant.

Il ferma les yeux et sa dernière pensée avant de s'endormir fut pour Hope : elle allait rester là, en vraie tête de mule qu'elle était.

Tabby demeura blottie un long moment derrière la devanture d'un magasin vide avant de se risquer à quitter sa cachette. Elle avait couru à perdre haleine, jusqu'à ce que ses poumons soient sur le point d'éclater et que ses jambes ne la portent plus. Si jamais Raintree et son adjointe avaient demandé des renforts, les flics cherchaient dans la mauvaise direction. Tout était silencieux et calme. Elle n'avait même pas entendu le moindre hurlement de sirènes. Sans doute Gideon préférait-il ne pas ébruiter l'affaire. Après tout, il ne voulait pas qu'on sache ce qu'il était capable de faire. Comment aurait-il pu justifier sa présence en ce lieu et expliquer ce qui venait de se passer ? Certes, il avait la réputation d'être bizarre, mais s'il était de notoriété publique qu'il possédait certains dons, il ne connaîtrait plus jamais le repos. Les uns le prendraient pour un demeuré et les autres chercheraient à se servir de lui.

Elle lui avait porté un méchant coup de couteau, mais c'était insuffisant, elle le savait. Si elle avait frappé un peu plus à gauche, elle aurait sectionné l'artère, et il se serait vidé de son sang jusqu'à la dernière goutte avant même que sa jolie coéquipière n'appelle les secours. Toutefois, au dernier moment, sa main avait dérapé. Au moins, elle se consolait en se disant qu'à cet instant il faisait des rêves effrayants. Les effets de la drogue dont elle s'était servie pour l'aveugler persisteraient encore plusieurs heures. Quelle sorte de cauchemars faisait donc un homme comme Raintree ?

Mais elle avait d'autres choses à penser que les rêves de Raintree. Sa maudite coéquipière était sortie de nulle part et avait ruiné ses plans. Désormais, le temps était compté. Fini de s'amuser. Plus question de la jouer tout en finesse. Elle devait aller droit au but.

D'ici samedi soir, Gideon et Echo Raintree devaient être morts. Sinon, dimanche matin, c'était elle qui risquait de se retrouver six pieds sous terre… ou au fond de la rivière ou encore dans l'Océan. Et Cael ne prendrait même pas la peine de lui commander un enterrement digne de ce nom, songeait-elle amèrement.

Quelques gouttes du sang de Raintree tachaient son couteau et sa main. Elle porta l'un et l'autre à son visage et respira à pleins poumons. Elle ferma les yeux et imagina l'espace d'un instant le pouvoir de cet homme pénétrer dans ses veines. C'était le sang de Gideon. Il n'avait pas la même puissance qu'un doigt, une oreille ou un minuscule morceau de peau mais il appartenait à *Raintree.* Dire qu'elle avait failli réussir ! Elle avait été si près du but !

Pour l'instant, il fallait qu'elle se ressaisisse, qu'elle réfléchisse à la situation et imagine un plan en béton. Désormais, il n'était plus question de se réserver un petit tête-à-tête avec Gideon, c'était dommage, mais l'essentiel était qu'il soit bel et bien mort avant la fin de la semaine.

Qui plus est, il ne partirait pas seul.

8

Pendant un long moment, Hope demeura assise près du lit de Gideon à le regarder dormir. Il s'était d'abord tourné et retourné puis avait fini par sombrer dans un sommeil aussi profond que la mort. Son silence et son immobilité l'effrayaient encore plus que son agitation et ses délires. Plus encore même que la scène digne des romans les plus effrayants, qu'ils venaient de vivre.

Après qu'il se fut effondré sur le lit et évanoui, elle avait défait le bandage de sa cuisse, bien décidée à appeler un médecin si la plaie était aussi vilaine que dans son souvenir. Mais ce n'était pas le cas. La coupure n'était pas belle à voir, certes, toutefois elle ne semblait pas nécessiter une intervention médicale. Hope ressentait une impression étrange en voyant ce corps d'habitude si solide et plein de vie étendu là, sans force et sans défense.

Elle avait ôté son pantalon, nettoyé la blessure et refait le pansement. Durant toute cette opération douloureuse, il avait à peine remué. Elle avait eu un peu plus de mal à lui enlever sa chemise et sa cravate, mais elle y était parvenue. Elle n'avait pas touché à son caleçon. Son dévouement avait des limites.

A l'aide d'un gant humide, elle avait essuyé son visage pour en ôter ce qui ressemblait à du sable. Quelle que soit la substance, il n'y en avait pas beaucoup. Des grains s'étaient collés sur sa barbe et sa joue, et elle enleva délicatement une particule posée au coin de son œil. Il ne devait pas y avoir assez de matière sur le gant pour le faire analyser, mais elle le conserva, en cas de besoin.

Elle n'avait jamais déshabillé un homme inconscient, et elle frissonna à la vue de ce corps viril. Son regard s'attarda longuement sur sa poitrine, recouverte d'une fine toison, le long de ce corps solide et harmonieux qui dégageait une impression de force. Cette force à laquelle elle avait tant de mal à résister.

Lorsque ses yeux se posèrent sur ses belles mains, elle frémit en songeant au tourbillon de plaisirs qu'elles avaient fait naître par leur simple contact. Hier soir, ils étaient habillés tous les deux et tout s'était passé si vite, et pourtant elle avait ressenti une jouissance fulgurante. Cette sensation avait été à la fois inattendue, puissante — et si *intime*!

Elle n'avait aucune envie de s'interroger sur la

façon dont il s'y était pris ou sur ses motivations, aussi s'efforça-t-elle de se concentrer sur sa santé et son bien-être. A cette heure tardive, une barbe d'un jour ombrait son visage, lui donnant un aspect un peu négligé qui tranchait avec son allure habituelle, si nette, si policée. Elle était presque soulagée de constater qu'il n'était pas parfait mais simplement humain.

Lorsqu'elle lui avait prodigué ses soins, elle avait laissé en place le talisman qu'il portait autour de son cou. Elle ne croyait pas aux porte-bonheur et autres gris-gris, mais il ne lui avait pas semblé juste de lui ôter son amulette puisqu'il était persuadé de son pouvoir. D'ailleurs, elle-même avait conservé le talisman qu'il lui avait donné la nuit dernière. Pourquoi, elle l'ignorait. Ce n'était pourtant pas dans ses habitudes de croire à ce genre d'inepties.

Après avoir rempli de son mieux son rôle d'infirmière, elle s'installa sur une chaise inconfortable récupérée dans un coin de la chambre. Elle ne voulait pas le laisser seul ni trop s'éloigner de lui. Peut-être aurait-il besoin d'elle ? C'était stupide, mais… elle était ainsi faite.

Elle jeta un regard circulaire dans la pièce. Il ne possédait pas de réveil numérique moderne mais un ancien modèle qu'il fallait remonter manuellement et qui devait être plus vieux que lui. Le téléphone de la chambre était un poste fixe, tout comme celui du salon. Toutes ses histoires à propos de l'électricité et des fantômes… elle n'ajoutait pas foi à ces sornettes mais, de toute évidence, lui y croyait. Après avoir envisagé l'hypothèse de la corruption, celle de l'instabilité mentale ne lui avait jamais autant traversé l'esprit qu'en ce moment.

Elle s'était servie de son téléphone pour appeler sa mère ainsi que le gardien de nuit de l'hôtel, furieux contre elle, pour lui expliquer où se trouvait sa camionnette. Dieu merci, il avait un jeu de clés supplémentaire dans son bureau, et un agent encore sur place avait accepté de le conduire jusqu'à son véhicule.

Hope se sentait nerveuse en regardant dormir Gideon. Son histoire était ridicule. Elle n'avait ni queue ni tête. Des fantômes ? Foutaises ! Maîtriser l'énergie électrique ? Impossible de gober une telle ânerie ! Elle aurait pu rejeter en bloc toutes ses explications en les jugeant invraisemblables, ou le considérer comme « mentalement instable », mais d'autres éléments jouaient en sa faveur, et elle était bien obligée d'en tenir compte.

Son dossier personnel irréprochable.

Les voitures anciennes qu'il conduisait, et la façon étrange dont son propre véhicule était tombé en panne.

L'absence d'appareils électroménagers, de téléviseurs et de téléphones haut de gamme ou modernes.

L'explosion des lampes sur la promenade.

La façon dont il l'avait poussée hors de la trajectoire de la balle avant même qu'elle ne soit tirée.

Son orgasme inattendu.

Elle ne croyait pas aux choses qu'elle ne pouvait pas voir de ses propres yeux ou toucher de ses mains. Et sa mère en était partiellement responsable. Grandir au milieu des boules de cristal, de l'encens, des psalmodies et des auras n'avait pas été facile à assumer. A plusieurs reprises, elle s'était trouvée gênée d'avoir une mère comme la sienne. Et, jour après jour, elle avait dû faire un effort pour demeurer fermement ancrée dans la réalité.

Mais sa mère n'était pas seule en cause. C'est Jordy Landers qui avait finalement fait voler en éclats son monde bien ordonné.

Elle l'avait aimé. Même si l'amour était un sentiment insaisissable, impossible à détenir, à toucher ou à sentir. Pendant un certain temps, son amour pour Jordy lui avait semblé tout à fait réel. Il avait rempli sa vie et l'avait rendue heureuse. Mais il reposait sur un mensonge. En fait, Jordy s'était servi d'elle. Leur rencontre n'était pas due au hasard et son amour pour elle était feint. Il n'était qu'un petit trafiquant de drogue qui avait voulu mettre un flic dans sa poche pour développer son réseau. Quand elle l'avait pris en flagrant délit et qu'elle avait découvert ses manigances, il avait prétendu qu'il était quand même tombé amoureux d'elle. Mais elle ne l'avait pas cru, alors... Et, quatre ans après, elle le tenait toujours pour le pire des menteurs et des manipulateurs...

Elle avait finalement été promue inspecteur de police malgré l'embarras évident de sa hiérarchie et de ses collègues. Jordy était en prison et y resterait longtemps, mais certaines personnes à Raleigh étaient persuadées qu'elle avait toujours su à quoi s'en tenir sur son compte. Elle détestait l'admettre mais ce n'était pas seulement la santé de sa mère qui l'avait incitée à demander sa mutation. Elle en avait eu assez des soupçons qui pesaient sur elle et des murmures incessants derrière son dos.

Elle ne pouvait pas se permettre de voir de nouveau sa réputation entachée en fréquentant la personne, en l'occurrence *l'homme,* qu'il ne fallait pas. Elle ne se laisserait plus jamais rouler dans la farine. Mais alors, que diable faisait-elle ici ? Elle ne devait rien à Gideon Raintree. Ni son temps, ni sa confiance, encore moins sa loyauté.

Elle ne parvenait pas à s'expliquer la nervosité grandissante qu'elle ressentait en l'observant pendant son sommeil. Mal à l'aise, elle s'agita un peu sur sa chaise inconfortable. C'était son lit, sa maison, et le regarder ainsi était si intime ; elle avait l'impression d'être de nouveau en train de l'épier, comme si elle s'efforçait de comprendre qui il était vraiment, pour ne pas être prise entre deux feux.

Il semblait profondément endormi. Son pouls — qu'elle avait pris à une ou deux reprises — était normal et sa respiration régulière. Malgré l'étrange réticence qu'elle éprouvait à l'idée de le quitter, elle se força à sortir de la pièce. Elle avait faim et soif, et, malgré sa fatigue, elle ne pensait pas réussir à trouver le sommeil. Dans la cuisine, elle nota la présence d'une vieille gazinière au lieu et place de la cuisinière électrique qu'elle s'attendait à trouver. Pas de micro-ondes. Un grille-pain bon marché. Elle ouvrit plusieurs placards à la recherche de quelque chose à grignoter et sentit son cœur s'emballer en découvrant un espace de rangement profond qui contenait deux autres grille-pain ainsi qu'un assortiment de mixers et au moins trois cafetières. Elle s'installa à la table de la cuisine pour manger des toasts beurrés et boire un verre de lait tout en regardant la plage déserte à travers la vitre. Dans l'obscurité, les vagues qui se brisaient sur le sable étaient à peine visibles, mais elles captaient le clair de lune qui semblait bondir avec elles vers le rivage. Elle demeurait là, comme hypnotisée par ce spectacle.

Elle finit par se secouer. Il était temps de partir, de rentrer chez elle et de dormir un peu avant de passer voir Raintree au petit matin. Soit elle l'emmènerait chez le médecin, soit elle prendrait des dispositions pour ramener sa Challenger garée sur le parking de l'hôtel. Il ne serait sans doute pas en état de conduire pendant quelques jours, mais ils trouveraient une solution.

Un mouvement sur la plage attira son attention. Dans la mesure où Gideon avait failli être poignardé, elle fut tout de suite aux aguets, tentant de déterminer de quoi, ou de qui, il s'agissait. Le reflet éblouissant sur la vitre l'empêchait de bien voir, elle éteignit donc la lampe de la cuisine et observa de nouveau la plage pendant que ses yeux s'accoutumaient à l'obscurité.

Une silhouette masculine indistincte se dirigeait à pas lents vers l'Océan, en traînant un peu la jambe. Jusqu'à présent, la nuit avait été claire, mais soudain un coup de tonnerre éclata dans le lointain. Vite, trop vite, des nuages s'amoncelèrent, dissimulant la lune et dérobant la lumière dont elle avait besoin pour distinguer la personne qui se trouvait sur la plage à cette heure tardive.

L'orage se rapprochait et un éclair zébra le ciel, donnant juste assez de clarté pour lui permettre de discerner la silhouette de manière un peu plus précise. L'homme sur la plage était presque nu et ne portait qu'un maillot de bain ou un short — à moins qu'il ne s'agisse d'un boxer. Ses cheveux étaient un peu trop longs, ses larges épaules tombaient de fatigue, il avait de longues jambes et… un pansement à la cuisse gauche.

Elle se rua vers la chambre. Comme elle s'en doutait, le lit où dormait Gideon un instant auparavant était vide. Les rideaux qui occultaient la grande fenêtre surplombant l'Océan étaient tirés, et elle réalisa qu'il s'agissait d'une porte-fenêtre donnant sur une véranda ouvragée.

Elle s'y précipita, certaine de n'avoir *pas* pu voir ce qu'elle pensait avoir vu. Raintree devait être somnambule, ou victime d'hallucinations. S'il s'effondrait sur le sable, jamais elle ne parviendrait à le ramener toute seule chez lui. Et s'il entrait dans l'eau… Bon sang, elle aurait dû insister pour le conduire à l'hôpital ! Elle dévala les marches qui menaient à l'allée en planches et, de là, à la plage. Une fois sur le sable, elle eut du mal à courir et s'arrêta pour ôter ses chaussures et les jeter dans un coin. A ce moment-là, un autre éclair illumina le ciel et le tonnerre gronda.

La foudre tomba, frappant de plein fouet Gideon avec un claquement sec et sonore, plus impressionnant encore que le roulement du tonnerre. Hope trébucha sur le sable, le souffle coupé, une peur intense paralysant tout son être, l'espace d'un instant.

— Gideon !

Elle s'attendait à le voir s'écrouler à terre ou s'enflammer comme une torche, mais il n'en fut rien. Il se tenait immobile, bras tendus vers le ciel, et la foudre le frappa de nouveau. Le tonnerre emplissait l'air d'un fracas assourdissant, et cette fois l'éclair qui l'avait accompagné sembla s'accrocher à lui jusqu'à ce que des étincelles dansent sur sa peau.

Incapable de proférer un son, elle se remit à courir vers lui. Ce n'était pas possible ! Comment un homme pouvait-il marcher sur la plage, être frappé à plusieurs reprises par la foudre et *rester debout*, comme si de rien n'était ? Tout en regardant les flammèches lécher son corps, elle se remémora les paroles de sa mère après le départ de Raintree mardi soir, alors qu'elle était encore toute frémissante du plaisir intense qu'il lui avait donné : « Il a une aura positivement étincelante. Je n'ai jamais rien vu de pareil. »

— Arrêtez-vous, ordonna-t-il sans se retourner. Ne vous approchez pas de moi. C'est dangereux.

Elle s'immobilisa à plusieurs mètres derrière lui. Les nuages avaient voilé la lune et obscurci le ciel, mais elle le distinguait nettement car il luisait doucement dans la nuit.

Il se tourna vers elle tandis que l'orage, sorti de nulle part, s'éloignait, perdant soudain de sa force et son caractère menaçant. Mais elle ne s'en souciait pas ; son regard restait rivé sur l'homme qui se tenait devant elle. L'électricité dansait sur sa peau et une faible lueur irradiait de son corps. Il avait rasé sa moustache et son bouc, remarqua-t-elle. Et ses yeux... brillaient-ils ou était-ce une illusion d'optique ?

Non, ce n'en était pas une, puisqu'il faisait nuit noire et que la clarté émanait de lui.

Elle n'avait qu'une envie : se sauver à toutes jambes. Pas tant parce qu'elle avait peur, mais parce que ce qu'elle venait de voir corroborait les révélations de Gideon, alors qu'elle aurait tellement voulu ne pas y croire. Mais ses pieds étaient comme cloués au sol...

— Je regardais par la fenêtre de la cuisine, murmura-t-elle d'une voix à peine audible.

Gideon s'avança vers elle, de minuscules étincelles jaillissant à l'endroit où ses pieds foulaient le sable.

— Je sais.

Le sommeil de Gideon avait été peuplé de cauchemars aussi nets que la réalité — de ses parents, de Lily Clark et de toutes les personnes qu'il n'avait pas réussi à sauver. Il s'était réveillé en sursaut et avait éprouvé le besoin de se retrouver près de l'Océan et d'attirer un orage pour fortifier son corps et son âme et pour effacer les dernières traces de drogue. Il s'était vite rendu compte que

Hope l'observait. Mais il s'en moquait. Peut-être avait-elle le droit de savoir ; qui sait si elle n'en éprouvait pas le besoin.

Elle se tenait non loin de lui, mal à l'aise et les jambes flageolantes.

— Vous allez bien ? demanda-t-elle d'une voix soupçonneuse.

— Oui.

La question « *comment ?* » demeurait en suspens entre eux, informulée mais envahissante. Elle avait vu les lampes des réverbères exploser et senti les doigts froids d'un fantôme l'effleurer. Elle avait pourtant encore l'air sceptique. Mais il n'avait aucune explication logique à lui fournir pour justifier ces phénomènes.

Elle reporta son regard sur sa cuisse où l'électricité accomplissait des miracles : elle guérissait sa chair blessée avec une efficacité redoutable qu'elle était bien incapable de comprendre.

— Vous, euh, vous luisez dans le noir, Raintree.

Elle s'efforça d'adopter un ton enjoué, mais l'essai ne fut guère concluant.

— Uniquement quand je suis branché.

Comme il marchait dans sa direction, elle s'écarta de son chemin. Elle ne s'enfuit pas, mais laissa une certaine distance entre eux.

— Très drôle, riposta-t-elle, pendant qu'ils se dirigeaient vers la maison.

En fait, la situation n'avait rien de comique. Il la voulait nue dans son lit comme il n'avait jamais désiré aucune femme auparavant. Or, non seulement c'était sa coéquipière, mais elle faisait partie de ces personnes qui vont au fond des choses, ne cessant de poser des questions. Pourquoi ? Comment ? Quand ? Ces qualités faisaient d'elle un excellent policier mais, en ce qui le concernait, elles menaient au désastre. C'est pourquoi il avait toujours fui les femmes trop curieuses.

— On dirait que vous marchez mieux, constata-t-elle alors qu'ils atteignaient les marches de bois conduisant à sa chambre.

— Je pense que la drogue m'avait beaucoup plus affaibli que la blessure. Ses effets sont en train de se dissiper.

L'orage l'avait aussi lavé du souvenir de ses cauchemars.

— Tant mieux.

Hope resta silencieuse un moment puis, n'y tenant plus, elle fit remarquer :

— Bon, d'accord. Bizarrement, il y a quelque chose en vous qui attire l'électricité. Mais je suis sûre qu'il y a une explication médicale tout à fait logique à ce phénomène.

— Pourquoi devrait-il y en avoir une ?

— Parce que.

— Rien n'est parfait, et la logique est une notion subjective.

— Non, elle ne l'est pas, argua-t-elle.

Au moment de monter les marches, il tenta de la faire passer devant lui, mais elle n'était pas disposée à le perdre de vue un instant. Il finit par la précéder non sans s'être assuré qu'elle ramassait bien ses chaussures et le suivait. Il ne tenait pas à ce qu'elle s'enfuie dans la nuit. Après avoir traversé la véranda, il franchit la porte de sa chambre. Il luisait encore un peu dans la pénombre.

Hope ferma les portes-fenêtres derrière elle sans tirer les rideaux, de sorte qu'ils apercevaient les vagues non loin de là. Le bruit du ressac leur parvenait assourdi et emplissait la pièce, tel un son apaisant et familier.

Gideon se tenait au pied du lit, à la fois épuisé par l'orage et revigoré par la décharge électrique qui continuait de danser dans son corps.

— L'explication logique, c'est que ma famille est différente. Plus que vous ne pouvez l'imaginer.

— Ce n'est pas…

Possible, allait-elle dire. Il l'interrompit.

— Mon frère maîtrise le feu, entre autres talents. Il est Dranir, le chef de la famille Raintree. Ma sœur perçoit ce que les autres ressentent et c'est une excellente guérisseuse ; sa petite fille promet beaucoup dans de nombreux domaines. Echo est devineresse. Quant à moi, je parle aux fantômes. Je continue ?

— Non, inutile, déclara Hope froidement.

— Vous ne me croyez toujours pas.

Dans la pénombre, il vit que Hope faisait un signe de dénégation. Il pouvait laisser tomber le sujet, et ils en resteraient là. Elle demanderait son transfert, comme il l'avait souhaité hier encore, et il reprendrait ses habitudes. Elle ne raconterait à personne ce qu'elle avait vu ou entendu cette nuit, car elle savait que personne ne la croirait et elle ne tenait pas à se ridiculiser.

Mais il n'avait aucune envie de la laisser partir. Il aurait été bien en peine d'expliquer pourquoi. Certes, il la voulait dans son lit. Elle était superbe, intelligente et courait en talons hauts avec une grâce éblouissante. Mais au-delà du simple désir physique, il y avait *autre chose*, même s'il s'efforçait de le nier. S'ils couchaient ensemble, elle demanderait sa mutation, car elle n'était pas du genre à faire une entorse à ses propres règles. En fait, il y avait fort à parier qu'elle n'avait jamais transgressé le moindre règlement.

Il défit lentement le pansement de sa cuisse. Hope finit par s'approcher de lui.

— Vous ne devriez pas faire ça. Pas…

Elle s'interrompit tandis qu'il dévoilait la simple

égratignure qui demeurait maintenant à l'endroit de la plaie béante.

— … encore, acheva-t-elle d'une voix faible.

Elle tendit la main et posa avec précaution ses doigts sur la blessure presque cicatrisée. Elle se passa la langue sur les lèvres, se redressa et laissa échapper un juron bien senti qu'il ne l'aurait jamais cru capable de prononcer.

— Comment… ?

Elle retira ses doigts de sa cuisse, et il regretta aussitôt la douce sensation qu'ils avaient fait naître sur sa peau.

— Qu'est-ce que vous…

— Je suis un Raintree. Si vous voulez une réponse à toutes vos questions, on ferait mieux de se préparer du café.

Cette fois-ci, ils ne s'installèrent pas en chien de faïence, chacun à une extrémité de la pièce. Ils s'assirent côte à côte sur le canapé, une tasse de café brûlant à la main. Dans le salon brillamment éclairé, Hope n'aurait su dire si Gideon continuait de luire. Une partie d'elle-même voulait être persuadée que son imagination lui avait encore joué des tours, mais, d'un autre côté, elle n'était vraiment pas du genre à se mentir à elle-même.

— Vous êtes en train de me dire que tout ce

que ma mère m'a raconté depuis que je suis née est *vrai* ?

— Je ne peux pas être aussi catégorique puisque je ne sais pas ce qu'elle vous a dit.

Gideon se cala confortablement et posa ses pieds nus sur la table basse. Il avait enfilé un jean qui dissimulait la blessure de sa cuisse. C'était le seul vêtement qu'il portait, avec son boxer vert et son talisman qui reposait sur sa poitrine au bout d'une cordelette en cuir noir et qui semblait faire partie intégrante de lui, au même titre que la couleur de ses yeux ou la façon dont ses cheveux ondulaient autour des oreilles.

— Si on commençait par les auras, lança-t-elle.

Après tout, c'était un vieux sujet de discorde entre sa mère et elle.

— Je ne les vois pas, mais elles existent, répondit-il simplement. C'est une autre forme d'énergie. Pour les distinguer, il faut être doué de clairvoyance.

— Il semble que la vôtre étincelle, admit-elle à contrecœur.

Il se contenta de laisser échapper une exclamation polie, l'air mi-intéressé mi-ennuyé.

— Les fantômes ?

— Alors là, je suis formel, répondit-il en jetant un coup d'œil dans sa direction.

Hope renversa sa tête contre le canapé de cuir.

Elle avait ôté sa veste et ses chaussures mais que n'aurait-elle donné pour enlever son soutien-gorge et enfiler un vêtement plus confortable !

Elle aurait dû prendre ses jambes à son cou après ce qu'elle avait vu et entendu cette nuit. Et, au lieu de cela, elle était préoccupée par son soutien-gorge qui lui meurtrissait les épaules ! Il était 5 heures moins le quart du matin et cela faisait vingt-deux heures d'affilée qu'elle portait cet instrument de torture ; c'était inhumain.

— La vie après la mort ?

— Oui, affirma-t-il avec une certaine déférence dans la voix.

Hope ferma les yeux. Parfois, elle se disait que la vie n'existait pas au-delà des limites physiques qu'elle était à même de voir et de toucher. La plupart du temps, c'était plus facile de penser ainsi. On est sur terre, et un beau jour on est parti. Pas de vaines espérances ni de désillusions. En écoutant les réponses simples de Gideon… elle le croyait et, contre toute attente, elle en était plutôt satisfaite.

— A quoi ressemble-t-elle ?

— Je ne sais pas.

Elle éclata d'un rire léger.

— Comment ça, vous ne savez pas ? Les fantômes ne vous font pas de confidences ?

— Ils me disent parfois des choses que nous ne sommes pas censés comprendre.

Elle hocha la tête, acceptant son explication. Pourquoi cette conversation lui semblait-elle aussi normale ? Ne devrait-elle pas plutôt en rire ? Ou en pleurer ? Ou oublier définitivement ce monde étrange qu'elle venait d'entrapercevoir ? Au lieu de cela, tout paraissait si naturel.

— Les signes de l'au-delà ?

— Mais encore ?

Hope fit un geste vague de la main.

— On voit un chat traverser la rue à un endroit où on n'en a jamais aperçu auparavant. Le fait de le voir à une heure et à un endroit précis est peut-être un signe. Ce chat symbolise la chance ou le malheur, on va gagner au loto ou être renversé par une voiture.

— Vous n'avez pas vraiment approfondi la question, n'est-ce pas ? la taquina Gideon.

— Non. Mais je serais curieuse de connaître votre avis.

Elle sirota une gorgée de café en attendant sa réponse.

— Il y a des signes tout autour de nous mais, la plupart du temps, on ne les voit pas.

Elle remua un peu, tâchant de se caler plus confortablement sur le canapé.

— Pas même vous ?

— Non. Tous les jours, il se produit des miracles sans qu'on s'en rende compte.

Il haussa les épaules d'un geste désinvolte.

— Mais parfois un chat n'est rien d'autre qu'un chat.

En raison de l'heure tardive et de la fatigue accumulée, elle sentait ses paupières se fermer. Elle avait de plus en plus de mal à lutter contre le sommeil, mais elle voulait poursuivre la discussion.

— La réincarnation ?

— Absolument.

— Vous semblez sûr de vous.

— Oui, c'est pourquoi j'ai utilisé un adverbe qui exprime la certitude.

Elle lui donna une petite tape — trop amicale — sur le bras.

— Ne vous moquez pas de moi. Je suis fatiguée, et puis tout ça est si nouveau, et je ne…

Non, elle ne pouvait plus dire qu'elle était sceptique. Pas après tout ce qu'elle avait vu cette nuit. Elle laissa sa main sur son bras, en un geste naturel. La peau de Gideon était chaude et ferme, et elle aimait le contact de sa chair sous sa paume. Elle lui procurait à la fois une sensation d'apaisement et d'excitation.

— Si on revient sur terre à plusieurs reprises et qu'on rencontre toujours les mêmes personnes, pourquoi est-ce qu'on ne s'en souvient pas ?

— Si on se souvenait de tout, ce ne serait pas drôle.

— Drôle ?

Avait-il perdu l'esprit ? La vie était une affaire sérieuse. Oh, bien sûr, il y avait des moments où on s'amusait, mais la plupart du temps c'était une lutte de tous les instants.

— Mais oui. On commet des erreurs, on apprend à survivre, on découvre la beauté et on frissonne de plaisir en prenant un risque. On ressent des émotions nouvelles avec un regard neuf, qui n'est pas émoussé ou blasé avec le temps. On s'émerveille avec le sentiment de vivre quelque chose de nouveau et d'inconnu. On tombe amoureux avec un cœur qui n'a pas été brisé ou meurtri.

— Vous parlez d'un programme, maugréa-t-elle.

En entendant Gideon parler d'amour, elle se sentit nerveuse. Puis, n'y tenant plus, elle posa sa tasse sur la table basse, passa ses mains derrière son dos sous son chemisier, marmonna un faible « excusez-moi », détacha son soutien-gorge et le fit glisser par sa manche gauche. De tout ce qui s'était passé cette nuit, ce ne serait pas la chose la plus incongrue.

— Si vous avez besoin d'aide, n'hésitez pas, dit-il en se redressant.

— Merci, ça va, affirma-t-elle en soupirant d'aise et en se réinstallant confortablement sur le canapé.

Elle ne s'était jamais sentie aussi bien.

— Les anges ?

Gideon reprit sa place auprès d'elle.

— Oui, j'y crois.

— Les fées ?

— Je n'en ai jamais vu mais ça ne signifie pas pour autant qu'elles n'existent pas. Je ne suis sûr de rien.

Elle effleura du doigt le talisman en argent sur la poitrine de Gideon.

— Et les porte-bonheur ? demanda-t-elle d'une voix douce.

Il la regarda droit dans les yeux, et elle sentit son cœur battre la chamade. Il avait un regard magnifique. Si elle se mettait en quête d'un mari, ce qu'elle n'avait pas l'intention de faire, il serait l'homme idéal. Non seulement il était beau et possédait ce charme viril qui la troublait au plus profond d'elle-même, mais il s'impliquait à fond dans son travail. Il se battait pour des êtres qui ne pouvaient plus se défendre. Il symbolisait la justice, la force, l'attirance sexuelle et… à l'occasion, il brillait dans l'obscurité.

— Il m'arrive parfois de les utiliser, finit-il par répondre.

Elle retira sa main de sa poitrine et saisit l'amulette qu'elle portait sous son chemisier.

— Quand je me suis préparée ce matin, j'ai

eu l'impression que ce gri-gri me dévisageait. Je ne comprends toujours pas pourquoi je continue à le porter ?

— Faites-moi plaisir, insista Gideon d'une voix ferme. Gardez-le.

Elle hocha la tête, puis reprit ses aises. Tout ce qu'elle avait rejeté jusqu'à présent parce que trop invraisemblable lui semblait tout à fait réel aujourd'hui. Elle aurait dû hurler son refus mais, au lieu de cela, elle se sentait étrangement calme.

— Vous dites que les Raintree sont une vieille famille.

— Exact.

— Quand vos ancêtres se sont mariés avec des gens normaux, pourquoi n'ont-ils pas... Flûte ! Je ne sais pas comment dire ça. Je ne crois pas à la magie mais, faute d'un meilleur mot, il fera l'affaire. Si les membres de votre famille ont la magie inscrite dans leurs gènes, pourquoi n'a-t-elle pas disparu à force de vous unir à des personnes ordinaires ?

Cette idée d'*union* la mit quelque peu mal à l'aise. Et elle sentait que ce malaise était réciproque. Depuis le premier jour, il se dégageait d'eux une certaine énergie sexuelle, même lorsqu'elle doutait de son intégrité et le jugeait insupportable. Mais tout cela allait trop vite. Elle n'aurait jamais dû se pencher si près de lui et toucher le talisman sur sa poitrine, et il n'aurait jamais dû la fixer dans les yeux avec son regard magnétique.

— Les gènes des Raintree sont prédominants, expliqua Gideon.

— Donc, si vous avez des enfants…

Curieuse, elle tourna la tête vers lui et haussa les sourcils.

— Au fait, vous en avez ? Est-ce qu'il y a quelque part des petits Gideon Raintree qui attirent l'orage et parlent aux morts ?

— Non, je n'ai pas d'enfants, assura-t-il d'une voix quelque peu solennelle.

— Mais quand vous en aurez…

Il fit un signe de dénégation sans même lui laisser le temps de finir sa phrase.

— Non. C'est déjà assez difficile d'élever un enfant dans ce monde sans pitié. Alors s'il faut en plus lui apprendre à dissimuler une partie de sa personnalité, c'est au-dessus de mes forces. Je ne peux pas vouloir ça pour elle.

— Elle ? répéta Hope en fermant les yeux.

— Quoi ?

— Vous avez dit « elle » et non « lui ».

Il hésita l'espace d'une seconde.

— J'ai une nièce. C'est la seule enfant de la famille, c'est pourquoi j'ai dit « elle ».

Etrangement, elle ne crut pas à cette explication, même si elle n'avait aucune raison de mettre sa parole en doute. C'était juste son instinct qui parlait. Pourtant elle ne croyait pas non plus à l'instinct, n'est-ce pas ? Il lui fallait des faits, du concret. Des preuves irréfutables. Or, *toutes ses certitudes* venaient d'être balayées en l'espace d'une nuit.

— Vous vous êtes rasé, fit-elle remarquer en ramenant la conversation sur un terrain ridiculement normal.

— Quand je me suis réveillé, j'ai eu l'impression que la drogue utilisée par Tabby me collait à la peau, que je n'arriverais jamais à m'en débarrasser.

Elle aurait dû entendre du bruit dans la salle de bains, mais il est vrai que la maison était vaste… et elle se sentait si déboussolée…

— J'aime bien.

Il émit un grognement, et elle sourit.

— Je vais essayer de dormir un peu, dit-elle, son esprit et son corps alourdis de sommeil.

Elle se sentait trop épuisée pour songer à rentrer chez elle et, même si elle le faisait, elle aurait juste le temps de prendre une douche et de manger un morceau avant d'attaquer une nouvelle journée de travail. Ici au moins, elle pourrait se reposer une heure ou deux.

— Le jour va bientôt se lever. Il faudra démarrer l'enquête sur Lily Clark.

— C'est Tabby qui a fait le coup, affirma Gideon.

La blonde qui a tué Sherry Bishop et tenté de me poignarder.

— D'accord, répondit Hope d'une voix ensommeillée. Je vous crois.

Et le comble, c'est qu'elle était sincère ! Tout ce qu'il avait dit était vrai !

— Demain, on tâchera de le prouver.

9

Gideon souleva doucement Hope endormie sans même la réveiller. Il aurait pu la laisser se reposer sur le canapé de cuir, mais ce n'était pas très confortable pour dormir ne serait-ce que quelques heures. Il la déposa sur son lit et elle se tourna aussitôt sur le côté, calant sa tête sur l'oreiller et soupirant d'aise.

De même, il aurait pu lui laisser ses vêtements mais, comme pour le canapé… ce n'était pas très confortable. Il déboutonna son pantalon, s'attendant à chaque seconde à la voir se réveiller en sursaut et le gifler. Mais elle avait un sommeil de plomb, à moins que les événements de la journée ne l'aient épuisée. Elle remua à peine quand il fit glisser le vêtement jadis impeccable, qu'il jeta dans un coin.

Toutefois, il ne se risqua pas à lui ôter son corsage. C'était au-dessus de ses forces. Comment pourrait-il rester de marbre devant son corps dénudé ? Sans son soutien-gorge, abandonné sur le canapé, elle se sentirait suffisamment à l'aise.

Il remonta le drap sur Hope, en corsage et en slip, et se dirigea pieds nus vers la fenêtre. Avant de fermer les rideaux, il resta quelques minutes à contempler les vagues qui se brisaient sur le sable.

Il avait dévoilé à Hope des aspects de sa personnalité qu'il n'avait jamais montrés à quiconque. Un jour, une femme avait eu un aperçu — un *bref aperçu* — de ce qu'il était capable de faire, et elle ne l'avait pas supporté. Il y avait longtemps de cela. Il l'avait rencontrée une fois par hasard, deux ans après leur rupture, et elle semblait avoir oublié la cause de leur séparation. C'était une réaction classique, se dit-il. Quand on ne parvient pas à s'expliquer ce qu'on voit, on l'efface de sa mémoire, purement et simplement. Il devait s'agir d'une sorte d'amnésie destinée à protéger le cerveau humain contre des événements difficiles à accepter, comme les détails d'un accident de voiture ou d'un traumatisme grave. Un phénomène courant, somme toute.

Hope aurait-elle tout oublié au petit matin ? Peut-être. C'était une femme raisonnable qui n'avait pas pour habitude d'ajouter foi à des croyances susceptibles de faire voler en éclats son petit monde bien ordonné. Or, il était tout à fait capable de bouleverser sa vie. Et pas seulement avec ses histoires de fantômes.

Il finit par tirer les rideaux, puis il revint vers le lit et se glissa au côté de Hope. Il était irrésistiblement attiré par la chaleur et la douceur de son corps, et il céda à la tentation.

Il y avait bien un autre lit dans la chambre d'amis au troisième étage. Echo y dormait lors de ses rares visites, de même que Mercy et sa fille Eve mais, en l'absence d'invités, cette pièce servait plutôt de débarras. Comme il ne s'agissait que d'une maison de bord de mer et qu'il aimait la solitude, il ne voyait pas la nécessité de multiplier les chambres d'amis et de rendre sa demeure plus accueillante.

Depuis le départ d'Echo pour Charlotte lundi, le lit n'avait pas été refait et une pile impressionnante de dossiers concernant les meurtres non élucidés s'y entassait. A cette heure tardive, il n'avait aucune envie de faire le ménage et de débarrasser le lit au nom de la galanterie. Le sien était chaud et douillet, et il était attiré par Hope de la même façon qu'un homme est attiré par sa femme.

Sa femme ! Hope représentait beaucoup de choses mais, en aucun cas, elle n'était sienne. Ce qui ne l'empêcha pas de passer son bras autour de sa taille et de se blottir contre elle avant de s'endormir.

***

Hope avait dormi d'un sommeil si profond qu'elle ne se souvenait pas de la moindre trace de rêve. Elle se recroquevilla sur le matelas moelleux, tentant d'échapper à la fraîcheur qui régnait dans la pièce. La climatisation devait être mise à fond. C'était inhabituel de la part de sa mère, si pointilleuse sur le chapitre des économies d'énergie.

Malgré l'air froid, elle se sentait bien au chaud. Le réveil n'avait pas encore sonné, elle pouvait se reposer quelques précieuses minutes de plus.

Puis, dans un brusque sursaut, elle se rappela qu'elle se trouvait chez Raintree. Dans sa maison. Elle s'était endormie sur le canapé mais, à l'évidence, elle n'y était plus. Elle était dans son *lit*. Elle frémit à cette pensée et se tourna tout doucement pour se trouver nez à nez avec lui. Voilà pourquoi elle se sentait aussi bien : son corps presque nu était blotti contre elle.

Encore mal réveillée, elle demeura aussi immobile que possible. Elle était tout près de lui, plus proche qu'elle n'aurait jamais cru l'être de cet homme qu'au départ elle avait détesté. Un homme qu'elle avait accusé de corruption. Maintenant, elle savait qu'il n'en était rien. Il était simplement différent, *très* différent.

Il avait été blessé et drogué la nuit dernière, et pourtant, ce matin, il semblait plutôt frais et dispos. Dans son sommeil, il conservait un peu de sa rudesse et, en même temps, il paraissait sans défense. Il possédait une grâce et une beauté qui l'émouvaient plus qu'elle n'aurait voulu. S'il se savait beau, il ne le laissait jamais paraître, contrairement à certains hommes de sa connaissance. Il était *lui*, tout simplement.

Tout doucement, pour ne pas le réveiller, elle souleva le drap qui les recouvrait et jeta un coup d'œil furtif par-dessous. Sa cuisse était presque guérie. Il ne restait plus qu'une vilaine cicatrice à la place de la blessure profonde qu'il avait reçue la nuit dernière. Pourquoi s'en étonner ? Rien concernant cet homme ne devrait plus jamais la surprendre.

— Rassurez-vous, marmonna-t-il d'un ton bourru. Il ne s'est rien passé.

Elle releva légèrement la tête pour rencontrer les yeux de Gideon braqués sur elle. Ils étaient encore lourds de sommeil, sexy en diable et électriques.

— Je regardais votre *blessure*, riposta-t-elle d'un air vexé.

— Je pensais que vous étiez en train de vérifier si j'avais mon caleçon.

Elle rabattit le drap d'un geste sec et se tourna pour sortir du lit — et pour que Gideon ne la voie pas rougir jusqu'aux oreilles, comme une écolière.

Avant qu'elle ait atteint le bord du lit, il la saisit

d'une poigne ferme et l'attira de nouveau contre sa poitrine.

— Vous n'allez nulle part, du moins pas encore, grogna-t-il d'une voix ensommeillée et aussi sexy que son regard.

Elle pouvait lui échapper aisément, elle le savait, il lui suffisait de le repousser d'une chiquenaude et de s'esquiver. La main qui la retenait n'était pas lourde mais persuasive. Elle était forte, chaude et agréable. Pourtant, elle ne s'enfuit pas, elle n'en avait aucune envie, bien au contraire. Au lieu de cela, elle posa sa tête sur l'oreiller et se laissa aller contre lui.

Jordy avait rarement passé la nuit chez elle. Deux fois, peut-être. Et, chaque fois, ç'avait été[2] par inadvertance. Il s'était endormi pour se réveiller au petit matin et s'enfuir de chez elle comme un voleur. Mais elle en avait gardé un bon souvenir. Elle avait adoré se blottir dans ses bras, sa peau nue contre la sienne ; elle avait aimé cette attirance sexuelle qui les unissait, et le reste plus encore. C'était ce qui lui manquait le plus depuis qu'elle vivait seule, se consacrait à sa carrière et considérait chaque homme qui lui adressait l'ombre d'un sourire comme un ogre en puissance capable de la mordre l'instant d'après.

Il est probable que Gideon ne la mordrait pas mais, au fond, qu'en savait-elle ? C'était un homme comme les autres. Un fait qui devint vite évident alors qu'il la serrait contre lui.

C'était maintenant qu'elle devait sortir du lit pour échapper à sa douce emprise. Si elle restait ici une minute de plus, si elle ne partait pas *immédiatement*, elle savait trop bien ce qui allait se passer. Non seulement elle était une adulte de vingt-neuf ans, saine de corps et d'esprit, et sans attache sentimentale, mais, au moment où son monde bien ordonné était remis en question par tout ce qu'elle avait vu et entendu la nuit dernière, elle avait *besoin* d'être tenue dans les bras d'un homme. Non pas n'importe quel homme, mais celui qui reposait à son côté et qui parlait aux fantômes, attirait l'orage et, à l'occasion, brillait dans la pénombre : Gideon Raintree.

Il repoussa une mèche de cheveux et l'embrassa dans le cou. Elle sentit un délicieux frisson parcourir son corps. Etait-ce l'électricité ou simplement *lui* qui la faisait vibrer ainsi ? S'agissait-il d'un phénomène paranormal ou extraordinairement *normal* ? Mais au diable toutes ces interrogations ! Une seule chose importait : que cette sensation exquise ne finisse jamais…

— J'ai envie de toi, murmura-t-il doucement.

Hope se passa la langue sur les lèvres. *Je sais. Moi aussi, j'ai envie de toi.* Les mots dansaient dans sa tête mais ne franchirent pas ses lèvres.

— Je ne suis pas sûre que ce soit une bonne idée.

Il glissa les mains sous son corsage, caressant avec gourmandise sa peau nue, et elle ferma les yeux pour mieux savourer l'intensité de son plaisir. Elle se sentait fondre sous ses doigts magiques. Son cerveau lui disait que c'était une *très mauvaise* idée. Mais son corps affamé était d'un autre avis. Il voulait la même chose que Gideon.

La sentait-il frissonner sous sa caresse ? Il y avait longtemps qu'elle n'avait pas laissé un homme la toucher de cette façon, si longtemps que toutes les sensations qu'elle ressentait étaient nouvelles, excitantes et puissantes.

Les yeux clos et le corps tremblant, elle était grisée par la douceur de ses mains expertes qui s'attardaient sur sa poitrine, et elle anticipait les mille plaisirs dont il la comblerait si elle se laissait vraiment aller. Si elle était consentante. Elle n'avait rien à dire. Il lui suffisait de se tourner vers lui, de poser sa bouche sur la sienne et de l'embrasser. C'était la seule réponse dont il avait besoin, et la seule qu'elle était capable de lui donner.

Ses doigts glissèrent vers son ventre et se posèrent sur la chair tendre sous le nombril, comme il l'avait fait dans la boutique de sa mère. Devinant la suite, elle lui saisit le poignet et retira doucement sa main.

Percevant sa déception et sa résignation, elle se tourna sur le côté pour lui faire face.

— Pas de tricherie, cette fois-ci, murmura-t-elle.

Puis elle posa sa bouche sur la sienne.

Il embrassait merveilleusement, elle aurait dû s'en douter. Un seul frôlement, une simple caresse de ses lèvres sur les siennes suffirent pour balayer le moindre doute. Elle passa ses doigts dans ses cheveux pour l'attirer plus près d'elle tandis que ses lèvres s'écartaient et que sa langue se mêlait à la sienne. Il existait des centaines de raisons pour lesquelles ils n'auraient pas dû se trouver là. Elle le connaissait à peine ; il ne voulait pas faire équipe avec elle ; elle s'était méfiée de lui dès le premier jour ; il était différent des autres et entendait le rester.

Mais aucune de ces raisons n'avait d'importance. Elle s'abandonnait totalement à ses baisers, d'abord légers puis plus ardents et plus profonds.

Il déboutonna son corsage en continuant de l'embrasser, et elle l'aida à l'enlever. Maintenant elle pouvait sentir le contact de sa peau contre la sienne. C'était une sensation délicieuse, et elle ne put s'empêcher de se rappeler ce qu'il avait dit la nuit dernière à propos de l'émerveillement que l'on éprouvait à découvrir des choses inconnues. Pour elle, tout était nouveau. L'intensité de son désir pour cet homme, l'attirance magnétique qui les unissait, la sensation exquise de s'abandonner tout entière… Un monde magique s'ouvrait à elle.

Gideon la renversa avec douceur sur le dos, et elle attendit, consumée de désir et étrangement heureuse tandis que son cœur cognait à coups précipités et que son sang battait à ses tempes. Lentement, il prit un mamelon entre ses lèvres, le titilla du bout de la langue puis l'aspira avec délices, la faisant gémir de plaisir et s'arc-bouter sur le matelas. Elle était *prête* comme elle ne l'avait jamais été auparavant. Elle s'agrippa à Gideon et un halètement s'échappa de ses lèvres pendant qu'il reportait son attention sur l'autre sein. Sa langue experte le caressait par petites touches légères, comme s'il avait tout son temps, mais elle n'en pouvait plus d'attendre, elle était ivre de désir et sur le point de perdre tout contrôle d'elle-même.

Ils ne pouvaient pas se le permettre.

— Tu as un préservatif? demanda-t-elle d'une voix rauque.

S'il disait non… Il ne pouvait pas dire non. Il fallait qu'il en ait un.

— Oui.

— Tant mieux, murmura-t-elle en poussant un soupir d'aise.

Il avait des mains si merveilleuses. A la fois viriles, fermes et racées. Elles la fascinaient et l'excitaient tour à tour tandis qu'il effleurait délicatement sa chair pâle. Il la touchait comme si elle était en porcelaine, se familiarisant avec la moindre de ses courbes, savourant le contact de sa peau douce, et enflammant ses sens au point qu'elle se sentait flotter au-dessus du lit, emportée dans un tourbillon de sensations merveilleuses et étourdissantes qui lui tiraient des râles de plaisir.

D'un geste rapide, il fit glisser son slip le long de ses longues jambes, et elle s'offrit à lui dans toute la splendeur de sa nudité. Le talisman qu'il lui avait donné et qu'elle portait sur son insistance faisait une tache sombre sur sa peau claire. A son tour, elle passa ses doigts tremblants dans la ceinture de son boxer, le fit descendre sur ses hanches et le lui retira.

Avant qu'il ne se protège, elle effleura son sexe dressé, sans la moindre timidité. Elle se sentait si bien avec lui que les caresses les plus intimes lui semblaient tout à fait naturelles.

Visiblement très excité par ce délicat effleurement, il l'embrassa de nouveau avec passion, en lui écartant les cuisses. Ses mains avides se promenaient sur son corps pendant que leurs lèvres s'unissaient dans une ronde de baisers sans fin. Il n'y avait qu'une issue possible, une seule conclusion acceptable à ce déferlement de sensations exquises : que Gideon soit enfin en elle, qu'ils donnent libre cours à leur plaisir. Ses mains, légères mais insistantes, étaient posées sur les hanches nues de Gideon, et se mouvaient au rythme de son corps. Elle le voulait en elle, vite.

Il détacha ses lèvres des siennes et tendit la main en direction de la table de chevet pour chercher à tâtons un préservatif parmi le désordre du tiroir. En le sentant s'éloigner elle ressentit une sensation de manque presque douloureuse. Douloureuse, mais aussi nécessaire. L'attente n'accroît-elle pas le désir ? Bientôt, il fut de retour près d'elle… Mais il ne semblait toujours pas prêt à la délivrer. Il glissa ses doigts dans le cœur de son intimité, la caressant délicatement du pouce. Elle sentit une vague de plaisir l'envahir, si intense qu'elle se cambra en poussant de petits gémissements. Elle s'épanouissait et s'offrait à lui tout entière. Elle se sentait prête à exploser et c'était une sensation si délicieuse, qu'elle en eut le souffle coupé. Elle n'avait jamais rien éprouvé d'aussi bon ; elle avait presque envie de pleurer devant la force de cet instant.

Gideon faisait l'amour comme il faisait tout le reste, avec une implication totale et une habileté consommée. Elle ferma donc les yeux et se laissa aimer. Il la comblait, l'emmenant peu à peu vers les cimes du plaisir. Des vagues de plaisir déferlaient en elle, puissantes, prometteuses et exigeantes. Juste au moment où elle s'apprêtait à jouir, il s'écarta d'elle, ralentit le tempo puis reprit le rythme.

Elle ouvrit les yeux et gémit :

— Tu me tortures.

Il eut un petit sourire malicieux.

— Juste un peu.

La pièce était plongée dans l'obscurité grâce aux épais rideaux qui masquaient la porte-fenêtre et la baie vitrée. Sans cette pénombre, elle n'aurait pas remarqué que l'iris vert des yeux de Gideon luisait légèrement.

— Tu brilles de nouveau.

Curieusement, elle ne s'en étonna pas.

— Vraiment ?

— Oui, c'est magnifique.

Elles noua ses jambes autour des hanches de Gideon et arqua son corps contre le sien pour l'attirer en elle. Cette fois-ci, il ne se retira pas mais accéléra la cadence, pénétrant plus profond dans sa chair douce et chaude jusqu'à ce que l'extase la submerge dans un cri. Alors qu'elle croyait avoir atteint le summum de la volupté, elle ressentit de nouveau les vagues du plaisir monter à l'assaut de son corps. Une sensation inouïe qu'elle n'avait jamais éprouvée auparavant. Elle laissa échapper une plainte lancinante et se cramponna aux épaules de Gideon. Le corps agité de spasmes, il poussa un gémissement rauque et se laissa à son tour emporter par un tourbillon de plaisir.

Il s'effondra sur elle, le souffle court, la tenant serrée contre lui et sans se retirer d'elle. Quand il releva la tête pour plonger son regard dans le sien, elle tressaillit de surprise.

— C'est fou, tu brilles encore dans le noir.

En effet, ses yeux verts luisaient d'un éclat surnaturel et son corps était entouré d'un léger halo lumineux.

— C'est… normal ?

Brusquement, il se retira d'elle et roula sur le côté.

— C'est déjà arrivé une fois ou deux. On ne peut pas vraiment dire que ce soit normal.

Elle tendit la main pour l'arrêter et lui dire qu'elle ne s'en plaignait pas. Bien au contraire. Mais il sortit du lit avant qu'elle ait pu le toucher et se dirigea vers la salle de bains.

Le cœur, le corps et l'âme. Gideon ne se souvenait plus qui lui avait dit que ces trois éléments devaient être à l'unisson pour que se produise ce fameux halo lumineux, mais il le savait. Il prit le temps de se laver le visage et de se brosser les dents.

Il connaissait à peine Hope Malory. Certes, elle était superbe, sexy et elle avait vu ce qu'il était capable de faire sans prendre ses jambes à son cou, comme si elle avait affaire à un monstre. Et pourtant… tout cela ne menait nulle part.

Elle avait été un intermède agréable dans sa vie, rien de plus, et le fait d'avoir couché avec elle mettrait un terme définitif à leur association. Qu'elle le veuille ou non, elle se verrait contrainte de demander sa mutation, et c'est ce qu'il souhaitait par-dessus tout. Alors pourquoi diable ce halo lumineux ?

Une aberration, voilà tout. La prochaine fois, si tant est qu'il y en ait une, il ne se produirait pas et Hope finirait par se persuader qu'elle avait été victime d'une illusion d'optique ou d'une hallucination provoquée par un puissant orgasme.

Car elle avait joui avec une rare intensité. Pourquoi une femme comme elle se retrouvait-elle seule ? Sa solitude ressemblait à la sienne, il le savait. Tout comme il savait que le halo lumineux ne se produisait que dans des cas de rare osmose, non seulement sexuelle, mais aussi spirituelle. Il devait bien admettre que Hope et lui avaien t beaucoup en commun.

Il haussa les épaules. Quelle importance ? Une fois déjà, il s'était cru amoureux. Et lorsque la femme en question avait eu un petit aperçu de sa véritable personnalité, elle avait aussitôt mis un terme à leur relation. La fin de cette brève liaison l'avait beaucoup perturbé. Car il avait fait l'expérience de ce que pouvait être une vie normale, avec une femme, des enfants, une famille. Mais il avait fini par s'en remettre, et il en serait de même avec Hope.

« C'est Emma qui m'a mis les idées à l'envers, marmonna-t-il devant son miroir, en examinant son menton trop imberbe à son goût. Sans oublier Dante avec sa fichue turquoise. »

Tout à coup, il aperçut le reflet d'Emma dans le miroir. Il attrapa aussitôt une serviette qu'il noua autour de ses reins avant de se retourner. Tout de blanc vêtue, elle flottait au-dessus de la baignoire. Avec ses deux longues nattes brunes encadrant son visage, elle ne semblait guère avoir plus de cinq ans.

— Bonjour, papa. Tu m'as appelée ?

— Non, pas du tout.

— Pourtant, je t'ai entendu prononcer mon nom, protesta-t-elle avec l'innocence et l'insistance d'une petite fille têtue.

Un horrible soupçon traversa son esprit.

— Tu étais là ?

— Non, répondit-elle surprise.

Elle devenait de plus en plus consistante à mesure qu'il la regardait.

— J'attendais, et puis je t'ai entendu m'appeler.

— Tu attendais quoi ?

Emma sourit.

— Fais attention, papa, insista-t-elle tout en s'éloignant. Elle est vraiment *très* méchante.

— Qui est très…

Avant qu'il ait pu terminer sa phrase, Emma avait disparu. Elle devait sûrement le mettre en garde contre Tabby. Il aurait préféré qu'elle le prévienne la nuit dernière avant qu'il n'aille au rendez-vous sur la promenade. Non pas que cela l'eût empêché d'y aller…

Quand il revint dans la chambre, Hope avait quitté la pièce. Il l'entendit se mouvoir dans la salle de bains du rez-de-chaussée. Au bout de quelques minutes, elle ouvrit la porte et cria :

— Raintree, tu n'aurais pas une brosse à dents supplémentaire, par hasard ?

— Deuxième tiroir à gauche, répondit-il.

Tout en choisissant ses vêtements dans la penderie, il se fit une raison. Au moins, Hope n'était pas sentimentale pour deux sous. Elle prenait leur intermède du petit matin pour ce qu'il était : du plaisir dans un monde qui en manquait cruellement. Un moment de récréation pour deux adultes seuls et sans attache sentimentale, qui avaient eu besoin d'assouvir un désir purement physique. Bref, le début d'une journée comme une autre.

***

— Tu dois bien avoir ici quelques vêtements qui m'iraient. J'aimerais mieux porter les tiens plutôt que ça !

— Ils seront trop grands pour toi, affirma Gideon avec bon sens. Ceux d'Echo sont juste à ta taille.

— Ça se discute, grommela-t-elle en tirant sur l'ourlet du T-shirt court qui découvrait son nombril.

Elle mesurait près de dix centimètres de plus que la jeune fille, et il n'y avait guère de chance pour qu'elle entre dans ses vêtements.

Après s'être douchée, elle avait été confrontée à un véritable dilemme vestimentaire : porter de nouveau le chemisier froissé avec lequel elle avait dormi ainsi que le pantalon encore plus chiffonné que Raintree avait jeté par terre la nuit dernière, ou faire son choix parmi les quelques vêtements laissés par Echo au cours d'une de ses rares visites.

Gideon ne possédait pas de fer à repasser, du moins c'est ce qu'il prétendait. Or, tout le monde en avait un ! maugréait-elle en s'efforçant de remonter son jean taille basse. Selon lui, le pressing se chargeait de tout. L'heureux homme !

Le choix était restreint : deux Bikini, deux T-shirts courts censés mettre en évidence le piercing au nombril qu'elle ne portait pas, deux shorts coupés qui pendouillaient sur ses fesses et un jean défraîchi et troué tout juste bon pour la poubelle. Pour aujourd'hui, le jean ferait l'affaire. Il devait traîner par terre quand Echo le portait, à en juger par l'ourlet tout effrangé, mais c'était quand même mieux que les shorts.

De toute façon, elle ne pouvait pas remettre ses vêtements de la veille ; leur aspect négligé risquait de soulever des questions auxquelles elle ne tenait pas à répondre ; en outre, elle venait de découvrir des taches de sang sur la manche de son chemisier et sur son pantalon. Là encore, elle n'aurait pas de réponse appropriée, aussi dut-elle se contenter des vêtements d'Echo.

Au moins, Gideon s'était habillé de façon décontractée pour lui éviter de se sentir ridicule. Mais, contrairement à elle, son jean était impeccable, tout comme son T-shirt qui dissimulait *son* nombril.

— On s'arrêtera chez toi plus tard, comme ça tu pourras te changer, précisa-t-il, lui tournant le dos pendant qu'il se versait du café.

— Non, on y va *en premier*, protesta-t-elle.

— Ce n'est pas forcément une bonne idée, insista Gideon, l'air songeur. Quelqu'un a dû voir Tabby traîner autour de la cafétéria ou du club où se produisaient Echo et Sherry. On l'a peut-être remarquée au moment où elle repérait l'immeuble. Elle n'est tout de même pas invisible ! En outre, les gens sont mal à l'aise face à des policiers en tenue. Ils se tiennent sur la défensive et n'ont qu'une envie : en finir au plus vite. Du coup, on n'obtient que dalle et le dossier est vide. Aujourd'hui, puisqu'on est en civil, on va en profiter pour poser encore quelques questions.

Hope était perplexe. Gideon se comportait comme si rien d'extraordinaire ne s'était produit ce matin. Sans être distant, il ne se montrait ni chaleureux ni tendre à son égard. Il ne l'avait pas touchée depuis qu'il était sorti du lit et affichait une attitude professionnelle.

Sans doute avait-il l'habitude d'avoir des rapports sexuels d'une intensité inouïe avec une partenaire qu'il connaissait à peine. Eh bien, ce n'était pas son cas à elle, mais elle ne tenait pas à ce qu'il le sache. A fortiori s'il pensait que ce qui venait de se produire était fortuit et sans importance.

Il avait déjà établi le programme de la journée : un des inspecteurs — sans doute Charlie Newsom — serait chargé de rassembler les photos de toutes les personnes correspondant au signalement de Tabby, pendant qu'ils interrogeraient de nouveau les amis, collègues et voisins de Sherry Bishop. Peut-être l'un d'entre eux avait-il repéré Tabby les jours précédant le meurtre et connaissait-il son nom de famille. A moins d'avoir beaucoup de chance, ils n'iraient pas loin avec ce seul prénom pour indice. Cet après-midi, Gideon devait rencontrer un spécialiste chargé d'établir le portrait robot du tueur. Comment allait-il justifier le fait qu'il savait à quoi ressemblait le meurtrier ? se demandait Hope. Il se débrouillerait, elle en était sûre. Elle avait conservé le gant de toilette qui avait servi à ôter les traces de drogue — quelle qu'elle soit — utilisée par Tabby. Elle comptait l'envoyer au laboratoire fédéral pour examen, même si les chances de succès étaient minces. Toutefois, il faudrait attendre des semaines avant d'obtenir le résultat, or le temps pressait.

— Ma sœur doit venir en ville en fin d'après-midi. Elle fabrique des bijoux pour la boutique de maman et elle doit justement lui en livrer des nouveaux.

Gideon releva la tête et la dévisagea.

— Tu as une sœur ?

Sa question prouvait, s'il en était besoin, qu'ils ne se connaissaient pas assez pour s'être laissé emporter aussi vite par la passion.

— Oui.

— Si tu veux disposer de ta journée pour être avec elle, je n'y vois pas d'inconvénient.

Bien sûr qu'il s'en fichait. Il ne demandait sûrement qu'à être débarrassé d'elle.

— Non. On a souvent l'occasion de se voir.

Par ailleurs, quand maman et Sunny sont ensemble, j'ai l'impression d'être le vilain petit canard, se dit-elle en son for intérieur.

— Elle te ressemble ? demanda-t-il mi-curieux mi-taquin.

— Non. Elle a deux ans de plus que moi, trois petits garçons et est aussi folle que ma mère.

— Alors, tu as toujours été l'élément « normal » de la famille ?

Pendant longtemps, elle l'avait cru. Elle avait été si sûre d'être normale et d'avoir *raison* de se montrer sceptique à l'égard des croyances de sa mère et de sa sœur ! Mais Gideon avait balayé toutes ses certitudes.

— La normalité est une notion relative.

Mais il ne la suivit pas sur ce terrain et mit brutalement fin à la conversation.

— Allons-y. On est en retard.

Elle attrapa son sac à main et suivit Gideon dans l'escalier qui menait au garage. Elle prenait acte de son attitude envers elle, même si elle n'en comprenait pas la raison. Il ignorait délibérément ce qui s'était passé ce matin comme s'il voulait en effacer la moindre trace. Il était revenu sur un terrain strictement professionnel, s'intéressant uniquement à l'affaire qu'ils étaient chargés de résoudre.

Si, comme lui, elle faisait semblant de rien, peut-être pourraient-ils continuer à travailler ensemble. Ils deviendraient des coéquipiers à part entière, voire des amis. Il était un excellent policier, et elle apprendrait beaucoup à ses côtés.

Mais, réflexion faite, elle n'était pas certaine d'y parvenir. Le changement survenu entre eux était trop profond pour qu'elle puisse l'ignorer. Prendrait-elle le risque de lui dire qu'elle ne pouvait pas se contenter d'être sa coéquipière et son amie ? Elle avait un caractère entier, avec elle c'était tout ou rien et, au cours des dernières années, c'était cette dernière option qu'elle avait choisie. Sans doute vaudrait-il mieux ne prendre aucun risque, tirer un trait sur Gideon et faire comme si de rien n'était.

Mais pour l'instant, il fallait qu'elle remette ses interrogations à plus tard. Tabby était en liberté et son instinct lui disait qu'ils n'en avaient pas fini avec elle.

10

Si Tabby habitait la région, elle n'avait jamais été arrêtée. Du moins, pas sous le nom de Tabby ou de Tabitha. Comment être sûr qu'elle s'appelait bien ainsi ? Il pouvait s'agir d'un diminutif, celui de Catherine, par exemple ; à moins que quelqu'un n'ait commencé à l'appeler Tabby, et ce surnom lui serait resté. Qui sait si ce n'était pas plutôt un pseudonyme sans aucun lien avec son vrai nom, auquel cas ils étaient dans de sales draps. La première recherche sur Tabby n'avait rien donné. Il avait suffi de quinze minutes à Gideon pour s'en assurer après avoir passé au crible tous les renseignements collectés par Charlie. Deux autres policiers faisaient le tour des motels de la région au cas où Tabby ne serait pas une habitante du coin. Charlie et un autre inspecteur vérifiaient maintenant les bases de données fédérales, et cela prendrait du temps. Hope avait insisté pour envoyer les particules de drogue au labo fédéral, en faisant valoir qu'il serait toujours temps de trouver une explication plausible sur la façon dont cette drogue était entrée en leur possession, si jamais la recherche aboutissait.

Gideon était incapable de justifier officiellement les événements de la nuit dernière. Sa blessure à la cuisse était guérie, et il n'allait pas raconter que c'était le fantôme de Lily Clark qui l'avait averti du rendez-vous avec Tabby. Le nouveau patron ou ses collègues ne goberaient pas ses allégations aussi aisément que Hope — non pas qu'il souhaitât les mettre au courant de ses talents très particuliers. Faire étalage de ses dons était non seulement imprudent mais aussi interdit.

Hope avait beau se sentir mal à l'aise dans les vêtements d'Echo, elle n'en était pas moins fantastique. A la fois élégante et sexy. Ses talons hauts qui dépassaient à peine de l'ourlet effiloché du jean la rendaient encore plus séduisante. Lorsqu'ils avaient interrogé les amis de Sherry Bishop, tous les hommes s'étaient volontiers confiés à Hope, contrairement à la fois précédente. Malheureusement, aucun d'entre eux ne se souvenait d'un détail utile ou intéressant.

Pour l'heure, elle était allée chercher du café pour tous les deux — son idée à elle, pas la sienne — et il prenait un moment de repos bien mérité dans le bureau qu'ils partageaient au poste de police sur Red Cross Street. Il ne pouvait s'empêcher de retourner dans sa tête les données du problème. Tabby — à défaut d'un autre nom — avait assassiné Sherry Bishop. Pourquoi ? Le hasard ? La malchance ? Non. Toutes les victimes étaient célibataires, et il ne s'agissait pas d'une coïncidence : personne ne risquait de rentrer au mauvais moment et d'interrompre Tabby dans sa macabre besogne. Qui plus est, elle avait torturé et tué Lily Clark uniquement pour qu'elle lui transmette un message, puis elle avait tenté de l'ajouter à sa liste de victimes.

Il avait passé un coup de fil au shérif qui s'occupait de l'affaire Marcia Cordell, et ils étaient convenus d'un rendez-vous pour demain après-midi. Il détestait l'idée de s'éloigner de Wilmington, ne serait-ce que quelques heures, alors que Tabby était en liberté mais, si le fantôme de Marcia errait encore dans sa maison, il devait tenter non seulement de l'envoyer dans une contrée plus clémente, mais aussi de le faire parler pour compléter ses maigres informations sur Tabby.

Il devait trouver un prétexte quelconque pour empêcher Hope de l'accompagner là-bas, même si elle risquait d'être furieuse contre lui en découvrant ses manigances. Certes, elle avait accepté tout ce qu'il lui avait dit la nuit dernière, mais comment réagirait-elle en le voyant à l'œuvre ? Serait-elle effrayée ? C'était probable. Il ne voulait pas la laisser sans protection, mais il ne tenait pas non plus à se sentir trop à l'aise avec elle. Et, au fond de son cœur, il était inquiet à l'idée qu'elle *pouvait* accepter ce qu'il était capable de faire.

S'ils dormaient *et* travaillaient ensemble, ils iraient au-devant des ennuis. A dire vrai, il préférerait qu'elle se contente d'être sa maîtresse plutôt que sa coéquipière, mais il était peu probable qu'elle obtempère gentiment et demande sa mutation dans une autre division. S'était-elle jamais montrée douce et obéissante ? Pas à sa connaissance.

Hope pénétra dans le bureau avec deux gobelets de café fumant. Il parut soulagé de la voir arriver, comme si elle s'était absentée depuis des heures et non quelques minutes à peine. Et cela ne lui plaisait pas, mais pas du tout. Une liaison amoureuse ne ferait que compliquer les choses ; cela ne marcherait jamais. Seulement voilà, ils étaient déjà amants, la situation était déjà complexe et… pour être franc il n'était pas disposé à y mettre un terme.

Quelqu'un avait tiré sur lui ou sur elle et, s'il avait vu juste, elle se trouvait en danger simplement parce qu'elle était proche de lui. Ils étaient liés intimement et professionnellement. Désormais, il était trop tard pour revenir en arrière. Ce serait aussi inutile que de fermer les portes d'une écurie quand les chevaux se sont déjà sauvés.

Elle posa les deux gobelets sur son bureau.

— Figure-toi que je viens de me faire draguer

par un jeune agent. Ma parole, c'est à croire que ces fringues dégagent un truc hormonal bizarre. Je me fais l'effet d'être l'une des *Drôles de dames* de Charlie. Il faut absolument que je me débarrasse de ces vêtements et que je récupère les miens.

Une colère intempestive s'empara de lui.

— Il t'a touchée ?

— Quoi ?

Elle le regarda, l'air surpris, comme si elle ne comprenait pas sa question.

— L'agent qui t'a fait du plat. Il t'a *touchée* ?

Elle soupira.

— Non. Il a juste reluqué mon nombril et m'a demandé si j'étais libre ce soir après le boulot.

— Tu as son nom ?

Elle ouvrit de grands yeux puis secoua la tête.

— Oh non, Raintree. Inutile de jouer ce petit jeu avec moi.

— Quel jeu ?

— Tu le sais très bien.

— Non. Eclaire ma lanterne.

Elle s'appuya contre son propre bureau, beaucoup mieux rangé que le sien. Et pour cause : elle n'était là que depuis quelques jours et n'avait pas eu le temps d'y semer la pagaille.

— D'accord. Si on devient… peu importe, je ne suis pas sûre que ce soit le cas, mais si on le *devient*, on doit se fixer des limites.

— Des limites ? répéta Gideon, à moitié assis sur son propre bureau.

— Oui. Je veux être ta coéquipière à part entière, et je pense que c'est possible. Je comprends et j'accepte ce que tu es capable de faire, et je t'aiderai de mon mieux. On peut former une sacrée équipe tous les deux, mais on doit séparer le boulot et le reste. Tu ne vas pas te conduire comme un homme des cavernes qui marque son territoire et prendre un air offusqué chaque fois qu'un type me drague. Je ne suis pas ta propriété et tu n'as aucun droit sur moi. Et pas question de baisers volés à la machine à café ou de parties de jambes en l'air sur le bureau. Quand je suis dans ton lit, si tant est que j'y sois de nouveau, c'est différent. Mais au bureau, je suis ta collègue et rien d'autre. Tu crois que ça peut marcher ? demanda-t-elle, d'un air incertain.

— Je ne sais pas, répondit-il avec franchise. Ce serait plus facile si tu faisais équipe avec quelqu'un d'autre.

Elle se tortilla un peu, mal à l'aise, mais l'idée avait dû lui traverser l'esprit à un moment ou à un autre de la journée, se dit-il.

— Je ne veux travailler avec personne d'autre. Ce sont les affaires d'homicide qui m'intéressent, et je suis persuadée que je peux apprendre des tas de choses avec toi. Peut-être vaudrait-il mieux tirer un trait sur ce qui s'est passé ce matin et tout oublier.

Oublier ? Vraiment ? Il sentit une colère froide et électrique s'emparer de lui. Les lampes au-dessus de leurs têtes vacillèrent mais ne s'éteignirent pas.

— Continuer et faire comme si de rien n'était ? Je ne suis pas sûr d'en être capable.

Elle déglutit avec difficulté. Cette réponse la surprenait-elle à ce point ? se demanda-t-il.

— On en a presque terminé ici, finit-elle par dire. On pourrait passer à l'hôtel pour récupérer ta Challenger, ensuite je rentrerai chez moi et…

— Non.

— Non ?

Elle haussa les sourcils.

— Je crains que tu n'y sois pas en sécurité.

— Tu vois ! s'exclama-t-elle en pointant un doigt accusateur vers lui. C'est tout à fait le type de réaction machiste que je veux éviter. Est-ce que tu aurais traité Léon de cette façon ?

— Je ne me suis jamais tapé Léon.

A ces mots, Hope rougit et pâlit tour à tour. Puis elle s'écarta vivement de son bureau et sortit de la pièce, l'air furibond. Il voulut la rattraper et la ramener ici pour en finir avec cette histoire, mais les autres les regardaient.

Il devait l'admettre, l'idée d'avoir une adjointe qui ne serait pas effrayée par ses talents si particuliers semblait follement tentante. Une personne sur qui il pourrait compter et qui l'aiderait dans ses enquêtes, même s'ils devaient remuer ciel et terre pour arrêter les coupables.

Changement de programme. Il n'était plus question de se débarrasser d'elle.

Il la suivit de loin et, une fois sur le parking, il eut tôt fait de la rattraper.

— Si tu es ici pour t'excuser…, commença-t-elle d'une voix tendue.

— Non, ce n'est pas le cas, admit-il avec franchise.

Elle le toisa, surprise et furieuse.

— Je n'ai pas l'intention de te présenter des excuses pour ce qui s'est passé entre nous, ni pour t'avoir dit la vérité à l'instant. Tu n'es pas un des gars de la brigade, Hope, et tu ne seras jamais l'égal de Léon.

Elle s'arrêta net quand il lui ouvrit la portière côté passager, attendant qu'elle prenne place.

Elle finit par s'asseoir, toujours énervée, mais sa colère avait baissé d'un cran.

Il s'installa derrière le volant sans mettre le contact.

— Tu ne peux pas rentrer chez toi cette nuit. Que tu le veuilles ou non, tu es dans l'œil du cyclone. Si Tabby ne peut pas m'avoir, elle va essayer de s'en prendre à toi. Ta mère et ta sœur risquent de se trouver prises entre deux feux.

— Tu as sans doute raison, concéda-t-elle d'une voix tendue. Je voudrais quand même passer à l'appartement pour récupérer quelques affaires.

— Oui, bien sûr, dit-il en sortant du parking et en se dirigeant vers le Calice d'Argent.

La Challenger pouvait attendre ; il n'était pas disposé à perdre Hope de vue un seul instant.

Au moment de quitter Red Cross Street, il lui jeta un regard en biais.

— Alors comme ça, pas de parties de jambes en l'air sur le bureau ? Quel dommage !

Sunny Malory Stanton était la digne fille de Rainbow Malory. Hormis sa chevelure châtain clair, qu'elle tenait de son père, elle était à l'image de sa mère. Un sourire rayonnant, un cœur immense. Des sandales confortables, une longue jupe, des pendants d'oreilles. Et pas de soutien-gorge.

Quand Hope et Gideon pénétrèrent dans la boutique, elle les gratifia d'un grand sourire. Elle ne remarqua même pas l'accoutrement de sa petite sœur, à l'opposé de son style habituel.

Pourtant, si Sunny se mettait à porter un uniforme quelconque, Hope ne manquerait pas de s'en apercevoir.

Sa mère et sa sœur refaisaient la vitrine pour y exposer les nouveaux bijoux de Sunny. Elles plaisantaient et parlaient des enfants qui étaient restés à la maison avec leur père. La présence de sa fille aînée faisait un bien fou à Rainbow.

Maintenant, comment Hope allait-elle expliquer à sa mère qu'elle comptait passer quelques jours chez Gideon ? Depuis qu'ils avaient quitté le poste de police, elle se creusait la cervelle pour mettre au point un scénario crédible tout en sachant que sa mère n'exigerait aucune explication. Elle se figurerait juste que sa fille cadette était devenue une adepte de l'amour libre, et puisqu'elle appréciait déjà Gideon…

Elle n'eut pas à se justifier. Rainbow Malory regarda sa fille de la tête aux pieds, jeta un rapide coup d'œil sur la tenue décontractée de Gideon.

— C'est pour une planque ? murmura-t-elle, comme s'il y avait une douzaine de personnes autour d'eux.

Alors que Gideon ouvrait la bouche et s'apprêtait à dire « non », Hope se plaça devant lui et répondit très vite « oui », assez fort pour dominer la réponse de Raintree.

— Je prends juste quelques bricoles et on s'en va.

Elle ne supportait pas l'idée de mettre sa famille

en danger, c'est pourquoi plus vite ils sortiraient d'ici, mieux cela vaudrait.

En outre, la perspective de laisser Gideon en tête à tête avec sa mère et sa sœur la mettait mal à l'aise, mais elle ne pouvait pas lui demander de monter dans sa chambre pour l'aider à emballer quelques affaires. Il resta donc dans la boutique et se mit à examiner la marchandise pendant qu'elle se précipitait à l'étage.

Elle avait beau se hâter, elle ne pouvait pas aller plus vite que la musique. Il fallait prendre des vêtements, de la lingerie, une brosse à dents, du dentifrice, du maquillage. Elle en aurait besoin pour se sentir chez elle dans la maison de Gideon.

En arrivant au bas de l'escalier, elle les trouva tous les trois en cercle, riant comme si quelqu'un avait sorti une vieille photo d'elle nue quand elle était bébé, ou comme quand Sunny lançait sa fameuse formule « Vous vous souvenez du jour où… » qui était le prélude à des histoires désopilantes sur sa petite sœur.

— On peut partir maintenant, lança-t-elle d'un ton presque dur.

Ils se tournèrent tous les trois vers elle, et elle eut l'impression pénible qu'ils savaient quelque chose qu'elle ignorait. Elle avait éprouvé ce sentiment toute sa vie, comme si elle regardait les autres vivre de l'extérieur ou qu'elle passait à côté d'une vérité universelle que tout le monde connaissait sauf elle.

— Entendu, répondit Gideon en s'avançant vers elle et en la dévorant des yeux.

Elle avait vingt-neuf ans et avait connu des hommes auparavant. Elle s'était impliquée avec eux sur le plan romantique, affectif et sexuel. Mais aucun de ces hommes ne l'avait jamais regardée de cette façon. Aucun d'entre eux n'avait lue dans son âme avec cette intensité qui la faisait trembler de la tête aux pieds.

Aucun d'entre eux ne ressemblait à Gideon Raintree.

— Je préparerai à dîner samedi soir, déclara Sunny. Quand vous en aurez fini avec votre planque, venez donc nous rejoindre après la fermeture du magasin. Il y aura une délicieuse tarte aux pêches pour dessert.

Ils se séparèrent et sortirent de la boutique au moment où trois touristes entraient — la mère et ses deux filles, à en juger par leur ressemblance —, probablement attirées par les pierres de couleur exposées dans la vitrine.

Hope jeta son sac sur le siège arrière de la Mustang. Elle ne put s'empêcher de penser à la nuit dernière, quand elle avait ramené Gideon chez lui alors qu'il était au plus mal. Elle avait été persuadée qu'il resterait cloué au lit quelques jours.

Elle avait même failli le transporter à l'hôpital. Et aujourd'hui, il était là, comme si rien d'extraordinaire ne lui était arrivé.

— Tu es sûr qu'elles sont en sécurité ? demanda-t-elle avant qu'il mette le contact.

Elle avait vu Tabby à l'œuvre et, si elle n'avait pas peur pour elle, la perspective de voir cette femme rôder autour de sa famille la rendait malade.

— Si je pensais qu'il y avait le moindre risque, elles ne resteraient pas ici. Qui plus est, elles sont sous surveillance permanente, au cas où.

— Quelle histoire as-tu racontée au patron pour le convaincre ?

Et comment diable avait-il su que, pour sa tranquillité d'esprit, c'était exactement ce qu'elle avait besoin d'entendre ? Rainbow et Sunny avaient beau être un peu spéciales, c'était *sa* famille, si cinglée soit-elle.

— Je ne lui ai rien dit.

D'un signe de tête, il désigna l'autre côté de la rue, non pas le café grouillant de monde mais la fenêtre juste au-dessus.

— J'ai engagé une équipe de privés pour surveiller la boutique, du moins tant que Tabby est en liberté. Mais, à mon avis, ce n'est pas nécessaire, ajouta-t-il d'un ton sec. C'est moi que Tabby veut. A la limite, elle peut s'en prendre à toi, toutefois je doute qu'elle tente quoi que ce soit contre ta famille.

Une surveillance vingt-quatre heures sur vingt-quatre devait coûter les yeux de la tête, elle le savait. Elle aurait pu lui reprocher d'avoir pris cette décision sans la consulter ou lui proposer de payer à sa place puisque, après tout, il s'agissait de sa famille. Mais elle se contenta de le remercier du fond du cœur.

Jeudi — 20 h 37

Gideon ne fut pas surpris de constater que le costume de bain de Hope était un simple maillot noir une pièce, aussi classique que ses tailleurs pantalons. Certes, il lui allait à ravir, mais que n'aurait-il donné pour la voir dans un de ces minuscules Bikini appartenant à Echo. Deux petits bouts de tissu — rouges, par exemple — terriblement sexy, qui mettraient en valeur son corps sublime.

Tout en mangeant des sandwichs et en buvant du Coca, ils avaient étudié les dossiers des meurtres non élucidés, mais, après les émotions de la nuit dernière et la fatigue de la journée, leur énergie commençait à faiblir. Les mots dansaient devant leurs yeux. Ils commettaient des erreurs. La réponse idéale de Gideon pour chasser ce genre de lassitude, c'était l'eau.

Compte tenu de l'heure tardive et de la forte

houle, ils ne s'aventurèrent pas loin du rivage. Ils respiraient à pleins poumons l'air iodé et se laissaient éclabousser par les embruns, un peu à l'écart l'un de l'autre. Aucune complicité ne les rapprochait ; ils ne se tenaient pas par la main et ne riaient pas aux éclats. Comment aurait-il pu en être autrement ? Gideon ne savait pas encore ce qu'ils étaient l'un pour l'autre. Des coéquipiers ? Oui, mais pour combien de temps ? Des amis ? Non, Hope Malory était beaucoup de choses, *sauf* son amie. Des amoureux ? Peut-être. Il était encore trop tôt pour le dire. Une nuit d'amour ne prouvait rien.

Le soir tombait. Ils sortirent de l'eau et se dirigèrent vers la maison, toujours séparés l'un de l'autre par quelques centimètres de sable et une atmosphère d'incertitude.

— Salut, Gideon !

Honey, sa voisine blonde, se penchait à sa terrasse et agitait la main dans sa direction. Il ne l'avait jamais vue se baigner dans l'Océan. Une fois, il lui en avait demandé la raison, et elle lui avait répondu qu'elle ne voulait pas se décoiffer. Avec ses cheveux lissés en arrière et l'eau gouttant de son nez, Hope était la plus belle femme qu'il ait jamais vue. C'était un constat dont il se serait volontiers passé.

— Salut, répondit-il, d'une voix nettement moins enthousiaste que la sienne.

— N'oublie pas mon invitation pour samedi soir.

Ses yeux effleurèrent Hope.

— Tu seras là, n'est-ce pas ?

Il fit un signe de dénégation.

— Non, désolé.

— Et si tu venais dîner demain soir ? On pourrait pique-niquer sur la plage.

— Non, je serai absent de Wilmington toute la journée. Et je ne sais pas à quelle heure je rentrerai.

Il vit que Hope lui jetait un coup d'œil et haussait les sourcils. Elle devait se demander s'il la laissait tomber ou s'il mentait de façon éhontée à Honey.

— Bon, fais ton possible pour venir samedi.

— Oui, précisa-t-il d'un ton évasif et peu enthousiaste.

Tous deux arrivèrent en même temps au robinet installé au bas de l'escalier conduisant à sa chambre. Ils se rincèrent les pieds pour en ôter le sable.

— Tu vas où demain ?

— Dans le comté de Hale. Sur le lieu du meurtre de Marcia Cordell.

Les pieds de Hope effleurèrent les siens par inadvertance, et elle se recula instinctivement.

— Tu crois que tu en tireras quelque chose ?

— Je ne sais pas. Si son fantôme est encore là, il peut m'aider d'une certaine façon.

— Après tout ce temps ?

Sa propre question lui fit prendre conscience qu'elle ne savait presque rien sur la façon dont il procédait.

— Certains fantômes errent pendant des centaines d'années sur cette terre, parce qu'ils ont été traumatisés durant leur vie ou leur mort et qu'ils sont incapables d'aller là où ils devraient. Pour eux, quatre mois, ce n'est rien.

— Tu fais ça pour coincer les assassins ou pour faire en sorte que les fantômes des victimes reposent en paix ?

— Les deux, admit-il.

Il ferma le robinet et suivit Hope qui montait l'escalier. Quel était le programme maintenant ? Il se consumait de désir pour elle, mais il *ne devait pas* coucher avec elle, même s'il en avait la possibilité.

En fin de compte, ce fut Hope qui fit le premier pas. Arrivée en haut des marches, elle l'attendit et, quand il se trouva à sa hauteur, elle posa la main sur son bras, se haussa sur la pointe des pieds et l'embrassa. Ce n'était pas un baiser sensuel — pas tout à fait. Elle se contenta d'effleurer sa bouche en une caresse à la fois hésitante et excitante.

— Tu es un type bien, Gideon, je suis désolée de t'avoir soupçonné de corruption.

— Ça ne fait rien, marmonna-t-il.

— Si, c'est important. Tu es obligé de dissimuler une partie de ta personnalité parce que tu ne peux pas faire étalage de tes dons. Et pourtant tu agis en ton âme et conscience, sans courir après les remerciements, la gloire ou l'argent.

— Je suis étonné que tu acceptes tout ça si facilement, fit-il remarquer en se penchant pour avoir un autre baiser, parce qu'elle était là et qu'elle semblait si bien disposée à son égard.

— Oui, murmura-t-elle avant de poser ses lèvres sur les siennes. J'en suis la première surprise.

L'Océan avait purifié Hope et chassé momentanément ses soucis. Elle avait profité de ce court moment de détente pour penser à Gideon et au tourbillon de passion qui s'était emparé d'eux ce matin. Une fois dans la maison, ils ôtèrent leurs maillots humides et se dirigèrent vers la salle de bains principale. Le sable et le sel poissaient son corps, et elle avait le goût de Gideon sur sa bouche. Leur travail était terminé, du moins pour ce soir, et, contrairement à ses habitudes, elle se sentait d'humeur libertine. Elle n'aspirait qu'à une chose : renouveler l'expérience du matin.

Si, sur le plan professionnel, elle s'efforçait d'entretenir avec les hommes des rapports d'égale à égal, dans l'intimité de la chambre à coucher, elle se montrait plutôt réservée avec eux et ne prenait pas d'initiative. C'était le seul endroit où elle se sentait timide, à la limite de la pudibonderie. Mais ce soir, en poussant doucement Gideon vers la cabine de douche et en le suivant sous le jet d'eau chaude pour se débarrasser du restant de sable et de sel, elle était bien loin de cet état d'esprit.

— Tu n'en as jamais assez de vivre ici ? demanda-t-elle.

Il effleura sa poitrine du bout des doigts dans un geste naturel et tout à fait familier. Sa main était si douce qu'elle cambra son corps sous sa caresse. Elle le désirait de tout son être. Elle avait le sentiment qu'elle ne serait jamais rassasiée de cet homme.

— Seulement quand mes invités s'incrustent. Quand ça arrive, je dépose tous les soirs quelques grains de sable dans leur lit jusqu'à ce qu'ils finissent par s'en aller.

Elle se rapprocha de lui, c'était plus fort qu'elle, elle ne pouvait pas s'en empêcher.

— Et si je m'incruste, tu mettras aussi du sable dans mon lit ? le taquina-t-elle.

— Ça m'étonnerait, répondit-il d'une voix douce et incertaine.

Elle aurait voulu lui demander : « *Que sommes-nous, Raintree? Un couple? Des collègues qui se donnent du bon temps? Des amis?* » Mais elle ne tenait pas à lui poser des questions auxquelles il n'avait pas de réponse, elle le savait. Elle se laissa embrasser avec passion, tandis qu'il promenait ses mains sur son corps frémissant. Il pétrit doucement les pointes de ses seins dressées, puis descendit vers son ventre. Aussitôt, elle sentit une vague de désir l'envahir, violente, fulgurante. Elle lui rendit ses caresses, s'attardant sur ses fesses musclées, puis se cramponnant à ses hanches sous l'intensité de sa passion. Elle le voulait ici et maintenant, mais il n'y avait pas de préservatif à proximité et elle n'était pas disposée à le laisser s'éloigner d'elle, pas encore. C'était trop bon, le jet d'eau, la bouche et les mains de Gideon, et la façon dont leurs corps s'accordaient. Peu importait ce qu'ils étaient l'un pour l'autre, du moins pour l'instant. Sans doute, un jour cette question aurait-elle de l'importance, mais pas maintenant. Seul leur désir mutuel comptait.

Elle ferma les yeux pendant qu'il lui écartait les jambes et trouvait le cœur de sa féminité. Elle aurait juré qu'une étincelle avait jailli dans son corps, la taquinant, l'excitant d'une exquise façon et palpitant en elle tel un petit éclair. C'en était peut-être un. A ce stade, plus rien n'était impossible.

Son corps s'arc-boutait sous la force de son désir. Elle voulait Gideon en elle. Elle s'ouvrait à lui.

Au lieu de l'éloigner de la douche, il pressa la paume de sa main contre son ventre, sous le nombril, là où elle se sentait vide et frémissante.

— Je vais tricher, murmura-t-il à son oreille.

— D'accord, soupira-t-elle, le souffle court, les yeux clos, concentrée tout entière sur le contact de sa main.

Elle laissa échapper une plainte lancinante quand l'orgasme la submergea avec une rare intensité, et, si Gideon ne l'avait pas soutenue, elle serait sûrement tombée tant ses genoux tremblaient. Mais il tenait fermement son corps humide et lisse, tandis que les ondes de jouissance se propageaient en elle.

Quand les vagues du plaisir commencèrent à refluer, il murmura :

— Ouvre les yeux.

Elle obtempéra lentement. Dans la cabine de douche, elle aperçut une étrange lueur qui ne provenait pas de Gideon. C'était elle qui brillait. Ce halo qui dansait le long de sa peau en faisant jaillir des petites étincelles d'électricité, c'était son aura. Un soupçon de lueur verte éclairait les yeux de Gideon. Tout le restant de lumière émanait d'elle.

Il lui sourit.

— L'eau est un excellent conducteur.

*
* *

Il avait été tenté de prendre Hope sous la douche avec ou sans préservatif, mais les fréquentes apparitions d'Emma et sa façon d'insister sur sa venue imminente l'avaient contraint à opter pour l'autre méthode. Du moins pour le moment…

Car il n'en avait pas terminé avec elle.

Ils se séchèrent à tour de rôle avec une épaisse serviette de toilette grise puis ils se dirigèrent vers la chambre et le lit qui les attendait. La peau de Hope continuait de briller, mais la lueur s'évanouissait vite. Contrairement à lui, elle n'avait pas le pouvoir de conserver l'électricité.

Il la souleva et la jeta sur le lit, et elle éclata de rire pendant qu'il grimpait sur le matelas pour la rejoindre. Elle s'offrait à lui, les bras en croix, nue et humide, touchée par la magie.

— Dis-moi, soupira-t-elle en suivant du doigt le contour de son visage. D'habitude, qu'est-ce que les filles te disent quand tu les éblouis avec ton show lumineux ?

Il caressa sa gorge du plat de la main.

— Je ne sais pas. Ça n'est jamais arrivé auparavant.

Le sourire de Hope s'évanouit.

— Tu sais bien que je dois dissimuler mes dons, lui rappela-t-il.

Toutefois, il se garda de lui dire que ce halo était exceptionnel et qu'elle était si différente des autres femmes qu'il n'osait y croire.

Elle se déplaça un peu pour se blottir contre lui. C'était merveilleux la façon dont son corps nu épousait le sien, mais il ne voulait pas y penser. Ce soir, il n'avait qu'une idée en tête : lui faire l'amour et, par la même occasion, rire un peu.

— Je ne veux pas que tu me caches quoi que ce soit, insista-t-elle.

L'idée qu'une femme puisse tout connaître de lui et rester à ses côtés était si déconcertante qu'il tressaillit. Il lui était impossible de se mettre à nu devant quiconque. Le corps, oui, mais l'âme, jamais.

Il n'était pas disposé à entamer une discussion métaphysique. Pour l'heure, seul comptait le plaisir des sens. Il écarta les cuisses de Hope et promena ses mains sur sa peau douce et tendre près du triangle soyeux. Elle exhala un soupir de bien-être et referma ses doigts autour de ses hanches. Il ferma les yeux sous sa caresse à la fois ferme et légère, le corps parcouru de frissons. Et il se laissa emporter dans un tourbillon de sensations délicieuses qui lui firent oublier tout le reste. C'était bon de faire l'amour, c'était juste et puissant… mais ce n'était rien d'autre que du plaisir physique.

Au moment où il tendait la main vers la table

de chevet pour y prendre un préservatif, ni l'un ni l'autre ne songeait à chercher une explication à quoi que ce soit.

Parfois, un chat n'est rien d'autre qu'un chat…

11

Hope aurait pu dormir comme un bébé, mais il n'en fut rien. Trop de questions se bousculaient dans son esprit. Quand elle se sentit nerveuse au point de risquer de réveiller Gideon, elle se leva et arpenta en silence la chambre plongée dans la pénombre.

L'éclat de la lune à travers la fenêtre aux rideaux écartés et un soupçon de lumière provenant de la veilleuse de la salle de bains lui permettaient d'y voir suffisamment. Gideon devait apprécier une certaine sobriété dans l'aménagement intérieur de sa maison. Tout au moins ne s'encombrait-il pas d'objets inutiles. Quelques photos de famille ornaient les murs ici et là, mais aucun arrangement floral ou bibelot ne surchargeait le mobilier. Elle promena sa main sur le dessus de la commode et y découvrit pêle-mêle un vide-poche en céramique, une cravate de soie jetée en tas, une petite turquoise et ce qu'elle prit pour un autre talisman protecteur. Elle caressa du bout des doigts le petit bijou en argent suspendu à une fine cordelette de cuir. Une semaine auparavant, si quelqu'un lui avait dit qu'un simple bout de métal pouvait conférer une quelconque protection à celui qui le portait, elle aurait haussé les épaules. Désormais elle le savait, beaucoup de choses auxquelles elle avait cru jadis étaient erronées. Elle prit le talisman et le passa autour de son cou, où il reposa à côté de celui que Gideon lui avait donné. Tabby était quelque part en liberté et, en ce moment, son cœur avait besoin d'un surcroît de protection. Ces deux amulettes seraient-elles efficaces ? A moins qu'il ne soit trop tard ?

Elle prit le T-shirt que Gideon avait déposé sur une chaise près de la commode, l'enfila et se dirigea à pas feutrés vers la véranda donnant sur l'Atlantique. Le bruit du ressac et le pâle éclat de la lune apaisèrent son angoisse.

Ce n'était pas dans ses habitudes de s'impliquer à fond dans une liaison amoureuse — ou dans toute autre entreprise — sans prendre au préalable le temps de la réflexion. Avant de s'engager, elle examinait la situation sous tous les angles avec un état d'esprit froid et détaché, jusqu'à ce qu'elle soit tout à fait sûre de prendre la bonne décision. Elle agissait ainsi depuis l'âge de onze ans, peut-être même avant. Elle n'entreprenait rien de façon précipitée. Plus maintenant.

Or voilà que sa vie se trouvait intimement mêlée à celle de Gideon Raintree. L'affaire sur laquelle ils travaillaient, la révélation de ses secrets et leurs rapports sexuels les avaient rapprochés. Soudain, elle entendit la porte s'ouvrir derrière elle mais ne se retourna pas. Gideon s'avança pieds nus vers elle et l'entoura de ses bras. Ils étaient chauds, solides et enveloppants. Blottie contre lui, elle éprouvait une sensation de bien-être délicieuse. Elle aimait ça. Trop, peut-être.

— Je ne voulais pas te réveiller, murmura-t-elle.

— Nous n'avons passé que deux nuits ensemble et déjà je me réveille quand je ne te sens plus à mon côté, remarqua-t-il, un soupçon de mécontentement dans la voix.

Elle appuya sa tête contre lui et se détendit.

— Moi non plus, je ne suis pas habituée à avoir besoin de quelqu'un.

Il glissa ses mains sous son T-shirt trop grand pour elle, caressant sa peau nue et cueillant ses seins avec familiarité. Ses doigts taquinèrent les mamelons sensibles jusqu'à ce qu'elle ferme les yeux, tous ses sens en éveil, et que son corps oscille au rythme du sien, dans une totale harmonie. Elle n'aurait pas dû avoir envie de lui maintenant. Pas plus qu'elle n'aurait dû avoir besoin de lui avec une intensité qui balayait tout le reste. Mais c'était ainsi.

Ses mains s'attardaient sur sa poitrine. Etait-ce une petite étincelle d'électricité qui courait sur sa peau et enflammait le cœur de son intimité, faisant naître un déferlement de sensations exquises ? Ou s'agissait-il tout simplement de la réponse d'une femme à un homme ? Electricité ou pas, Gideon avait des mains merveilleuses, et il la touchait comme si elle lui appartenait, comme s'il savait exactement comment la faire sienne dans tous les sens du terme. Il se pencha et l'embrassa dans le cou, avec familiarité et douceur, attentif à la montée de son plaisir. Il devait sentir son corps s'abandonner et frémir contre le sien.

Toujours prisonnière de ses bras, elle se tourna vers lui et l'embrassa. Sa bouche contre la sienne, elle glissa ses mains autour de sa taille. Il était nu, mais à cette heure de la nuit et dans la pénombre, il n'y aurait personne sur la plage pour les voir. Alors, elle le caressa hardiment. Son dos d'abord, puis ses hanches et ses cuisses. S'il était capable de la faire sienne, alors il était juste qu'*elle* possède une partie de *lui*, du moins pour cette nuit.

Ivre de désir, il l'embrassa plus passionnément, exigeant davantage avec ses lèvres, sa langue et ses mains. Haletante et gémissante, elle tremblait sous l'intensité de son plaisir et elle avait l'impression de devenir folle. Gideon aussi. Elle le sentait dans ses caresses et ses baisers. Laissant échapper une plainte rauque qui ressemblait à de la frustration ou à de l'impatience, il la souleva de terre comme un fétu de paille. Elle noua ses jambes autour de sa taille. Son corps épousait le sien.

— Tu devrais prendre..., commença-t-elle, le souffle court.

— C'est fait.

Elle se déplaça un peu pour le guider en elle.

— Tu avais déjà mis un préservatif? Tu ne doutes de rien, dis-moi! le taquina-t-elle.

— Je suis d'un naturel optimiste.

Sentant la pointe de son sexe dressé titiller son intimité, elle se positionna sur lui pour mieux l'accueillir. Elle éprouvait un mélange d'anxiété et d'avidité qui la surprit. Elle n'avait jamais autant fait l'amour pendant les cinq années qui venaient de s'écouler que durant les dernières vingt-quatre heures. Et elle n'avait *jamais* ressenti auparavant ce feu dévorant qui la consumait, ni la toute-puissance et la beauté de cet acte, exempt de toute gêne ou maladresse. A aucun moment, elle n'avait éprouvé la moindre déconvenue dans les bras de Gideon.

— Je suis heureuse que tu te sois réveillé, murmura-t-elle, la bouche contre son oreille. Je n'ai encore jamais fait l'amour au clair de lune.

A ces mots, il s'immobilisa, le corps tendu, les muscles crispés.

— Le clair de lune!

Il l'éloigna de la balustrade sur laquelle elle était à moitié appuyée et l'emmena dans la pénombre rassurante de la véranda, à l'abri du moindre rayon de lune. Il la tenait fermement et elle se cramponnait à lui. Bientôt, le dos calé contre le mur, elle se sentit flotter hors du temps et de l'espace, dans un bien-être absolu.

Ils étaient plongés dans l'obscurité lorsqu'il s'enfouit au plus profond de Hope, en un coup de reins vigoureux. Au comble du plaisir, elle se moquait bien de l'endroit où elle se trouvait : clair de lune ou lumière du jour, pénombre ou plein soleil, entre les draps ou sous la voûte étoilée. Peu importait du moment que Gideon était avec elle et qu'il la serrait dans ses bras puissants. Elle se sentait irrésistiblement attirée vers lui, mais cette attraction allait bien au-delà de l'instinct ou d'un simple besoin physique.

Cela faisait très longtemps qu'elle n'était pas tombée amoureuse. Le seul amour auquel elle osait encore croire, c'était celui qu'elle vouait à sa mère, sa sœur et ses neveux. L'amour romantique était rempli de chausse-trappes ; il était synonyme de chagrin et elle le fuyait comme la peste. Ce déferlement d'émotion inattendu qui la submergeait tout entière pendant que Gideon comblait son corps et l'emmenait aux confins de la volupté, ce n'était sûrement rien d'autre que la toute-puissance magique du sexe.

Mais, alors qu'il lui faisait l'amour en la plaquant au mur et qu'elle l'enserrait de ses bras et de ses jambes, elle n'imaginait aucun autre homme à la place de Gideon. Elle se sentait capable de l'aimer, de bâtir sa vie autour de lui, de changer pour lui et d'accepter la cohorte de fantômes, le halo lumineux et tout le reste. Oui, elle pouvait l'aimer, et c'était une perspective terrifiante.

L'extase les balaya tous les deux dans un même râle de jouissance et dans un cri qui vint se perdre dans un baiser profond. Le bruit du ressac, la proximité du clair de lune et leurs corps frémissants de plaisir firent de cet instant un rare moment de perfection, et les mots décisifs « *je pourrais l'aimer* », traversèrent de nouveau son esprit. Dans la pénombre, elle ne put s'empêcher de sourire en distinguant le halo qui auréolait Gideon. Elle faillit lui dire « *je t'aime* » mais se retint à temps. Cet aveu était non seulement prématuré mais aussi trop risqué.

Il l'emmena dans la maison et la déposa avec douceur sur le lit. Après s'être débarrassé du préservatif, il revint s'allonger à son côté. Elle portait toujours son T-shirt ; elle aimait sentir sur sa peau la douceur du tissu encore imprégné de l'odeur de Gideon.

— Je me lèverai tôt demain matin pour me rendre sur le lieu du crime de Marcia Cordell, annonça-t-il d'une voix ferme.

— Tu veux dire *nous*, n'est-ce pas ?

Il hésita l'espace d'un instant.

— A vrai dire, je préfère que tu restes ici.

Elle se souleva sur un coude pour l'observer. Si elle n'avait pas ressenti cet épuisement et cette plénitude d'après l'amour, si les mots *je t'aime* ne flottaient pas encore sur ses lèvres, elle se serait sans doute mise en colère. Au lieu de cela, elle lui décocha un sourire désarmant.

— Pas question.

— Il reste d'autres dossiers à examiner. J'ai vraiment besoin de toi ici, insista-t-il.

— Tu n'auras qu'à remonter la capote de la voiture et je les lirai en cours de route.

Il passa un bras autour de sa taille et l'attira vers lui d'un geste conciliant.

— Pourquoi ne pas remettre cette discussion à demain matin ?

— Entendu.

Ses paupières étaient lourdes de sommeil ; mieux valait dormir un peu.

— J'aime bien me disputer avec toi, ajouta-t-elle malicieuse. Tu es vraiment mignon quand tu t'énerves.

Il émit un grognement puis il éclata de rire.

— Toi alors, tu es un sacré numéro !

— Finalement, on fait la paire tous les deux.

Cet aveu, assez proche d'une déclaration d'amour, était tout ce qu'ils pouvaient se permettre à ce stade de leur relation.

Comme d'habitude, Gideon se réveilla à l'aube. En revanche, fait exceptionnel, il tenait dans ses bras le corps endormi d'une jolie femme.

Par le passé, ses liaisons amoureuses avaient été de courte durée. Même lorsqu'elles se prolongeaient quelques semaines, voire plusieurs mois, elles étaient teintées d'une certaine réserve. Il ne passait jamais la nuit avec sa partenaire, que ce soit chez lui ou ailleurs, c'était trop risqué.

Pourtant, il ne se sentait pas menacé en dormant avec Hope. Au contraire, c'était un acte juste, agréable et naturel, comme s'ils partageaient le même lit depuis une éternité. Et c'était là que résidait le vrai danger, au point que la nuit dernière il avait failli oublier les paroles d'Emma et prendre Hope au clair de lune. Certes, il portait un préservatif, mais aucune protection n'étant efficace à cent pour cent, il avait également pris la précaution de la transporter dans l'obscurité de la véranda avant de s'enfouir en elle.

Il souleva le T-shirt qu'elle lui avait emprunté et posa sa bouche sur son ventre plat. Dieu, qu'il était doux, chaud et soyeux ! Il le caressait du bout de la langue, suçant sa peau, l'aspirant goulûment, quand il sentit les doigts de Hope s'agripper à ses cheveux.

— Bonjour, murmura-t-elle d'une voix endormie et comblée.

Pour toute réponse, il remonta un peu plus le T-shirt et glissa sa main sous le tissu léger, frôlant le métal froid du talisman pendant qu'il découvrait un sein et refermait avec avidité ses lèvres sur sa peau délicate. Hope, haletante, se cambra sous sa caresse et se cramponna un peu plus à lui. Il reporta son attention sur le mamelon durci et le téta avec gourmandise, jusqu'à ce qu'elle laisse échapper des petits gémissements de plaisir.

Ce matin, il n'était pas pressé. Il comptait la mener une ou deux fois au paroxysme de la volupté, lui faire l'amour comme un forcené puis la laisser dormir tout son soûl. Quand elle se réveillerait et qu'elle s'apercevrait de son départ pour le comté de Hale, elle se vexerait sur le moment mais lui pardonnerait bien vite. D'ailleurs, il savait exactement comment l'amadouer.

Il promena ses doigts sur la peau tendre en haut de ses cuisses fuselées et si féminines.

— Tu as les plus longues jambes que j'ai jamais vues, murmura-t-il d'une voix rauque.

Il en souleva une et posa ses lèvres derrière son genou. Elle frissonna sous la caresse et referma sa jambe autour de sa taille pendant que sa bouche remontait lentement. Il était fasciné par la couleur laiteuse de sa chair qui contrastait avec sa peau bronzée. Pour la taquiner, il posa un doigt sur son genou et laissa échapper une petite décharge électrique. Elle rit et se tortilla un peu.

— Ça chatouille !

— Vraiment ?

— Oui, mais c'est délicieux, murmura-t-elle en soupirant d'aise.

Il n'en avait pas fini avec cette femme. Elle le bouleversait au plus profond de son être. Ce matin, il était bien décidé à la faire frissonner et gémir de plaisir. Il couvrit son corps de baisers et de caresses ; pas un centimètre de peau n'échappa à ses lèvres et à ses mains expertes. Après s'être abandonnée à l'extase dans un cri, ce fut à son tour de le renverser sur le dos et de lui faire subir la douce torture de sa bouche et de ses doigts agiles. Elle voulait l'entendre la supplier et demander grâce. Et elle y réussit pleinement. Après avoir exploré chaque parcelle de son corps, elle devina qu'il était sur le point de s'abandonner.

Alors, elle s'écarta de lui et ôta son T-shirt. Gideon tendit le bras pour attraper un préservatif dans le tiroir. Il ne lui en restait presque plus ; il devait s'arrêter sans faute au drugstore sur le chemin du retour. Il aimait beaucoup Hope, leurs corps vibraient à l'unisson et elle le faisait luire dans l'obscurité, mais il n'était pas disposé à aller plus loin. Ils avaient beau faire l'amour de façon époustouflante, il n'était pas sûr que leur entente durerait. Sa méfiance innée reprenait le dessus.

Hope s'assit sur le lit, souriante, les joues en feu et le souffle court. Avec ses cheveux tout ébouriffés, elle était magnifique.

Décoiffée, nue et… portant deux talismans autour du cou.

Sous l'effet de la surprise, Gideon laissa tomber le préservatif encore emballé sur le lit. Il en oublia son propre désir. Il n'avait d'yeux que pour les deux pendentifs en argent.

— Où as-tu trouvé ça? demanda-t-il en soulevant un des talismans, en l'occurrence celui qu'il ne lui avait *pas* donné.

Elle s'en empara et le regarda d'un air distrait.

— Oh, j'avais oublié. Je l'ai trouvé sur la commode hier soir.

Il se leva d'un bond et se rua vers le meuble

en question. Grands dieux ! Le talisman contre la stérilité destiné à Dante avait disparu ! Ou plutô il était suspendu autour du ravissant cou de Hope !

— Tu le portais la nuit dernière quand nous étions sous la véranda ?

— Oui, il me semble.

Elle repoussa ses cheveux en arrière, les peignant de ses doigts fins et pâles.

— En fait, j'en suis sûre. Je l'avais sur moi avant de sortir prendre l'air.

Il se tourna vers elle et la dévisagea, incrédule.

— Pourquoi ?

— Je ne sais pas. Je l'ai trouvé beau.

Elle ôta le talisman qui ne lui était pas destiné, passant la cordelette par-dessus sa tête et, ce faisant, ébouriffant un peu plus sa chevelure.

— Je suppose que j'ai dû avoir besoin d'un surcroît de protection.

Elle lui tendit le pendentif, mais il ne fit pas un geste pour le récupérer. C'était trop tard. Cela n'avait plus aucune importance.

— Je suis désolée. Je n'aurais pas dû y toucher. Tiens, prends-le et reviens vite au lit.

— Toute la protection du monde ne pourra pas défaire…

Il s'interrompit. Il avait suffi d'une fois, mais il portait un préservatif et ils n'avaient pas fait l'amour au clair de lune. Peut-être… Il se précipita dans la salle de bains en faisant claquer la porte derrière lui.

— Gideon ?

Inquiète, Hope l'appelait à travers la porte close.

— Quelque chose ne va pas ?

C'était un euphémisme !

— Ça va, répondit-il d'une voix tendue.

Quel mensonge éhonté ! En fait, tout basculait. Il sentait un grand vide en lui. Alors qu'il s'apprêtait à vivre un autre moment de pur bonheur en se coulant dans la chair délicate de Hope, il avait aperçu ce maudit talisman autour de son cou. Prendre du bon temps au lit, c'était une chose. Mais de là à faire un bébé ensemble…

Mais il s'affolait sans doute *pour rien*. Il avait eu le réflexe d'emmener Hope dans l'obscurité de la véranda avant de lui faire l'amour. Cette simple précaution avait dû infléchir le cours des événements. Emma l'avait bien spécifié : elle viendrait à lui dans un rayon de lune…

— Emma, murmura-t-il, montre-toi.

Il espérait que le petit spectre, qui prétendait être sa fille, lui apparaîtrait comme elle l'avait fait la dernière fois quand il avait prononcé son nom. Mais seul le silence lui répondit.

— Tu es sûr que ça va ? insista Hope, l'oreille collée à la porte.

— Oui, *ça va*, lança-t-il d'un ton agacé.

Elle s'éloigna et, un instant plus tard, il entendit l'eau couler dans la salle de bains réservée aux invités. Il s'agrippa au rebord du lavabo et examina son reflet livide et mal rasé dans le miroir. Il n'avait pas du tout l'air d'un père de famille ; rien ne le prédisposait à ce rôle.

— Emma chérie, viens voir papa, reprit-il en élevant un peu la voix. Cesse de me taquiner ainsi, ce n'est pas drôle. Si tu ne te montres pas tout de suite, papa risque d'avoir une attaque.

Mais le seul son qu'il entendit, ce fut celui des battements désordonnés de son cœur.

Certes, Hope était spéciale, il devait bien l'admettre. Après chacun de leurs rapports, ce maudit halo apparaissait pour lui rappeler en permanence que son corps, mais aussi son cœur et son âme, étaient concernés. D'ici quelques années, s'ils continuaient tous deux à former une superéquipe sur le plan personnel et professionnel, alors *peut-être* envisagerait-il la possibilité que Hope fasse partie intégrante de sa vie.

Mais *maintenant* ? Si vite ?

— Voyons, Emma chérie, ajouta-t-il d'un ton persuasif. Pourquoi précipiter les choses ? Si on attendait encore un peu, une dizaine d'années par exemple, je serais sans doute prêt à avoir des enfants.

C'était un pieux mensonge, et Emma devait le savoir. Mais ce monde sans pitié n'était pas fait pour une enfant innocente ; il en avait la preuve tous les jours.

Emma le faisait marcher. Après tout, il avait pris soin d'éloigner Hope du clair de lune et de mettre un préservatif.

Mais à ce moment-là elle portait ce fichu talisman contre la stérilité. Quelle ironie du sort ! Ce simple bout de métal allait-il bouleverser sa vie ?

Il prit une douche rapide et s'efforça d'oublier cette épée de Damoclès suspendue au-dessus de sa tête. Si tant est d'ailleurs qu'il y en ait une. Il se sécha vigoureusement et noua une serviette autour de ses reins avant de rejoindre Hope dans la cuisine. Elle venait de faire du café et fouillait dans les placards à la recherche de quoi préparer le petit déjeuner.

Elle coula un regard prudent dans sa direction.

— Tu es vraiment sûr que ça va ?

— Oui.

Ses yeux se posèrent sur elle, plus précisément sur son ventre.

— Emma, mon cœur, parle-moi, murmura-t-il pendant que Hope reportait son attention sur le contenu du réfrigérateur.

— Qu'est-ce que tu dis ? demanda-t-elle, une bouteille de lait à la main.

— Rien.

— Oh, j'ai cru t'entendre prononcer le nom d'Emma.

Elle posa le lait sur la table à côté de la boîte de céréales.

— Figure-toi que c'est le prénom de ma grand-mère.

Il étouffa un juron.

Elle mit le couvert, aussi à l'aise dans la cuisine que dans sa chambre à coucher.

— Ma mère rêve d'avoir une petite-fille prénommée Emma. Mais Sunny a déjà trois garçons. Et moi, je n'ai pas l'intention d'avoir des enfants de sitôt.

— On parie ? marmonna-t-il entre ses dents.

Hope posa les bols d'un geste brusque et le dévisagea, l'air furieux.

— Qu'est-ce qui te prend ce matin ? Tu perds la raison ou quoi ?

Gideon pointa un doigt accusateur en direction du talisman qu'elle avait remis autour de son cou après qu'il eut refusé de le prendre. Il était destiné à Dante, c'était en quelque sorte une blague de potache, pour l'inciter à assurer la descendance de la lignée. Mais il était sûrement tout aussi efficace sur Hope.

— Ce pendentif que tu as pris sur la commode, c'est un talisman contre la stérilité.

— Un *quoi* ?

Abasourdie, elle se recula instinctivement puis arracha le pendentif comme s'il risquait de la brûler.

— Il faut être fou à lier pour fabriquer ce genre d'objet et le laisser traîner en évidence !

— Mais il ne t'était pas destiné, je comptais l'envoyer à mon frère !

Folle de rage, elle lui jeta l'amulette à la figure, mais il la rattrapa au vol.

— C'est débile ! hurla-t-elle. Pourquoi envoies-tu ce genre de chose à ton frère ?

Elle chercha des yeux un objet qu'elle pourrait utiliser comme projectile mais n'en trouva pas et s'effondra sur une chaise.

— Ce talisman n'a eu aucun effet, assura-t-elle avec bon sens. Il n'était pas fait pour moi, et nous nous sommes protégés. Ce n'est pas comme si tu avais un sperme magique !

— Tu as raison, acquiesça Gideon, s'efforçant d'être optimiste.

Si tous les charmes contre la stérilité qu'il avait envoyés à Dante s'étaient révélés efficaces, il y a longtemps que celui-ci aurait repeuplé le désert du Nevada. Or, à sa connaissance, ce n'était pas le cas.

— En outre, je t'ai éloignée du clair de lune, précisa-t-il.

— Quel est le rapport ? demanda-t-elle d'un ton sec.

Au point où il en était, mieux valait tout lui avouer.

— Au cours des trois derniers mois, j'ai rêvé d'une petite fille prénommée Emma. Par la faute de Dante. Alors, ne sois pas trop désolée pour lui ; je n'ai fait que lui rendre la monnaie de sa pièce.

— Il t'a envoyé une sorte de rêve, c'est ça ?

— Oui. Il m'est aussi arrivé de voir Emma alors que j'étais éveillé. C'est elle qui m'a averti de me baisser quand Tabby nous a tiré dessus.

— Encore une fois, Raintree, quel est le rapport avec la lune ?

Elle se sentait au comble de l'exaspération et même un peu effrayée. D'un geste nerveux, elle se passa la main dans les cheveux.

— D'après Emma, elle viendrait à moi dans un rayon de lune.

A ces mots, Hope blêmit. Elle devint blanche comme un linge, comme si le sang s'était retiré de son visage.

— Tu aurais dû m'en parler plus tôt ! s'insurgea-t-elle en s'emparant de la salière et la jetant dans sa direction.

Mais, comme tout à l'heure, son geste était

dénué de véritable colère, et il rattrapa aisément l'objet. Ce faisant, un peu de sel tomba par terre, et, par habitude, il en prit une pincée qu'il lança par-dessus son épaule gauche.

— Pourquoi ? demanda Gideon en posant la salière hors de portée de Hope. Nous avons l'un et l'autre notre libre arbitre et, pour ma part, j'ai fait le choix de ne pas avoir d'enfant. C'est juste une blague stupide de Dante. De toute façon, hier soir nous étions à l'abri du clair de lune et…

— La ferme, Raintree !

Elle se leva d'un bond, regarda avec envie la poivrière mais renonça à s'en servir comme d'un projectile.

— Tu étais bel et bien dans un rayon de lune, la nuit dernière, s'écria-t-elle d'un ton rageur en se dirigeant vers la porte.

— Où vas-tu ?

Elle leva la main sans se retourner.

— Je reviens.

Quelques instants plus tard, elle le rejoignit en tenant son sac à main. Elle était toujours aussi livide. Elle s'assit à table, s'empara de son portefeuille et en sortit son permis de conduire qu'elle lança dans sa direction. Il plana entre eux, tel un avion de papier, toucha Gideon à la poitrine et atterrit à ses pieds.

— Lis et pleure toutes les larmes de ton corps, murmura-t-elle d'une voix faible.

Il se baissa pour récupérer le document. La photo ne rendait pas justice à Hope, comme toutes les photos d'identité, mais bon… elle n'était pas si mal. Ce fut le nom mentionné sur le permis qui attira son attention. Il agrippa le bout de papier, proféra un chapelet de jurons — au risque de choquer les chastes oreilles d'Emma — et relut le nom comme s'il n'en croyait pas ses yeux.

Moonbeam Hope Malory.

12

Elle avait envisagé des centaines de fois de faire changer son prénom mais, dès qu'elle abordait le sujet avec sa mère, c'était des disputes à n'en plus finir. Sunshine (Rayon de soleil) Faith et Moonbeam (Rayon de lune) Hope : tels étaient les prénoms des deux filles de Rainbow (Arc-en-ciel). Pendant des années, celle-ci les avait appelées Sunny et Moonie, jusqu'à ce que Hope, adolescente, insiste pour qu'on utilise son deuxième prénom.

Gideon conduisait trop vite mais elle se garda bien de le lui faire remarquer. Il avait remonté la capote ; de cette façon, elle pouvait étudier les dossiers, et cela leur évitait de se parler ou même de se regarder.

Plusieurs de ces dossiers concernaient des meurtres non élucidés qui n'avaient sans doute aucun rapport avec les assassinats des derniers jours. La plupart des crimes étaient horribles mais ne comportaient pas de prélèvement d'organes. La collecte de toutes ces informations n'avait pas été facile, compte tenu du nombre de juridictions concernées. Toutefois, il existait assez de similitudes entre plusieurs affaires pour mettre Hope mal à l'aise.

Si Tabby était un tueur en série, ce qui était plus que probable, pourquoi avait-elle jeté son dévolu sur Gideon et tenté de le tuer sur la promenade ? Quelque chose clochait. Contrairement aux deux derniers meurtres, la tentative d'assassinat s'était déroulée dans un lieu public. Qui plus est, Gideon n'avait aucun point commun avec les autres victimes. Mais était-ce vraiment le cas ? Avant leur liaison, il vivait seul. Toutefois, même maintenant, il n'en demeurait pas moins un solitaire dans l'âme. Leurs relations étaient purement sexuelles et on ne pouvait pas les qualifier de couple heureux — indépendamment des événements de ce matin.

Elle s'efforça de ne plus y penser. Pour sa tranquillité d'esprit, il valait mieux se concentrer sur les rapports posés devant elle, si effroyables fussent-ils.

Le dossier concernant la victime du comté de Hale, Marcia Cordell, était mince mais non dépourvu d'intérêt. Selon Gideon, le shérif se démenait pour faire toute la lumière sur le meurtre de l'enseignante et il s'était montré soulagé de savoir que quelqu'un s'intéressait à l'affaire.

— Pourquoi privilégier le cas Cordell ? demanda-t-elle après une heure de route. Il y en a d'autres qui correspondent tout aussi bien au profil et au moins un qui s'en rapproche davantage.

— Le lieu du crime se situe à moins de trois heures de Wilmington et, plus important encore, il est intact, répondit-il d'un ton professionnel.

— Comment est-ce possible après quatre mois d'enquête ?

— Il a été nettoyé mais, depuis lors, personne n'est entré dans la maison. Si j'ai une chance de parler au fantôme de la victime ou même de découvrir un indice, c'est bien dans cette affaire.

Ce matin, il avait refusé qu'elle l'accompagne mais il n'avait pas cherché à discuter quand elle avait insisté pour le suivre. Etait-ce pour cette raison qu'il semblait si énervé ou avait-il d'autres motifs, plus personnels, de mécontentement ? En tout cas, une chose était sûre : il ne voulait pas qu'elle tombe enceinte. Elle avait été sidérée par la virulence de sa réaction. Non pas qu'elle acceptât de gaieté de cœur l'idée de la maternité, loin de là.

Il semblait persuadé que l'irrémédiable s'était produit cette nuit, mais elle ne partageait pas son opinion, même si son baratin sur le rayon de lune et le talisman contre la stérilité avait jeté un doute dans son esprit. Certes, Gideon lui avait ouvert les yeux et le cœur ; grâce à lui, elle s'était remise en question et considérait les mystères de l'existence avec un regard neuf. Mais de là à croire aux vertus d'une amulette *contre la stérilité* !

Elle fixait sans le voir le paysage verdoyant qui défilait par la vitre de sa portière. Elle n'avait pas pour habitude de faire la connaissance d'un homme le lundi et de finir dans son lit le mercredi. Comment avait-elle pu en arriver là ? Sa rencontre avec Gideon avait dû coïncider avec un pic de sensualité inattendu ou une poussée hormonale quelconque, qui lui avait fait perdre tout contrôle d'elle-même. Or c'était bien là le hic. D'ordinaire, elle n'agissait jamais de façon impulsive. La maîtrise de soi était devenue une seconde nature, un peu comme un deuxième prénom. Sa mère aurait aussi bien pu la baptiser Hope Maîtrise Malory ! Dieu merci, elle avait échappé au pire. Que se serait-il passé si elle l'avait appelée Rayon de lune Chasteté ?

Ils étaient sur le point d'atteindre leur destination quand Gideon se tourna vers elle.

— Je suis désolé d'avoir réagi de manière excessive.

— Un adulte qui s'arrache les cheveux, jure comme un charretier et parle à mon ventre, tu appelles ça une réaction excessive ? s'exclama-t-elle sans émotion apparente.

Il haussa ses larges épaules, mal à l'aise, comme si le siège était devenu soudain trop étroit pour lui.

— Au moins, je ne t'ai rien jeté à la figure.

— Ce n'est pas moi qui ai fabriqué ce foutu talisman et qui l'ai laissé traîner à portée de main.

— J'ai dit que j'étais désolé.

Elle n'avait aucune envie de discuter avec lui en ce moment. Elle refusait même d'envisager les arguments qu'il lui avait exposés.

— Pourquoi ne pas attendre pour voir s'il y a vraiment matière à être désolé ?

Après un moment de gêne perceptible, il finit par dire :

— Si tu préfères travailler avec quelqu'un d'autre, je comprendrai.

Hope ne put s'empêcher de ricaner.

— Alors, c'est donc ça ! Comme tu ne veux pas faire équipe avec moi, tu t'es arrangé pour me mettre sur la touche…

— Non ! l'interrompit-il.

Au bout de quelques secondes qui parurent une éternité, il ajouta :

— C'est vrai, je préfère travailler seul.

— Dans ce cas, va voir le patron et dis-lui que tu refuses de bosser avec moi. Mais ne compte pas sur moi pour te faciliter les choses et demander ma mutation. Je suis à ce poste et j'y resterai.

— De toute façon, il me collerait quelqu'un d'autre sur le dos, marmonna-t-il.

Elle ne l'admettrait jamais devant lui, mais elle

était blessée par son refus de faire équipe avec elle. Non pas parce qu'ils avaient couché ensemble et que leur relation pouvait évoluer vers une plus grande intimité, mais parce qu'elle avait dû travailler d'arrache-pied pour en arriver à ce stade de sa carrière et qu'elle était fatiguée d'être rejetée par des hommes qui s'obstinaient à ne pas lui faire confiance. Elle retourna sa hargne contre lui.

— Si le patron te colle Mike ou Charlie sur le dos, tu auras du mal à les engrosser pour te débarrasser d'eux !

Comme Gideon demeurait silencieux, elle coula un regard dans sa direction. Il souriait presque.

— Je ne pense pas être enceinte, ajouta-t-elle avec bon sens, sa colère retombant peu à peu. Nous avons été prudents. Et ce n'est pas un bout de métal ou un rêve qui va y changer quoi que ce soit.

— Tu as peut-être raison, admit-il.

Mais il n'avait pas l'air convaincu.

— Même si je suis… enceinte — Dieu ! que ce mot était difficile à prononcer ! —, ça ne veut pas dire qu'on doive se marier ou vivre ensemble.

Le terme *mariage* était tout aussi imprononçable que le mot *enceinte*.

— Tu n'as aucune obligation envers moi.

En disant ces mots, elle sentit son cœur se serrer. Célibataire et enceinte. Il lui faudrait élever seule cette fillette et oublier qu'elle avait failli dire *je t'aime* à un homme qui était terrifié à l'idée d'être enchaîné à elle par un enfant.

— Emma est une Raintree, affirma Gideon. Et je m'en sens pleinement responsable.

— Pour le moment, Emma est une Malory, *si tant est* qu'Emma existe.

— Une femme qui donne naissance à un bébé Raintree *devient* à son tour une Raintree, et ce à plus d'un titre, s'entêta Gideon.

— Je ne le pense pas, répondit-elle, à la fois étonnée par sa déclaration et n'osant pas lui demander…

— Tu as vu ce que j'étais capable de faire, enchaîna-t-il en baissant la voix comme si quelqu'un surgi de nulle part risquait de l'entendre. Emma possédera certains dons et il est hors de question que *je me désintéresse* de son sort.

Ils ne se connaissaient pas suffisamment pour qu'elle se formalise de son apparente indifférence à son égard. Pourtant, cela lui fit mal.

— Cette fois-ci, il se peut que les gènes des Raintree ne soient pas prédominants.

Allons bon, voilà qu'elle parlait de cette gamine comme si c'était chose faite !

— Si je suis enceinte. Mais je reste persuadée du contraire.

— Tu l'es, assura-t-il d'un ton péremptoire.

— *En admettant* que je le sois, c'est si dramatique ?

A peine eut-elle prononcé ces mots qu'elle sentit sa gorge se nouer. Bien sûr que ça l'était ! se dit-elle avec amertume. Elle serait obligée de faire une croix sur sa carrière pour élever cette enfant. Mais surtout, Gideon ne l'aimait pas, elle l'aurait juré.

— Oui !

Elle se détourna pour qu'il ne voie pas les larmes perler à ses paupières. Elle n'avait aucune raison de se sentir aussi bouleversée parce qu'il ne voulait pas qu'elle soit enceinte. Après tout, elle le connaissait à peine et, même s'il la laissait tomber, il n'y avait pas de quoi en faire un drame.

Compte tenu de sa différence, il avait dû avoir une enfance et une adolescence difficiles et il ne supportait pas l'idée de voir son enfant traverser les mêmes épreuves. Pourtant, il s'en était bien sorti. Il menait une vie agréable et avait su tirer parti de ses talents pour aider les vivants et les morts. Certes, vis-à-vis des autres, il devait dissimuler ses dons et une partie de sa personnalité, néanmoins il lui avait fait confiance.

Elle sursauta quand Gideon se gara brutalement sur le bas-côté herbeux de la route. Furieuse, elle se tourna vers lui.

— Qu'est-ce qui te prend ?

Il stoppa sa Mustang sans couper le contact et

s'empara d'un dossier qui reposait sur les genoux de Hope.

— De quelle affaire s'agit-il ? demanda-t-il en feuilletant le rapport. De toute façon, ça n'a pas d'importance.

Il prit une photo au hasard et la brandit devant Hope. Une femme gisait sur un canapé défraîchi, sa robe couverte de sang et sa tête presque décollée du tronc.

— Il existe des types qui commettent de pareilles horreurs, fit-il remarquer d'une voix sourde. Si ces ordures se comptaient sur les doigts d'une main, je ne me sentirais peut-être pas aussi malade à l'idée d'exposer la vie d'une enfant innocente. Mais de telles atrocités se produisent tous les jours que Dieu fait. Que se passera-t-il si, comme moi, Emma est confrontée au quotidien à toute cette barbarie ? Ou si, à l'instar d'Echo, elle voit en rêve des catastrophes tout en étant impuissante à les empêcher ? Ou si…

Il ne put achever sa phrase.

Comment lui en vouloir ? S'il paniquait, ce n'était pas par mesquinerie ou par égoïsme, mais parce qu'il redoutait le genre de vie que le destin réserverait à son enfant. Elle caressa timidement la joue de Gideon et son menton imberbe. Il ne la repoussa pas, comme elle le craignait.

— Ça fait trop longtemps que tu fais ce métier.

— Je n'ai pas le choix. Je possède un don qui me permet de coincer ces salauds. Si je laisse tomber, certains passeront entre les mailles du filet, et les victimes ne reposeront pas en paix.

Il la regarda dans les yeux.

— Quelle réponse peux-tu donner à une petite fille qui te demande si les monstres existent vraiment ? Si tu lui dis oui, tu risques de la terrifier, et dans le cas contraire, tu lui mens de façon éhontée.

— A quand remontent tes dernières vacances, Raintree ?

— Je ne m'en souviens pas.

— Dès qu'on en aura fini avec Tabby, on prendra quelques jours de congés. Que dirais-tu de la montagne ?

Cette perspective n'emballait pas Gideon mais il se garda de le dire. Il posa doucement sa main sur le ventre de Hope.

— Je déteste l'idée que je puisse perdre quelque chose d'aussi important, avoua-t-il.

— Tu veux dire Emma ? murmura-t-elle.

Il leva les yeux vers elle.

— Et toi aussi, Rayon de lune. Mais de quelle planète viens-tu ?

Elle rit devant son air perplexe.

— Si tu m'appelles encore Rayon de lune, je te tue.

Pour la première fois de la journée, il sourit puis il se pencha pour l'embrasser rapidement.

— Allons-y, le shérif nous attend.

Le salon où Marcia Cordell avait été assassinée ressemblait à celui d'une vieille dame. Les napperons sur les tables, les bouquets de fleurs de soie poussiéreux — la maison ayant été fermée au cours des quatre derniers mois — et les meubles disparates donnaient à la pièce un cachet démodé. Une grande tache de sang séché sur le tapis au milieu de la pièce attirait aussitôt l'attention. Gideon s'accroupit près de cette tache pendant que Hope et le shérif se tenaient à proximité. Celui-ci se montrait anxieux et jouait fébrilement avec le bord de son chapeau.

— J'espère de tout cœur que vous pourrez nous aider à tirer cette affaire au clair, assura-t-il. Mlle Cordell était une enseignante très appréciée par ici. Tout le monde l'aimait. Du moins, c'est ce qu'on croyait. Il a fallu une sacrée dose de haine pour s'acharner ainsi sur elle. Vous avez vu les photos ? C'est vraiment horrible. Je ne suis pas près d'oublier le jour où j'ai découvert le corps.

Il n'en finissait pas de discourir. Cette affaire le

rendait nerveux et il ne cessait de réclamer de l'aide pour clore le dossier. Il était désireux de prouver qu'une personne étrangère à la communauté avait commis ce meurtre, car il n'osait pas imaginer qu'un homme ou une femme de sa connaissance ait pu agir avec une telle violence.

Entre-temps, le fantôme de Marcia Cordell se tenait tapi dans un coin de la pièce, attentif et toujours terrifié, même au bout de quatre mois.

— Quelle sorte d'homme a pu commettre un acte aussi monstrueux ? poursuivit le shérif. Violer et assassiner une femme aussi gentille...

A ces mots, Gideon se retourna brusquement.

— *Violer ?* Elle a subi des sévices sexuels ?

Le shérif fit un signe de tête affirmatif en continuant de triturer le bord de son chapeau.

L'hypothèse du lien avec Tabby tombait à l'eau, aucun signe d'activité sexuelle n'ayant été relevé lors des deux derniers meurtres.

— Pourquoi ce renseignement ne figure-t-il pas dans le rapport que vous m'avez adressé ?

— Mlle Cordell était une femme honorable. Il n'y avait aucune raison de diffuser une information aussi dégradante à son sujet. Par ailleurs, l'enquête n'est pas close et je préfère maintenir le secret sur cet aspect de l'affaire.

— Vous avez relevé l'ADN du violeur ? demanda Hope d'une voix tendue.

Le shérif secoua la tête.

— Non. Selon le médecin légiste, l'homme portait un préservatif.

— Inspecteur Malory, ordonna Gideon d'un ton calme et mesuré, voudriez-vous emmener le shérif Webster pour compléter les informations manquantes dans le rapport qu'il nous a envoyé ?

— Excellente idée, assura Hope.

Le shérif n'avait aucune envie de s'éloigner, mais quand Hope lui prit le bras et l'entraîna vers la porte il se laissa faire sans protester.

Une fois seul, Gideon reporta son regard vers le coin où était tapi le fantôme de Marcia Cordell, telle une boule lumineuse informe. Il n'en voulait pas trop au shérif, même si ce déplacement lui avait fait perdre un temps précieux dans l'enquête en cours et la traque de Tabby. S'il restait, c'était pour une seule et unique raison.

— Parlez-moi, dit-il d'une voix douce. Racontez-moi ce qui vous est arrivé.

La boule de lumière prit forme peu à peu et la silhouette de Marcia Cordell se détacha de façon distincte. De petite taille, elle avait été une jolie femme potelée. Ses longs cheveux bruns étaient tirés en arrière et noués en chignon sur la nuque. Elle paraissait à sa place dans ce salon vieillot.

— Vous me voyez ? demanda-t-elle d'une voix tremblante.

— Oui, je vous voie.

Gideon demeura immobile et calme pour ne pas la faire fuir.

— Marcia, vous savez que vous êtes morte, n'est-ce pas ?

Elle fit un signe de tête affirmatif.

— J'ai vu des hommes entrer ici et emporter mon corps. J'ai hurlé pour leur demander de m'aider mais ils ne m'ont pas entendue.

— Moi, je vous écoute.

Méfiante, elle flotta lentement dans sa direction. S'il faisait le moindre geste brusque, elle disparaîtrait aussitôt. Contrairement à Lily Clark et à Sherry Bishop, elle n'était pas en colère mais terrifiée.

— Voudriez-vous me dire ce qui s'est passé ici ? insista gentiment Gideon.

— Je l'ai laissé entrer sans me douter un instant de ce qu'il allait faire.

Il s'agissait donc d'un homme et non de Tabby, comme il l'avait envisagé avant d'avoir connaissance du viol. Néanmoins, il devait tenter de découvrir qui l'avait violentée et tuée, et faire en sorte que son esprit aille rejoindre un lieu plus clément. Au moins, son déplacement servirait à quelque chose.

Le fantôme soupira et prit place sur le canapé à fleurs, dans une attitude pleine de dignité.

— Dennis a toujours été un garçon bizarre, mais de là à…

— Dennis ? Vous le connaissez ?

Marcia Cordell jeta un regard réprobateur à Gideon — sans doute ce même coup d'œil sévère qu'elle lançait à ses élèves pour les réduire au silence.

— Jeune homme, vous m'avez demandé de vous raconter ce qui s'est passé, et c'est précisément ce que je suis en train de faire.

Il s'abstint de lui dire qu'il était à peine plus jeune qu'elle ne l'était au moment de sa mort et qu'il avait passé l'âge de se faire taper sur les doigts. Elle avait l'esprit d'une femme mûre, comme si elle conservait sa forte personnalité dans l'au-delà.

— Désolé, mademoiselle, s'excusa Gideon d'un air contrit. Je vous en prie, continuez.

Elle hocha la tête avec satisfaction.

— Dennis Floyd est mon voisin. Quand ses parents se sont installés ici, il y a vingt ans, ils ont inscrit Dennis au cours élémentaire. Par la suite, je l'ai eu comme élève dans ma classe d'anglais. C'était un cancre, précisa-t-elle sur un ton de reproche. Cette fameuse nuit, il est venu me demander s'il pouvait téléphoner de chez moi. Bien sûr, j'ai accepté.

Elle pinça les lèvres.

— Je n'ai pas vu venir le danger jusqu'au moment où il m'a empoignée et jetée à terre comme un…

comme..., balbutia-t-elle, son visage rouge de colère et de honte.

Même dans la mort, elle rougissait encore.

— Je vais tout faire pour qu'il soit arrêté et condamné. Il sera puni dans cette vie et dans l'autre pour tout le mal qu'il vous a fait.

Elle hocha la tête, visiblement soulagée.

— Oui, Dennis mérite d'être châtié. Et elle aussi.

Gideon eut un haut-le-corps et sentit ses poils se hérisser.

— Elle ?

— Oui, la femme qui était avec lui ; c'est elle qui l'a poussé à me faire cette chose horrible. Je ne l'avais pas vue, sinon je me serais méfiée. Je n'aurais jamais laissé entrer une étrangère à une heure aussi tardive. Dennis m'a frappée. Il m'a attaché les bras et les jambes avec du sparadrap et m'a laissée par terre pendant qu'il allait lui ouvrir.

L'idée d'une inconnue pénétrant de force dans sa maison la bouleversait tout autant que le viol et les tortures qu'elle avait subis.

— Et vous ne connaissiez pas cette femme ?

Marcia Cordell fit un signe de dénégation.

— Non. Dennis l'a appelée...

Elle réfléchit en fronçant le nez.

— Kitty, je crois, à moins que ce ne soit...

— Tabby ? suggéra Gideon d'une voix douce.

— C'est ça.

Elle tendit un doigt pâle et tremblant.

— Elle s'est installée là, sur cette chaise, et elle a regardé Dennis pendant qu'il me faisait cette chose innommable. Elle souriait et quand j'ai hurlé pour demander de l'aide, elle m'a répondu que personne ne m'entendrait dans un endroit aussi désert.

Sa silhouette tremblait, et elle faillit disparaître, comme si elle n'osait pas raconter la suite des événements.

— Quand j'ai pleuré, elle m'a demandé si j'aimais ça et si je n'étais pas en train d'assouvir mon fantasme du jeune étudiant qui surgit à ma porte pour faire de moi une vraie femme.

— Elle va payer aussi, assura Gideon. J'y veillerai.

Marcia approuva d'un signe de tête.

— C'est elle qui m'a tuée.

— Oui, je sais.

— Je pensais que le cauchemar était terminé quand cette horrible femme s'est penchée sur mon ventre. Elle… Elle m'a découpée, et elle y a pris du plaisir. Quand elle en a eu assez, elle m'a poignardée et…

Gideon écoutait pendant que Marcia lui racontait dans le détail comment Dennis et Tabby l'avaient torturée et tuée. Il aurait préféré ne pas entendre toutes ces précisions sordides mais elle avait besoin d'une oreille compatissante.

Après l'avoir écoutée, il lui demanda :

— Que pouvez-vous me dire au sujet de la femme ? Dennis l'appelait Tabby. A-t-il prononcé son nom de famille ? Avez-vous vu son véhicule ? Vous souvenez-vous d'un détail susceptible de m'aider ?

Marcia fit signe que non.

— Ils sont repartis ensemble.

Autant dire que Dennis avait signé son arrêt de mort. Il n'imaginait pas Tabby laissant un témoin derrière elle.

— Je dois partir maintenant, mademoiselle Cordell, précisa Gideon en se levant et en baissant le regard sur elle. Ils paieront pour ce qu'ils vous ont fait, j'y veillerai personnellement. Désormais, il est temps pour vous de quitter cette terre pour un monde meilleur et de reposer en paix. Vous le méritez.

— Vous aussi, murmura Marcia avant de disparaître.

Gideon laissa derrière lui le lieu du crime. Si Dennis était encore vivant — ce qui était improbable mais pas impossible —, il avait une chance de retrouver Tabby. Décidément, cette affaire prouvait, s'il en était besoin, que ce monde n'était pas fait pour un enfant.

Le shérif Webster attendait à côté de son véhicule de fonction, triturant toujours le bord de son chapeau. Gideon jeta un coup d'œil vers le jardin envahi de mauvaises herbes.

— Où est l'inspecteur Malory ?

— Elle a décidé d'interroger les voisins en vous attendant.

Il fit un signe de tête en direction d'une petite maison blanche au bout de la route. Distante d'environ quatre cents mètres, c'était l'habitation la plus proche de la demeure de Marcia Cordell.

— D'après l'inspecteur Malory, les occupants de cette maison ont peut-être vu quelque chose cette nuit-là. Pourtant, on les avait interrogés à l'époque et on avait fait chou blanc, mais…

Gideon sentit une boule au creux de son estomac.

— Dennis Floyd est arrivé en voiture pendant qu'on parlait, et…

Le shérif n'eut pas l'occasion de finir sa phrase. Déjà, Gideon s'élançait en courant vers la petite maison blanche.

Hope jeta un coup d'œil en arrière. Le shérif se tenait toujours appuyé contre son véhicule, respectant sa demande de ne pas déranger Gideon. Elle ignorait combien de temps il resterait à l'intérieur pour parler au fantôme de Marcia Cordell. Elle ne put s'empêcher de sourire en songeant à la façon tout à fait naturelle dont ces mots lui étaient venus à l'esprit : parler au fantôme.

Si seulement elle pouvait découvrir un détail susceptible de compléter le dossier plutôt mince et de faire avancer l'affaire. Les voisins avaient peut-être remarqué une voiture cette nuit-là. Si c'était le cas, cette information aurait dû figurer dans le rapport mais parfois, lors des premiers interrogatoires, les enquêteurs négligeaient des éléments qui s'avéraient importants par la suite. Et même si Gideon apprenait le nom de l'assassin, ils auraient besoin de preuves pour le faire condamner.

— Entrez donc, je vais préparer du thé.

Agé de vingt-cinq ans environ, Dennis Floyd était un jeune homme fluet, avec des cheveux blonds clairsemés et des petits yeux bleu pâle. Sa voiture et ses vêtements avaient connu des jours meilleurs mais la maison semblait bien entretenue. La véranda, soigneusement rangée, était égayée par de nombreux pots de fleurs. Mes parents sont au boulot, expliqua-t-il en lui tenant la porte.

— J'avais un petit appartement, ajouta-t-il, cherchant à l'impressionner. Mais quand je me suis retrouvé au chômage, j'ai dû revenir vivre ici. J'ai de nouveau un emploi fixe mais mes parents ont besoin d'un coup de main pour le jardin et tout, alors je reste avec eux pour leur rendre service.

Hope pénétra dans le salon plongé dans la pénombre. La pièce était fraîche et, malgré une impression de propreté, elle sentait le renfermé, comme si des années d'odeurs rances avaient à jamais imprégné les murs. Elle jeta un coup d'œil circulaire, jugeant l'endroit trop surchargé à son goût, avec un nombre impressionnant de cendriers, de bibelots et de fleurs artificielles aux tons passés.

— Vous enquêtez sur le meurtre de Melle Cordell, n'est-ce pas ?

— Oui.

Dennis se dirigea vers la cuisine, et Hope le suivit. Les fenêtres aux stores relevés laissaient pénétrer à flots la lumière, rendant la pièce plus accueillante que le salon lugubre.

— D'après le shérif, c'est un psychopathe venu d'ailleurs qui a fait le coup.

— Vraiment ? Comment le sait-il ?

Tout en parlant, Dennis prenait des verres dans le placard, les remplissait de glaçons puis sortait un pichet de thé du réfrigérateur.

— Personne par ici n'aurait pu commettre une telle monstruosité, affirma-t-il à voix basse en versant le thé glacé. C'est vrai, quoi, tout le monde aimait Mlle Cordell.

— Avez-vous remarqué un détail inhabituel cette nuit-là ?

Dennis lui tendit un verre puis garda le sien à la main en s'accoudant au bar.

— Non. A l'époque des faits, le shérif m'avait déjà posé la question mais je ne me souvenais de rien d'intéressant. Et malheureusement c'est toujours le cas aujourd'hui.

— Un véhicule avec une plaque minéralogique d'un autre Etat ? Un inconnu sur la route ?

Dennis fit un signe de dénégation. Déçue, elle reposa son verre intact sur le bar. Elle ne trouverait rien d'intéressant ici. Tout à coup, malgré le soleil qui inondait la pièce, elle eut la chair de poule.

— Je vous remercie pour votre accueil, Monsieur Floyd. Si jamais quelque chose vous revenait…

— Mais j'y pense ! s'écria Dennis en posant son verre. Je crois bien qu'il y *avait* une voiture. Elle est passée sur la route vers 23 heures. Elle roulait très lentement.

— De quelle marque ?

— Une belle bagnole, pour autant que je m'en souvienne. Une voiture de sport. De couleur verte.

Hope sourit. A l'évidence, Dennis mentait. Pour l'obliger à rester plus longtemps ? Certes, il n'avait pas cessé de la reluquer, mais pourquoi mentir ?

Pour se rendre intéressant ? Ou pour tenter de la faire parler ?

Cette information était non seulement inédite mais aussi peu crédible. Comment avait-il réussi à distinguer la couleur de la voiture à une heure aussi tardive sur une route départementale sans éclairage public !

— Où étiez-vous quand vous avez aperçu le véhicule ?

Dennis tarda à répondre, confortant Hope dans l'idée qu'il mentait.

— J'étais sorti fumer une cigarette, finit-il par dire.

S'imaginait-il qu'elle n'avait pas remarqué les cendriers dans le salon ? Il n'avait pas besoin d'aller dehors. Mais elle continua de jouer le jeu.

— Vous vous teniez devant la maison ?

— Oui, c'est ça. Je fumais sur la pelouse.

— Donc, si la voiture de sport verte avait tourné dans l'allée de Mlle Cordell, vous l'auriez vue ?

Il déglutit péniblement.

— Peut-être bien qu'elle a tourné, mais je ne m'en souviens pas.

— Une femme est torturée et assassinée, et le lendemain matin vous ne vous souvenez pas avoir vu un véhicule pénétrer dans son allée ? riposta Hope d'un ton sec.

— Il faut me comprendre. Ça m'a fait un sacré

choc d'apprendre qu'une de mes profs préférées, qui plus est une voisine, avait été violée et charcutée par un inconnu…

Discrètement, elle porta la main à son revolver. Le shérif Webster avait attendu que Gideon soit sur place pour l'informer du viol de Marcia Cordell. Il n'avait pas mentionné ce détail dans le rapport officiel et ne l'avait pas divulgué à la presse. Par ailleurs, il était trop désireux de préserver la mémoire de l'enseignante pour avoir laissé échapper cette information capitale en bavardant avec les uns et les autres.

Tout à coup, Dennis réalisa qu'il venait de se trahir. Il jura, s'empara de son verre et le lança en direction de Hope. Elle se baissa vivement et sortit son arme. Le projectile frôla sa tête et alla se briser sur le montant de la porte derrière elle, faisant voler alentour des débris de verre, du thé et des glaçons.

Au lieu de s'enfuir par la porte donnant sur l'arrière de la maison, comme elle s'y attendait, Dennis fonça sur elle et agrippa sa main qui tenait le pistolet juste au moment où elle tirait. Ils glissèrent sur le liquide et le verre brisé.

Hope tomba lourdement sur le dos et Dennis la cloua au sol. Elle tenta de diriger l'arme dans sa direction mais il lui saisit le poignet et le tordit pour lui faire lâcher prise. Ils luttèrent pour le contrôle du revolver et Dennis sembla prendre le dessus. Malgré son allure chétive, il faisait preuve d'une vigueur surprenante, décuplée par le désespoir : seul un homme dangereux et aux abois était capable de commettre un acte aussi ignominieux.

A cet instant crucial, elle pensa au talisman protecteur qu'elle portait sous son corsage. L'aiderait-il à se sortir de cette situation périlleuse ? se demandait-elle avec angoisse pendant qu'elle mobilisait toute son énergie pour reprendre la situation en main.

— C'est elle qui vous envoie ? demanda Dennis d'une voix essoufflée, en tentant de s'emparer du pistolet.

Savait-il ce que Gideon était capable de faire ? Pensait-il que le fantôme de Marcia Cordell l'avait dénoncé ?

Un genou sur la poitrine de Hope, Dennis réussit à la maîtriser et à lui arracher l'arme. Un mot jaillit dans l'esprit de Hope, inattendu et puissant.

Emma.

13

Gideon courait aussi vite que ses jambes le lui permettaient. Il n'était plus qu'à deux cents mètres de la maison quand il entendit le coup de feu. Son cœur bondit dans sa poitrine.

Depuis toujours, il vivait environné de fantômes et souvent, comme aujourd'hui avec Marcia Cordell, l'expérience était douloureuse. Mais jusqu'à présent, il avait eu la chance de ne jamais être confronté à l'esprit meurtri et malheureux d'un ami, d'une maîtresse ou d'une personne qu'il avait touchée en chair et en os et qu'il avait aimée. S'il arrivait quelque chose à Hope, il ne s'en remettrait pas. La nuit dernière et ce matin, elle avait été sienne au-delà de toute espérance. Elle connaissait les aspects secrets de sa personnalité et pourtant elle était restée. Sans doute portait-elle son enfant. La faute à ce fichu talisman destiné à Dante. Désormais, Emma n'était plus un pur produit de son imagination.

Pour rien au monde, il ne voulait perdre Hope. Ni Emma d'ailleurs.

Il se rua dans la véranda et franchit la porte d'entrée, revolver au poing. Il entendit des bruits de lutte à l'arrière de la maison et s'y précipita. Il arriva dans la cuisine au moment où l'homme qui plaquait Hope au sol se démenait pour pointer le canon de l'arme sur elle.

Gideon visa Floyd mais ne tira pas, la cible était trop mouvante. Il s'apprêtait à se jeter sur lui pour le maîtriser et lui faire lâcher prise quand Hope exécuta une manœuvre parfaitement calculée qui déséquilibra Dennis ; aussitôt elle lui arracha l'arme et lui donna un violent coup de coude au visage. En l'espace de quelques secondes, Dennis Floyd atterrit sur le dos, désarmé et le nez en sang. A son tour, Hope le cloua au sol, un genou sur sa poitrine.

Elle releva la tête et aperçut Gideon. Le visage coloré par la lutte et les cheveux en bataille, elle avait du mal à retrouver son souffle ; sa poitrine se soulevait au rythme de sa respiration saccadée. Son regard était dur et rempli de colère mais aussi de frayeur. A l'extérieur, ils entendirent la voiture du shérif qui pénétrait dans l'allée puis les pas lourds du policier qui se dirigeaient vers la cuisine.

Gideon ne parvenait pas à détacher son regard de Hope et son cœur continuait de battre la chamade.

Il *avait failli* la perdre ainsi qu'Emma. *Il s'en était manqué de peu* qu'il ne doive les enterrer toutes les deux.

Il s'apprêtait à demander à Hope de l'épouser et de ne plus jamais s'éloigner de lui quand le shérif fit irruption dans la pièce.

Hope se releva et Gideon, avec une joie mauvaise, se chargea de Dennis. Il le remit brutalement sur ses pieds et le plaqua au mur.

— Aïe ! Faites attention à mon nez, elle a dû me le casser ! gémit-il en se contorsionnant pour échapper à la poigne de Gideon.

Celui-ci dut faire appel à tout son sang-froid pour lui lire ses droits. Comme il était en dehors de sa juridiction, il demanda au shérif de répéter l'opération. Jusqu'à présent, Dennis n'avait pas été inculpé dans cette affaire, et il ne voulait pas courir le risque de voir ce petit monstre acquitté sur un point de procédure.

— Je sais ce que tu as fait, sale petite ordure, s'exclama Gideon d'une voix sourde.

— Je… je n'ai rien fait ! riposta Dennis.

— Je me fiche de ce qui peut t'arriver.

Gideon accentua sa prise sur Dennis, comme s'il voulait l'enfoncer dans le mur.

— Le shérif se fera un plaisir de te mettre au trou après mon départ. Mais auparavant, je veux Tabby.

Dennis déglutit péniblement.

— Je ne connais personne de ce nom, balbutia-t-il.

Il était un piètre menteur.

— D'accord, ne dis rien. Mais quand elle découvrira que je suis venu ici — car *elle l'apprendra* —, je suppose qu'elle te rendra une petite visite amicale. Tu as eu un aperçu de ses talents, alors tu sais ce qui t'attend si elle te retrouve.

Il se pencha contre l'oreille de Dennis et murmura :

— Elle adore faire joujou avec son couteau, n'est-ce pas ? Je connais des tas d'assassins qui préfèrent se servir d'une arme blanche plutôt que d'un fusil, mais je n'ai encore jamais rencontré un tueur qui prenne autant son pied en charcutant ses victimes. Je me demande ce qu'elle va prélever sur toi. Dis, à ton avis, quelle est la partie de ton corps qu'elle emportera en souvenir ?

— Je ne l'ai rencontrée qu'une seule fois, répondit précipitamment Dennis d'une voix hachée. A la station-service. Je venais de faire le plein et je prenais une boisson fraîche quand cette femme s'est avancée vers moi et m'a dit qu'elle lisait dans mes pensées. Mais moi, je ne pensais à rien, c'est elle qui m'a mis ces idées en tête.

— De très vilaines idées, n'est-ce pas ? demanda Gideon en se reculant légèrement.

Dennis hocha la tête.

— Oui, c'est vrai. J'ai toujours pensé que Mlle Cordell était une bêcheuse ; elle prenait des grands airs avec moi…

— Et tu as voulu la remettre à sa place.

Gideon plaqua un peu plus Dennis contre le mur.

— Tu as voulu lui montrer qui était le patron.

Dennis tenta de hocher la tête mais le bras de Gideon lui broyait la gorge. Fou de rage, celui-ci mourait d'envie de tuer ce minable de ses propres mains, et il en avait la possibilité. Même en présence de Hope et du shérif, il pouvait le descendre avec son arme de service, lui briser la nuque ou, mieux encore, rôtir ses organes génitaux jusqu'à ce qu'il n'en reste que des cendres. Pour cela, il lui suffisait de donner libre cours à sa colère et d'envoyer à ce monstre une puissante décharge électrique. Jusqu'à présent, il avait toujours pris soin de se contrôler et de dissimuler ses dons en présence de tiers. Cette prudence l'avait empêché de stopper Tabby ou d'exercer ses talents à l'encontre des meurtriers qui tombaient entre ses mains. Mais, pour l'heure, alors qu'il sentait son cœur cogner dans sa poitrine en se remémorant les confidences du fantôme et en songeant avec effroi au danger auquel venait d'échapper Hope, il oublia toute prudence et laissa échapper une petite décharge qui fit tressauter Dennis.

— Ouille! Qu'est-ce que… ?

Il recommença et Dennis se mit à trembler de tout son corps. Gideon était tellement énervé qu'il se sentait capable de réduire en fumée ce déchet de l'humanité. Pour Marcia Cordell. Pour Hope et Emma. Mais il se retint à temps. Cette idée était tentante mais il y renonça pour ne pas devenir à son tour le genre d'homme qu'il avait traqué toute sa vie. Le shérif et le système judiciaire se chargeraient de Dennis. Sinon, il pourrait toujours revenir…

— Raconte-moi tout ce que tu sais sur Tabby, ordonna-t-il.

Le voyage de retour se déroula sans incident, hormis les difficultés rencontrées par Gideon pour passer quelques coups de fil. Compte tenu d'un signal faible dans la région traversée et de ses propres charges électriques incontrôlables, il dut passer son portable à Hope pour qu'elle appelle le bureau. Charlie fut chargé de vérifier le type de véhicule utilisé par Tabby. Ils ne connaissaient toujours pas son nom de famille mais ils finiraient peut-être par le découvrir une fois qu'ils auraient identifié sa voiture.

Hope commençait à accepter l'éventualité de sa grossesse. Au moment où elle avait failli être tuée avec son propre revolver, le bébé — ou du moins son existence probable — lui avait semblé très réel. Elle avait alors réalisé qu'elle ferait tout pour le protéger. Quelle ironie du sort ! Elle qui n'avait pas la fibre maternelle ! Son rôle de tante lui suffisait amplement : elle rendait visite à ses neveux quand elle en avait envie et s'en allait dès qu'ils devenaient trop turbulents ou pleurnichards. Quant à devenir mère ! Elle ne se croyait pas prête à franchir le pas mais, après tout, peut-être l'était-elle.

Ils arrivèrent chez Gideon à la tombée de la nuit. Ils n'avaient pas eu de nouvelles de Charlie au sujet de la voiture de Tabby mais, dans la mesure où ils ne disposaient que du type de véhicule et d'un prénom — vrai ou faux —, les recherches risquaient de prendre du temps. Gideon rentra sa Mustang au garage et coupa le contact tandis que les portes se refermaient lentement derrière eux. Au lieu de mettre pied à terre, il resta assis, les mains sur le volant et le regard perdu dans le vague.

Hope demeura immobile à son côté.

— Tu veux que je fasse mes bagages et que je parte ? Je sais que ce n'est pas une bonne idée de retourner chez ma mère, mais…

Sans un mot, il passa son bras autour de son cou et l'attira vers lui pour l'embrasser. Son baiser n'était pas celui d'un homme désireux de la voir partir. En fait, elle en était persuadée, il ne l'avait jamais embrassée de cette façon, comme s'il voulait la savourer gentiment mais totalement. Quand il s'écarta d'elle, il laissa sa main posée sur sa nuque.

— Marcia Cordell m'a raconté toutes les abominations que cette ordure lui a fait subir. Au début, elle ne voulait pas en parler, mais à partir du moment où elle s'est sentie en confiance, elle a déballé tout ce qu'elle avait sur le cœur. Elle ne m'a épargné aucun détail sordide. Et puis je suis sorti, et le shérif m'a dit : « Oh, l'inspecteur Malory est allée là-bas avec Dennis Floyd. »

Il prononça ces derniers mots en imitant la voix traînante du shérif, et Hope se mit à rire. Mais elle redevint vite sérieuse.

— Et je n'ai pas réussi à courir assez vite, dit-il d'une voix sourde.

— Je ne suis pas blessée. Juste quelques bleus et une grosse frayeur, mais rien de grave.

— Pas cette fois-ci, précisa-t-il en lui caressant la joue de son pouce. Mais il y aura une prochaine fois. Il y aura un autre Dennis, une autre bagarre, un autre coup de feu qui fera bondir mon cœur dans ma poitrine. Mes talismans te protégeront, ils te donneront un avantage certain, et je veillerai à ce que tu en aies toujours un autour de ton joli cou. Mais ils ne seront jamais efficaces à cent pour cent et ne feront pas disparaître les monstres comme Dennis Floyd. Bon sang, Hope, j'aimerais tant que tu restes à la maison pour préparer des gâteaux, te dorer au soleil dans la véranda, élever des enfants et…

— *Des enfants ?* l'interrompit-elle. Parce que tu comptes en avoir plusieurs ?

— Si on se marie, on pourrait aussi bien…

— Ce n'est pas toi qui disais que ce monde sans pitié n'était pas fait pour une enfant innocente ? s'écria-t-elle, un peu paniquée par le tableau que lui peignait Gideon.

— On ne peut pas revenir en arrière et annuler ce qui est fait. Alors autant donner des frères et sœurs à Emma.

— Attends une minute…

— Je ne t'ai pas encore demandée en mariage, c'est ça ?

Il continuait de lui caresser la joue avec son pouce.

— Non, murmura-t-elle.

— Epouse-moi.

Hope se passa la langue sur les lèvres.

— Ce n'est pas vraiment une question mais plutôt un ordre.

Il laissa échapper un petit gémissement de frustration. Ce n'était pas facile pour lui, elle le savait, mais c'était tout aussi difficile pour elle. Il lui parlait de mariage, d'enfants, d'engagement pour la vie alors qu'elle le connaissait depuis moins d'une semaine.

— Bon, d'accord. Je vais y mettre les formes. *Veux-tu* m'épouser ?

— Laisse-moi un peu de temps pour réfléchir, se récria-t-elle, à la fois terrifiée, excitée et abasourdie. Tout va trop vite pour moi !

— Non. Autant que tu le saches tout de suite, je suis très impatient et je veux une réponse maintenant.

C'était si tentant de succomber au charme impérieux de Gideon, de se laisser griser par l'enthousiasme du moment, par la façon dont il la faisait renaître à la vie avec ses baisers et ses caresses, et par la perspective d'un avenir merveilleux en compagnie d'Emma et d'autres enfants.

— Tu sais, je n'ai jamais fait des projets de ce type : me marier, avoir des enfants…

— C'est le moment ou jamais de les faire.

Si elle *devenait* une Raintree, ainsi qu'il le lui avait dit – et elle n'avait pas de raison d'en douter – elle avait effectivement intérêt à modifier sa vision de l'avenir.

Pendant qu'elle réfléchissait à toute vitesse, il demeura près d'elle. Trop près. Sa main sur sa nuque était chaude, ferme et persuasive, mais elle ne pouvait s'empêcher de se rappeler que ce matin il s'était montré horrifié à la simple évocation de cette même vie de famille qu'il lui proposait maintenant avec tant de conviction.

— Si je dis oui, tu risques de faire une crise de panique.

— Si tu dis oui, je vais te faire l'amour ici et maintenant.

— Dans la voiture ?

— Parfaitement.

— Sur ces sièges inconfortables ?

— Pourquoi pas ?

Elle passa ses bras autour du cou de Gideon et effleura ses lèvres.

— J'aimerais bien voir ça !

— J'ai dû te casser quelque chose, marmonna Gideon, le nez dans ses cheveux.

Elle se mit à rire d'un air moqueur, au grand soulagement de Gideon.

— Faire l'amour sur des sièges baquets ! C'était ton idée, pas la mienne.

— C'est encore meilleur que dans un lit.

Il était avec la femme de sa vie, et ils s'aimaient avec douceur et passion, hardiesse et retenue. Ils frissonnaient et haletaient sous la montée du désir, chacun attentif au plaisir de l'autre. Il sentait Hope s'arc-bouter sous ses caresses en laissant échapper des petits gémissements. Et il était sur le point de perdre le contrôle de lui-même pendant qu'elle lui pétrissait le dos et enfonçait ses ongles dans sa chair. Alors, il écarta les cuisses de Hope et la pénétra en douceur, pour décupler leur plaisir.

— Tu ne m'as rien cassé, murmura-t-elle d'un air rêveur, les yeux clos, le dos cambré, attentive à la vague de plaisir qui fondait sur elle.

Puisqu'il était convaincu que Hope était enceinte, il n'avait pas pris la peine d'aller chercher un préservatif. Pas maintenant. Ils étaient nus, et leurs corps, leurs âmes et leurs cœurs étaient unis au-delà de toute espérance. Elle voulait être sa partenaire… Eh bien, elle l'était, à un point qu'il n'aurait jamais cru possible.

Emma lui avait dit qu'elle avait toujours été sienne, dans chaque vie. Il aurait pu en dire autant de Hope. Peut-être était-ce pour cette raison qu'il avait été attiré par elle dès le premier regard et qu'il se sentait aussi à l'aise en sa compagnie, comme s'il la connaissait depuis la nuit des temps.

Ils s'abandonnèrent ensemble à l'extase, leurs cris se faisant écho. Hope arqua son corps contre le sien et ondula des hanches pour l'attirer plus profond en elle. Puis, quand il ralentit le rythme, elle continua de l'accompagner de mouvements du bassin en le serrant contre elle.

— Je t'aime, murmura-t-elle d'une voix où perçaient l'épuisement et le trouble, mais aussi cet amour tellement inattendu.

Les mêmes mots flottaient sur les lèvres de Gideon mais il se retint de les prononcer. Il l'aimait à sa façon ; il la protégerait de son mieux, lui donnerait des enfants et ferait en sorte qu'elle ne manque de rien. Oui, sans aucun doute possible, elle était sienne, mais il n'était pas pour autant prêt à s'abandonner complètement. Il n'était même pas certain de savoir encore ce qu'aimer voulait dire. Néanmoins, il était sûr d'une chose : leur relation était juste. Et c'est tout ce qui comptait. Du moins pour l'instant.

Il cherchait une réponse qui se rapprocherait d'une déclaration d'amour quand il perçut le gloussement éthéré d'une fillette.

— Je te l'avais dit, papa !

Si Hope l'entendit, elle ne réagit pas.

Il aurait dû être indigné ou, tout au moins, surpris. Mais ce ne fut pas le cas.

— Je pense que notre fille nous a bien eus, fit-il remarquer en écartant une mèche sur la joue de Hope.

Elle ouvrit les yeux.

— Comment ça ?

— Jusqu'à présent, tu n'étais pas enceinte, expliqua-t-il en faisant preuve d'une étrange mansuétude à l'égard d'Emma, peut-être parce qu'il était toujours à l'intérieur de Hope, comblé, reconnaissant et heureux.

— Vraiment ?

— Oui. Nous venons de concevoir Emma à l'instant même. Enfin, il faut un peu de temps pour…

Hope promena ses doigts dans les cheveux de Gideon et l'attira vers elle pour un long baiser. A l'évidence, elle aussi faisait preuve d'indulgence. Du moins, pour le moment.

— Je sais comment ça se passe, Raintree.

— Tu veux toujours m'épouser ?

Elle accepta sans hésiter.

— Oui, je le veux.

Tu m'aimes encore ? faillit-il demander. Il aurait dû lui dire qu'il l'aimait ou du moins lui faire une réponse vague, du genre : « Moi aussi. » Mais il s'abstint. Un jour viendrait où ces mots prendraient tout leur sens ; il serait alors temps de les prononcer.

Tout en caressant les cheveux de Gideon, Hope enroula une longue jambe autour de sa taille, emmêlant leurs deux corps. Puis elle fit doucement glisser son pied le long de sa jambe.

Il leva la tête pour la regarder.

— Je ne veux pas gâcher ce moment.

Elle ferma les yeux et le serra contre elle.

— Alors, ne dis rien.

Ils restèrent ainsi enlacés et comblés. C'était un instant de pur bonheur, elle voulait lui en faire cadeau.

Au bout d'un moment, elle lui dit d'une voix timide :

— J'ai réfléchi à ce que tu as dit tout à l'heure.

— De quoi parles-tu ?

Que diable avait-il pu dire : *tellement ? Pas assez ?*

Elle fit courir ses doigts sur sa nuque.

— Les monstres.

— Oh, ça !

Il n'avait aucune envie d'aborder ce sujet.

— S'il y a des monstres parmi nous…

— Il y en a et tu le sais, l'interrompit-il.

— *S'il* en existe, répéta-t-elle.

Gideon était trop occupé à embrasser sa gorge pour répondre.

— Ma mère évoque en permanence l'équilibre de la nature : les hommes et les femmes, le bien et le mal. C'est un de ses dadas. J'ai toujours rejeté cette idée, comme le reste. Mais, en fin de compte, je crois qu'elle a raison. Et pour en revenir aux monstres, si jamais le bien est vaincu par le mal, alors qu'adviendra-t-il de ce monde ?

— Qu'est-ce que tu entends par « le bien » ?

— Toi, répondit-elle sans hésiter. Nous, Emma. L'amour. Je pense qu'il faut lutter pour faire triompher le bien. Ça vaut la peine de se battre contre un monstre.

Il combattait les monstres parce que c'était sa vocation. Son destin. Il ne voulait pas que les êtres qu'il aimait participent à cette lutte mais, de toute évidence, ce serait le prix à payer pour les garder.

Dans son appartement, Tabby examinait avec circonspection le colis posé sur la table de cuisine. Elle détestait les bombes. Non seulement elles risquaient de se déclencher à l'improviste, mais elles l'empêchaient d'être suffisamment près de ses victimes pour se griser de leur peur. Tout allait trop vite. Elles étaient vivantes et, l'instant d'après, elles partaient en fumée. Impossible de s'approprier leurs pouvoirs ou de prélever un souvenir.

Mais elle ne pouvait plus se permettre de faire la difficile. Le temps pressait.

Désormais, elle n'avait plus droit à l'erreur. Echo lui avait échappé mais elle était une cible secondaire par rapport à Gideon. C'était lui que Cael voulait en priorité. Il était membre de la famille royale et second dans l'ordre de succession au titre de Dranir. Compte tenu de son importance, il devait disparaître. Quant à Echo, tôt ou tard, elle finirait par l'avoir.

Cette bombe ne tuerait pas Raintree mais le ferait sortir de sa tanière. Et elle le guetterait comme un chat surveille sa proie.

Cependant, elle ne devait pas sous-estimer Cael. Il pouvait tout aussi bien considérer sa mission comme un échec puisqu'elle n'avait pas exécuté Echo en premier, comme prévu. Si son cousin n'était pas aussi redoutable, elle se contenterait de fuir le moment venu. Elle changerait de look et de nom, et reprendrait ses activités dans un autre Etat. Elle avait beaucoup apprécié son entraînement pour cette mission et elle poursuivrait dans cette voie. Le pays était vaste et elle rencontrerait sûrement des êtres solitaires que personne ne regretterait et des types pervers trop timorés pour donner libre cours à leurs pulsions mais qui n'hésiteraient pas à se défouler une fois qu'elle les y aurait habilement encouragés.

Car elle excellait à ce petit jeu. Si Cael ne la descendait pas, elle continuerait à perfectionner son art. Après tout, peut-être lui pardonnerait-il si elle réussissait son prochain coup.

Du moment qu'elle lui livrait la tête de Gideon – au sens figuré, malheureusement – tout irait bien.

*
* *

Quand elle se réveilla seule dans le lit de Gideon, Hope crut, l'espace d'un instant, qu'elle avait rêvé : Emma, Dennis, l'amour dans la Mustang et son stupide « Je t'aime ».

Mais très vite la réalité s'imposa à elle. La lumière matinale inondait la pièce, cela signifiait que Gideon se trouvait sous la véranda ou à la plage ; elle n'aurait donc pas droit à un petit câlin. Dommage.

Elle se dirigea vers la salle de bains, se brossa les dents et enfila un vieux T-shirt de Gideon qui lui descendait presque aux genoux. Il avait préparé du café et s'était servi généreusement. Elle s'en versa une tasse et le rejoignit sous la véranda. Déjà, quelques lève-tôt se baignaient ou faisaient leur footing.

Il était accoudé à la balustrade et fixait l'Océan comme s'il tirait sa force de l'eau. C'était sans doute le cas. Elle ignorait presque tout de cet homme dont elle était tombée amoureuse. La nuit dernière, au lit, ils avaient ri et fait l'amour mais, ce matin, il avait son air des mauvais jours. Son visage était dur comme la pierre et son regard impitoyable.

Elle connaissait le cœur qui se dissimulait sous ce masque. Etait-il dur ? Parfois. Impitoyable ? Oui, quand l'indulgence n'était pas de mise. Indifférent ? Jamais.

— Qu'est-ce qui ne va pas ? demanda-t-elle.

Il alla droit au but.

— Je souhaite que tu démissionnes, mais je doute que tu le fasses.

— Tu as raison. En tout cas, pas de sitôt. J'ai besoin de temps pour m'habituer à ce qui nous arrive. Tout s'est passé si vite !

— C'est un euphémisme.

Elle posa la tête sur son bras et demeura immobile, le regard perdu dans l'Océan.

— Je suis flic — comme toi. Et je ne vais pas abandonner mon métier pour élever des enfants, tricoter, faire des gâteaux et rester à la maison à t'attendre. Dans la police, comme dans les autres professions, les femmes sont capables de mener de front leur vie de famille et leur carrière. Toi et moi, on fera en sorte que ça marche.

— Tu vas me déconcentrer.

— Tu t'y habitueras.

— A quoi ça rime, puisque j'ai assez d'argent pour te permettre d'être une femme au foyer ?

— Ce n'est pas l'argent qui te pousse à faire ce métier, n'est-ce pas ? Moi non plus. Notre motivation n'est pas uniquement d'ordre financier.

Il pinça les lèvres et finit par dire :

— Tu penses que tu es un flic comme les autres,

mais c'est faux. Tu es à moi, et je ne veux pas te perdre.

— Je suis coriace.

— Non, tu es fragile.

— C'est toi qui le dis !

— Toutes les choses précieuses sont fragiles.

Elle était tellement sidérée par sa déclaration qu'elle resta sans voix. Il avait dit *précieuse* ; elle ne s'attendait pas à l'entendre prononcer ce mot, et pourtant il l'avait fait, même si c'était à son corps défendant.

Il ajouta, comme pour dévier la conversation :

— Au début, j'ai couché avec toi pour que tu demandes ta mutation.

— Je sais, répondit-elle sans rancune.

— On a mis la barre trop haut, Rayon de lune. Tu ne peux plus être ma coéquipière, et je ne veux pas que tu fasses équipe avec un autre flic.

Hope sirota une gorgée de café.

— Restons-en là pour aujourd'hui.

Son masque de pierre s'adoucit un peu.

— Je croyais que tu me trouvais mignon quand je m'énervais.

Elle se mit à rire.

— Tu l'es. Simplement, je n'ai pas envie qu'on se dispute aujourd'hui.

— Pourquoi ?

Toujours dire la vérité. Rien que la vérité.

— Parce que je me sens merveilleusement bien et que je ne veux pas gâcher ce moment.

Il l'enlaça.

— Une femme qui donne naissance à un bébé Raintree hérite de certains dons qui font d'elle une Raintree à part entière ou presque. Tu guériras plus vite, tu vivras plus longtemps et tu seras en meilleure santé. Toi et les enfants que nous aurons, vous disposerez en permanence de talismans protecteurs. J'y veillerai. Et puis, si je trouve l'endroit idéal, je vous y emmènerai pour que vous soyez à l'abri de tout et que personne ne puisse jamais vous faire de mal.

— Où se situe ce lieu magique, Gideon ?

Il demeura silencieux, parce qu'il ne connaissait pas la réponse ; parce que cet endroit n'existait pas.

— De toute façon, remarqua-t-elle, je dois t'aider à coincer Frank Stiles. Savoir qu'il est coupable ne suffit pas. Encore faut-il le prouver.

Il fut soulagé de constater que la conversation prenait un tour professionnel. Il se sentait plus à l'aise sur ce terrain-là. Après tout, sa mission, c'était d'arrêter les assassins.

— Dans le dossier, on n'a rien. Après avoir descendu Johnny Ray Black, il a incendié sa maison. Il n'en reste que des cendres.

— Dans ce cas, il nous faut une confession ou un témoin.

— Je n'ai rien pu tirer de lui, et il n'y a pas eu de témoin.

Elle lui décocha un sourire malicieux.

— Tu ne m'as pas donné l'occasion d'exercer mes talents. J'excelle à tirer les vers du nez des suspects.

Il eut un semblant de sourire.

— J'en suis persuadé.

Elle laissa son regard errer sur l'Océan, admirant la beauté du spectacle comme si, à l'instar de Gideon, elle puisait sa force dans l'eau. Comment se faisait-il qu'elle se sente chez elle ici ? Ce n'était pas tant une question de lieu que de personne : Gideon Raintree était l'homme de sa vie.

Cette pensée était à la fois réconfortante et effrayante, tout comme la perspective de la maternité et ses conséquences inattendues.

14

Samedi midi

Les recherches concernant le véhicule que Tabby avait utilisé quatre mois plus tôt étaient au point mort. Après avoir laissé Charlie à ses vérifications, Gideon se dirigea vers l'hôtel où Lily Clark avait été tuée. On avait apposé les scellés sur la porte de sa chambre et, depuis le meurtre, personne, en dehors des spécialistes de l'identité judiciaire, n'avait pénétré dans la pièce. Le fantôme de Lily se tenait tapi dans un coin, consistant et furieux.

Hope, qui se tenait en retrait, avait beau prétendre n'avoir aucun don surnaturel, elle n'en ressentait pas moins la colère, la tristesse et la violence qui régnaient en ce lieu. Malgré la chaleur de cette journée d'été, elle avait la chair de poule.

— Vous aviez dit que vous alliez la coincer, s'insurgea Lily, si énervée que sa silhouette vacilla.

— Je m'y emploie, répondit doucement Gideon.

Il avait conscience de la présence silencieuse de Hope derrière lui. Il était content de pouvoir parler librement à Lily sans avoir besoin de faire sortir son adjoint sous un prétexte quelconque ou de prétendre qu'il se parlait à lui-même.

— Tabby est restée longtemps dans cette pièce, remarqua Hope sur un ton uni. On sait qu'elle a tué Lily mais il nous faut une preuve matérielle. On devrait bien finir par trouver un indice!

— Elle est méticuleuse, répondit Gideon en se dirigeant vers le pied du lit.

— Pourtant, elle a laissé un cheveu dans l'appartement de Sherry Bishop et un témoin sur le lieu du crime de Marcia Cordell, même si ces éléments ne font pas avancer l'enquête. Elle a forcément dû laisser quelque chose ici aussi.

— Tout ce que l'identité judiciaire a découvert, ce sont quelques fibres qui pouvaient aussi bien se trouver là avant le meurtre. Cet hôtel n'est pas un modèle de propreté. Tabby a dû toucher une surface qu'elle a oublié d'essuyer, ou…

— Elle a pris une douche après ma mort, précisa Lily d'une voix radoucie. Elle ne pouvait pas faire autrement. Elle était couverte de mon sang. Elle en avait sur le visage, les cheveux et les vêtements… Elle a pris du plaisir à me tuer…

— Qu'a-t-elle fait de ses habits tachés ? demanda Gideon.

— Je ne sais pas.

Il fit un signe à Hope.

— Je ne peux pas me servir de mon portable aujourd'hui.

Avec la proximité du solstice d'été – en l'occurrence, dimanche –, ses flux électriques étaient de plus en plus nombreux et incontrôlables.

— Appelle Charlie et demande-lui de faire venir l'identité judiciaire pour vérifier les canalisations de la douche. Aujourd'hui ! insista-t-il.

Hope passa le coup de fil sur son propre portable pendant que Gideon s'avançait vers la silhouette très consistante de Lily.

— Vous pouvez nous aider à trouver ses vêtements, dit-il. Votre sang, une partie de vous-même, est encore ici. Et si vous vous concentrez, vous les découvrirez. Je ne vous garantis pas qu'ils nous mèneront à votre meurtrière, mais c'est une piste qu'il ne faut pas négliger.

— Je ne sais pas comment faire, soupira Lily.

— Tâchez de vous concentrer pour aiguiser votre mémoire et votre vue. Pensez très fort à cette nuit. Essayez de vous rappeler ce qui s'est passé après. Vous avez vu Tabby pénétrer dans la salle de bains ?

— Oui, murmura-t-elle. J'ai hurlé mais elle ne

m'a pas écoutée. J'ai même tenté de l'arrêter, en vain.

— Est-ce qu'elle a emporté ses habits ? Dans un sac, par exemple, ou…

— Elle m'a chipé ma robe préférée, gémit Lily.

Elle considérait ce vol comme un outrage de plus.

— La garce !

— Qu'a-t-elle fait des habits qu'elle portait quand elle vous a tuée ? Elle les avait avec elle en partant ?

Lily inclina la tête et se remémora cette fameuse nuit, même si c'était la dernière chose qu'elle souhaitait. Quand tout serait fini et qu'elle quitterait cette terre, peut-être *réussirait-elle* à oublier. Personne ne devrait emporter des souvenirs aussi douloureux dans son voyage pour l'éternité.

— Non, dit-elle, l'air songeur. Elle n'avait que son sac à main. Le couteau était dedans, lavé et enveloppé dans une de mes nuisettes. De toute façon, son sac n'était pas assez grand pour contenir des vêtements. Elle adorait son couteau, ajouta Lily. Elle le touchait comme s'il était vivant.

Gideon se tourna vers Hope qui venait de raccrocher.

— Ces foutus vêtements sont ici, j'en suis certain.

— La pièce a été fouillée, fit remarquer Hope.

Il pénétra dans la salle de bains.

— Lily, est-ce que Tabby les a sortis de cette pièce après avoir pris sa douche ?

Le fantôme fit signe que non, et Gideon leva les yeux vers le faux plafond.

Il faudrait attendre plusieurs jours pour avoir les résultats du laboratoire au sujet des vêtements et de la serviette de toilette découverts par Gideon à l'intérieur du faux plafond, mais ils progressaient. Certes, ils ne s'attendaient pas à ce que Tabby ait cousu son nom et son adresse sur ses effets personnels mais, du moins, pourraient-ils prélever son ADN. Et le jour où elle serait en garde à vue, il ne leur resterait plus qu'à faire la comparaison.

Mais ils n'en étaient pas encore là. Ils avaient fait chou blanc avec le véhicule de Tabby, la seule information qu'ils aient réussi à soutirer à Dennis Floyd — enfermé à la prison du comté de Hale et toujours terrifié à l'idée que sa complice le retrouve. Aucune Taurus bleue n'avait été immatriculée en Caroline du Nord au nom de Tabby ou Tabitha ou encore Catherine. Ils devaient maintenant vérifier les autres prénoms féminins, et la liste était longue.

Hope redoutait que Tabby ne frappe de nouveau avant qu'ils aient fini d'éplucher le listing.

Gideon gara sa Mustang devant le Calice d'Argent et elle se pencha pour lui donner un baiser rapide.

— Tâche de venir vers 7 heures, précisa-t-elle.

Puis elle ajouta en souriant :

— Contrairement à moi, Sunny est un vrai cordon-bleu. Alors profites-en pour faire un bon repas.

— Est-ce qu'on va leur annoncer la nouvelle entre la poire et le dessert ?

— Non, c'est un peu prématuré.

En fait, Hope ne savait pas comment annoncer à sa mère et à sa sœur son prochain mariage avec un homme qu'elle venait tout juste de rencontrer. Quant à Emma, elle n'avait pas d'explication logique à fournir, même si sa mère et la logique n'avaient jamais fait bon ménage.

Gideon approuva, visiblement soulagé. Lui non plus n'était pas prêt pour les explications.

— Je serai là vers 7 heures.

Incapable de renoncer ou de se reposer, il retournait au poste de police pour aider Charlie à éplucher la liste des immatriculations.

Il était ainsi fait. Elle serait obligée de s'en accommoder.

— C'est sûr, tu ne veux pas que je vienne avec toi ?

— Non. C'est samedi aujourd'hui, et je préfère

que tu profites de ta sœur pour une fois qu'elle est en ville.

— Bon, tu as raison. Je survivrai quelques heures sans toi, plaisanta-t-elle.

Alors, pourquoi détestait-elle autant l'idée de le voir s'éloigner ? Tabby ne s'était pas manifestée ces derniers jours. Il était possible, et même probable, qu'elle ait quitté la ville aussitôt après sa tentative d'assassinat sur Gideon. C'est ce qu'elle aurait dû faire si elle avait un gramme de bon sens. Mais le cerveau de Tabby fonctionnait-il de façon rationnelle ? Elle en doutait. Avec elle, il fallait s'attendre au pire.

Même si Tabby rôdait dans les parages, Gideon saurait se défendre, et elle aussi. Ils portaient tous deux un talisman protecteur, ils étaient armés et possédaient un instinct supérieur à la moyenne. Elle leva les yeux vers le bâtiment de l'autre côté de la rue.

— Il sont toujours là, assura Gideon.

— Pour combien de temps ?

— Jusqu'à ce qu'on mette la main sur Tabby ou qu'on ait la preuve qu'elle est hors d'état de nuire.

— Je préférerais qu'on l'arrête.

— Moi aussi.

Il lui rendit son baiser, et elle descendit de la Mustang. Comme tous les samedis après-midi, ou presque, le Calice d'Argent accueillait de nombreux touristes et des habitués qui examinaient avec curiosité les divers objets mis en vente. L'arrière-boutique était le théâtre d'une autre sorte d'activité, plus spirituelle : méditation, prières… Tout ce que Hope prenait jadis pour des sornettes.

Mais aujourd'hui elle regardait d'un autre œil les clients du magasin. Peut-être détenaient-ils des vérités qu'elle ignorait. A moins qu'à l'instar de Gideon ils ne soient en mesure de percevoir, entendre ou toucher des témoins d'un autre monde qui lui était invisible.

L'intrusion du surnaturel dans la réalité quotidienne la perturbait moins qu'elle ne l'aurait cru. En fait, elle y puisait même un certain réconfort.

Tabby se faufila dans un recoin du magasin qui regorgeait d'articles hétéroclites et était désert pour l'instant. Elle fit glisser son gros sac de son épaule et le dissimula derrière une rangée de cloches en cuivre, elles-mêmes en partie cachées par une étagère chargée de livres.

En temps normal, elle ne se serait pas attardée une seconde de plus que nécessaire. Les personnes qui venaient ici recherchaient l'énergie positive ; elles étaient, pour la plupart, paisibles et calmes et ne présentaient donc aucun intérêt pour elle. Ce lieu, qui respirait la paix intérieure, la mettait mal à l'aise. Toutefois, elle ne pouvait décemment pas faire irruption dans la boutique, déposer la bombe et ressortir en coup de vent, au risque de se faire repérer. Aussi fit-elle semblant d'être intéressée par les objets exposés.

Elle tourna la tête en entendant tinter la clochette de la porte d'entrée et eut un sourire satisfait en voyant la collègue de Raintree pénétrer dans le magasin. C'était un jour faste.

Elle ne craignait pas d'être reconnue par la femme qui l'avait prise en chasse l'autre soir sur la promenade. Avec sa perruque brune et courte et sa robe ample qui dissimulait ses formes, elle était méconnaissable. Elle se tassa un peu pour paraître moins grande. Aucun détail ne la trahirait si la femme flic la remarquait, mais ce ne fut pas le cas : elle était heureuse au point de se montrer distraite, et nullement soupçonneuse.

Tabby ressentait le bonheur d'autrui au même titre que la peur ou l'horreur mais elle n'en tirait aucun plaisir ni aucune force. Pourtant, à cet instant précis, elle éprouva une intense satisfaction en songeant que ce bonheur-là serait de courte durée.

Elle sortit tranquillement de la boutique après y avoir laissé son gros sac.

*
* *

Donner un coup de main à Charlie sans pour autant faire sauter son ordinateur relevait du défi, mais Gideon fit de son mieux. Il passa au crible les listings que son collègue venait d'imprimer ainsi que les photos des titulaires de permis de conduire ; toutefois, la fatigue aidant, les visages finirent par se brouiller devant ses yeux. Elle ne s'appelait peut-être pas Tabby. Il pouvait s'agir d'une voiture volée dont on avait changé les plaques d'immatriculation. Quoi qu'il en soit, il était dans l'impasse.

Il conseilla à Charlie de rentrer chez lui non sans l'avoir remercié et invité à prendre un verre dans sa maison de la plage un de ces soirs. Puis il s'installa à son bureau avec les dossiers concernant les crimes non élucidés. Tous n'avaient pas forcément été commis par Tabby. Il commença par écarter ceux dont les auteurs avaient laissé de nombreux indices sur place. Ce n'était pas le cas de Tabby : elle essuyait les poignées des portes et se lavait après chaque meurtre. Certes, il disposait de plusieurs éléments : les aveux de Dennis Floyd, les vêtements ensanglantés et le cheveu de Tabby. Encore fallait-il l'arrêter pour que ces preuves servent à quelque chose. Mais une fois que ce serait *chose faite*, toutes ces pièces à conviction seraient suffisantes pour la mettre définitivement hors d'état de nuire.

Son portable sonna, et comme il n'y avait personne d'autre pour répondre à sa place, il décrocha. Le numéro affiché sur l'écran comportait l'indicatif de Charlotte : c'était sûrement Echo. Elle voulait sans doute savoir si elle pouvait rentrer chez elle. Elle risquait d'avoir une attaque quand il lui dirait non.

La communication était tellement mauvaise que la voix de sa cousine était presque inaudible. Néanmoins, elle lui parut hystérique et il perçut clairement le mot *rêve*. Il lui demanda de le rappeler sur la ligne fixe du bureau. A l'évidence, elle venait de faire un rêve prémonitoire qui l'avait effrayée. A plusieurs reprises déjà, il avait dû la tranquilliser après ses terribles cauchemars.

Il ne pouvait s'empêcher d'être désolé pour elle. Au moins, lui, il avait la chance d'utiliser ses talents dans le cadre de son métier, même si, parfois, cela lui paraissait insuffisant. Mais ce n'était pas le cas d'Echo ; elle ne pouvait pas exploiter ses dons sans les rendre publics. Or les Raintree ne faisaient *jamais* étalage de leurs aptitudes. Qui plus est, comment aurait-elle réussi à stopper une catastrophe quand elle en était avertie aussi peu de temps à l'avance ? Le plus souvent, c'était une question de minutes, une heure au maximum. Si elle décidait de perfectionner ses dons, elle parviendrait peut-être à faire ses rêves prémonitoires suffisamment à l'avance pour éviter certaines tragédies.

Comment lui en vouloir ? Si les talents d'Emma

prenaient cette triste tournure, l'encouragerait-il sur cette voie au risque de la voir faire des cauchemars toutes les nuits ?

Le téléphone de son bureau sonna et il décrocha aussitôt.

— Je me suis endormie sur le canapé, déclara Echo sans préambule. Et j'ai fait ce rêve. Mais il est incompréhensible ; il ne ressemble à aucun autre.

— Raconte-le-moi, répondit-il d'une voix calme.

— J'ai vu une explosion. Je ne sais pas à quel endroit, mais il y avait beaucoup de monde, expliqua-t-elle d'une voix tremblante. Les gens ne se sont rendu compte de rien. Ils étaient heureux, ils riaient, et, l'instant d'après... il y avait du sang, des flammes, des hurlements...

Il devait déjà être trop tard pour une quelconque intervention, mais il insista.

— Calme-toi et essaie de te souvenir. Il doit bien y avoir un indice dans ton rêve qui devrait permettre d'identifier le lieu de l'explosion. Respire un bon coup et concentre-toi, Echo. Tu peux y arriver.

Qu'elle le veuille ou non, elle en était *capable.*

Il l'entendit inspirer profondément.

— Ça n'a aucun sens, Gideon, admit-elle, à peine plus calme. Il y avait des tas de gens blessés et brûlés. Mais j'ai vu aussi le soleil exploser, un énorme arc-en-ciel lumineux s'effacer et disparaître, et la lune se briser en mille morceaux…

— J'ai compris ! hurla Gideon en raccrochant et en composant aussitôt le numéro du Calice d'Argent.

En temps normal, il se serait précipité dans sa voiture et aurait appelé en cours de route. Mais ce fichu portable ne lui serait d'aucune utilité. Pas aujourd'hui. Il ne pouvait pas prendre le risque d'être coupé, ou que Hope ne comprenne pas un traître mot de ce qu'il lui dirait. Ce fut Rainbow qui répondit. En entendant sa voix, son cœur cogna un peu moins fort dans sa poitrine. Il n'était pas trop tard !

— C'est Gideon à l'appareil. Il faut que je parle à Hope.

— Elle ne doit pas être loin, expliqua Rainbow d'une voix nonchalante. Je l'ai vue il n'y a pas longtemps qui regardait…

— C'est urgent, l'interrompit Gideon. Vous devez absolument faire évacuer la boutique, tout le monde doit sortir.

— Mais…

— Tout de suite.

Il détestait se montrer aussi brutal mais le temps pressait.

— Il y a une bombe dans le magasin.

Il raccrocha et se rua dehors. Il avait d'autres

coups de fil à passer mais il devrait se débrouiller avec son portable, friture ou pas.

De sa place près de la fenêtre, dans le café en face du Calice d'Argent, Tabby laissa échapper un juron en voyant les clients sortir en courant de la boutique. Même à distance, elle *ressentait* leur frayeur et leur trouble. Quelqu'un avait découvert la bombe.

Cela ne signifiait pas pour autant que l'engin n'exploserait pas ou qu'elle n'aurait pas Gideon à l'endroit précis où elle le voulait, mais un feu d'artifice aurait été une bonne entrée en matière avant de passer aux choses sérieuses. La panique de ses victimes, leur terreur en apprenant l'existence d'une bombe et leur effroi au moment de l'explosion étaient autant de sensations fortes qui faisaient ses délices.

Elle examina les personnes qui refluaient du magasin, guettant la coéquipière de Raintree. Mais elle n'en vit aucune trace. Soudain, elle entendit le hurlement des sirènes. Gideon Raintree devait être juste derrière les véhicules de premiers secours, à moins qu'il ne les précède.

Elle plongea la main dans la poche de son ample robe et en sortit de la menue monnaie qu'elle déposa sur la table pour payer son café. Puis, profitant de l'inattention des clients, elle retira discrètement son couteau de l'étui attaché à sa cuisse et le glissa dans sa poche, à portée de main. Non pas qu'elle en eût besoin. Malgré le plaisir qu'elle éprouvait à travailler avec son couteau, elle disposait d'une arme bien plus redoutable dissimulée dans l'escalier de service du bâtiment d'en face.

Fermement décidée à exécuter son contrat sur Gideon Raintree ici et maintenant, elle se leva et se dirigea vers la sortie.

La propriétaire du Calice d'Argent se tenait sur le seuil de sa boutique, scrutant la foule, l'air inquiet. Tabby eut un sourire satisfait. Peut-être aurait-elle la femme flic en prime.

Hope était montée dans sa chambre pour changer de vêtements mais son lit lui parut si tentant qu'elle s'allongea pour faire un petit somme. Après tout, la semaine avait été mouvementée, et elle avait du sommeil à rattraper. Elle s'endormit aussitôt, blottie dans son lit douillet, bien au chaud entre les draps. Elle ne s'était pas sentie aussi détendue depuis très longtemps.

Elle rêva de Gideon, de la plage et d'une petite fille brune au rire merveilleux. Elle baignait dans une atmosphère agréable et paisible, d'où étaient bannis le stress du travail, l'incertitude de l'avenir et les monstres — quels qu'ils soient.

Précieuse. Elle l'était aux yeux de Gideon, il le lui avait dit. C'était une déclaration d'amour, à sa façon.

Le claquement d'une porte interrompit son rêve de sable et de rire, et elle entendit Gideon qui l'appelait d'un ton étrangement impérieux. Elle mit un moment à réaliser que cette voix ne faisait pas partie de son rêve.

Elle ouvrit les yeux au moment où il faisait irruption dans sa chambre.

— Il est déjà 7 heures? demanda-t-elle en s'asseyant sur son lit et en s'étirant.

— Je pense qu'il y a une bombe en bas, s'écria-t-il d'une voix tendue. Viens, dépêche-toi!

Il la tira hors du lit sans ménagement.

— Mes chaussures! protesta-t-elle, encore à moitié endormie.

— Pas le temps, répondit-il en l'entraînant vers l'escalier menant à la boutique.

Elle était encore dans les brumes du sommeil et mécontente d'être ainsi malmenée. Elle voulait récupérer ses chaussures et son sac, et s'efforçait de comprendre ses paroles bizarres.

— *Tu penses* qu'il y a une bombe? Ça n'a pas de sens!

C'est vrai, quoi ! Soit il y en avait une, soit il n'y en avait pas.

— Echo a fait un rêve, expliqua-t-il brièvement.

Il avait la mâchoire crispée et un muscle tressautait au coin de sa lèvre.

— Je me demandais comment vous aviez fait pour découvrir la bombe aussi vite.

A ces mots, tous deux firent volte-face et se trouvèrent nez à nez avec la femme qui se tenait à la porte de la cuisine. Elle brandissait un pistolet semi-automatique dans leur direction. D'un geste théâtral, elle ôta sa perruque brune de sa main libre, dévoilant une longue chevelure blonde. Plus redoutable que jamais, Tabby ne semblait pas du tout disposée à s'enfuir.

Une main sur la poignée de la porte menant à l'escalier et l'autre agrippant le bras de Hope, Gideon, très maître de lui, se déplaça insensiblement de façon à se trouver en première ligne face à Tabby.

— Gideon Raintree ! s'exclama-t-elle en arborant un sourire démoniaque. Ce n'est pas vraiment ce que j'avais prévu mais, tout bien considéré, c'est une bonne surprise. Sur le moment, quand j'ai vu débarquer l'équipe de déminage, j'ai été déçue ; je comptais passer un moment agréable en tête à tête avec votre amie. Mais, qu'à cela ne tienne, je vais changer mes plans.

Gideon lâcha le bras de Hope et s'empara discrètement de son arme de service. Elle avait laissé la sienne sur sa table de chevet. Jamais elle n'aurait imaginé en avoir besoin ici, et elle comprit aussitôt l'impression de viol que Sherry Bishop, Marcia Cordell et les autres victimes avaient ressentie quand cette femme avait fait irruption chez elles.

Quand Tabby aperçut le pistolet de Gideon, son sourire s'effaça à peine et sa détermination demeura intacte.

— Si vous me tuez, vous ne saurez jamais où se trouve la deuxième bombe ni quand elle fera boum !

15

— Que voulez-vous ?

Gideon tentait de se placer entre les deux femmes pour donner à Hope une chance de s'enfuir.

— Pour commencer, vous et votre amie, éloignez-vous de cette porte ! ordonna-t-elle d'un ton menaçant.

— Elle n'est pas mon amie mais ma coéquipière, rectifia Gideon, sachant que leur intimité risquait de mettre Hope en danger.

— Menteur ! Je devine le lien qui vous unit comme je vois la mer depuis votre fenêtre.

Il sentit un frisson courir le long de son dos. A l'évidence, elle les avait épiés et savait où il habitait.

— Vous n'avez pas besoin d'elle, assura-t-il en faisant un pas dans sa direction.

— Vous ne savez pas de quoi j'ai besoin, riposta-t-elle d'un ton sec. Si jamais cette fille essaie de filer sans mon autorisation, non seulement je la descends mais je ne vous dirai rien au sujet de la deuxième bombe. Et vous aurez des tas de morts sur la conscience.

Il fit un autre pas vers elle.

— Encore une fois, que voulez-vous ?

— C'est très simple : vous voir morts tous les deux d'ici ce soir. Et je veux aussi Echo. Où diable se planque-t-elle ?

— Vous voulez Echo ? demanda Gideon d'une voix posée. C'est tout ? Dites-moi où se trouve l'autre bombe et on discutera.

Face à lui, Tabby semblait aussi à l'aise avec son pistolet qu'avec son couteau.

— Je suis étonnée que vous fassiez aussi peu de cas de votre cousine, fit-elle remarquer.

Il devait lui faire croire qu'il était prêt à sacrifier la vie d'Echo pour sauver celle de plusieurs personnes. Aussi s'efforça-t-il de demeurer imperturbable.

— Faisons un marché. Je vous donne Echo ; en échange, vous me dites où est la bombe et vous laissez partir Hope.

— Vous êtes froid, constata Tabby. Raisonnable et noble mais froid. N'avancez pas ! Posez tout doucement votre pistolet à terre !

Soudain Lily Clark se matérialisa à côté de Tabby et tenta de frapper de toutes ses forces la femme qui l'avait tuée. En vain.

— Il n'y a pas d'autre bombe ! Ne l'écoutez pas,

Gideon ! Elle essaie de vous piéger, comme elle l'a fait avec moi et les autres. Maintenant, je le sais. Ne vous laissez pas prendre à ses boniments.

Lily savait-elle quelque chose qu'il ignorait, ou était-ce une supposition de sa part ? Il n'y avait peut-être pas d'autre bombe, mais il n'avait aucun moyen d'en être sûr.

— Si vous voulez qu'on arrive à un accord, il faut se dépêcher, remarqua-t-il en s'exécutant. De combien de temps disposons-nous avant l'explosion de la bombe en bas ?

Il voulait le savoir pour faire sortir Hope au plus vite, au cas où les artificiers ne parviendraient pas à désamorcer l'engin. Ils étaient sur place en ce moment ; il percevait des voix masculines et le ronronnement d'un moteur dans la boutique.

— Il reste encore quelques minutes, répondit Tabby en lissant ses cheveux d'un geste féminin qui parut caricatural chez elle. C'est largement suffisant pour en finir avec notre affaire. Ce n'est pas que je m'ennuie en votre charmante compagnie, mais je suis pressée. Ce soir, je me rends à une réception et je veux me faire belle pour l'occasion.

Gideon connaissait l'existence d'un escalier de service rarement utilisé et dont la porte était fermée à clé sauf quand Rainbow allait vider sa poubelle dans la benne à ordures située dans la ruelle adjacente. A l'évidence, Tabby avait pénétré dans le bâtiment par cet accès. Elle aurait pu les tuer d'une balle dans le dos depuis la porte de la cuisine. Pourquoi les avait-elle épargnés ? Pourquoi était-elle désireuse de prolonger la confrontation ? Et où diable se trouvaient les types qu'il avait engagés pour surveiller les lieux ? L'un d'eux aurait dû remarquer la présence de Tabby. Ils avaient ordre de contrôler toutes les issues, verrouillées ou non.

Une chose était sûre : si Tabby avait simplement voulu le tuer, il serait déjà mort à l'heure qu'il était.

— Très bien, finissons-en.

Tout en parlant, il évaluait la situation. D'un bond, il pouvait se jeter sur Tabby et la renverser. Mais il fallait au préalable l'obliger à écarter son arme pour éviter que Hope ne soit touchée si elle appuyait sur la détente en tombant.

Il vit Tabby glisser sa main libre dans la poche de sa robe et en retirer le couteau dont elle s'était servie pour tuer Sherry Bishop, Lily Clark et tant d'autres encore. C'était donc ça ! Elle voulait prendre son temps et être près de lui pour le voir mourir. Il en profita pour se rapprocher d'elle afin de protéger Hope.

— Dites-moi pourquoi ?

Tout en parlant, il fit un pas en avant. Comme elle tenait deux armes et qu'il n'en avait aucune, elle ne se sentit pas menacée et ne lui ordonna pas de se reculer ou de s'écarter.

— Mais qu'est-ce qu'on en a à faire ! s'insurgea Lily d'une voix hystérique en bondissant en l'air. Tuez-la ! Ne la laissez pas s'échapper encore une fois !

Gideon regarda en direction du fantôme. La silhouette de Lily était très consistante. Si elle se concentrait de toutes ses forces, elle devait être capable d'affecter la réalité.

— Il faut que vous écartiez l'arme.

— Je n'écarte rien du tout, répliqua vertement Tabby sans comprendre que Gideon s'adressait à quelqu'un d'autre.

De son côté, Lily ne saisit pas l'allusion.

— Vous devez écarter le canon du revolver pour qu'il ne soit pas braqué sur Hope ni sur moi.

Lily ouvrit de grands yeux et sa silhouette s'éclaira.

— Moi ?

— Oui, vous.

Tabby finit par réaliser la situation.

— Ce n'est pas à moi que vous parlez, n'est-ce pas ? Vous perdez votre temps, Raintree. J'ai tué des tas de gens et si j'ai parfois eu l'impression que leurs fantômes m'observaient, jamais aucun d'entre eux n'a levé le petit doigt sur moi. Et vous savez pourquoi ? Parce qu'ils en sont incapables. Ils sont *morts*. Tout ce qui reste de mes victimes quand j'en ai terminé avec elles, c'est un pitoyable atome d'énergie tout juste bon à gémir et pleurer. Elles sont pathétiques !

Lily prit son élan, mais sa main diaphane ne fit que glisser sur le pistolet sans le faire bouger d'un millimètre.

— Qu'est-ce que je vous disais ! ricana Tabby en brandissant son revolver d'un geste sauvage. J'ai la situation bien en main. Et ce n'est pas un fantôme qui va y changer quoi que ce soit.

Soudain, elle mit Hope en joue.

— Quand je vous tuerai, Raintree, je veux vous toucher et sentir votre sang gicler sur mes mains. Mais elle, je m'en contrefiche et je vais la descendre maintenant.

Gideon se jeta entre Hope et l'arme juste au moment où Lily réussissait sa manœuvre. Sa main diaphane saisit le canon et le souleva. Surprise, Tabby perdit le contrôle de son revolver qui oscilla dangereusement. Une balle siffla et alla se ficher dans le plafond avant que Lily parvienne à faire tomber l'arme.

Celle-ci roula sur le sol et atterrit sous le canapé. Hope se précipita pour la ramasser pendant que Gideon levait la main et envoyait une décharge électrique à Tabby. Il aurait pu viser le cœur et la tuer, mais il la voulait vivante.

Il fallait qu'il sache s'il y avait une seconde bombe. L'étincelle projeta Tabby en arrière et elle tomba lourdement sur le sol. Mais elle tenait toujours son couteau.

— Qu'est-ce que vous m'avez fait ? s'écria-t-elle, abasourdie et le souffle court. Ils ne m'ont pas prévenue que vous étiez capable de ça !

— Qui *ils*, Tabby ?

Si elle avait des complices, il n'était pas près de voir le bout du tunnel.

— Vous aimeriez le savoir, hein ?

Il la releva rudement et lui arracha son couteau qu'il jeta loin d'elle. Elle tenta de s'échapper mais la décharge l'avait affaiblie. Hope, qui entre-temps avait récupéré son arme, se posta à son côté, le canon fermement braqué sur Tabby.

— Où est l'autre bombe ? insista Gideon.

Elle se contenta de sourire, et il laissa échapper une petite étincelle, histoire de la rappeler à l'ordre.

— Dites-vous bien que je suis capable de vous rôtir le cœur ou de vous faire sauter la cervelle.

— Allez-y, ne vous gênez pas ! Ce n'est rien à côté de ce qui m'attend si je sors d'ici en vous laissant la vie sauve. De toute façon, le problème sera réglé d'ici quelques minutes. Tic-tac, tic-tac.

Elle eut un sourire narquois.

— Vous avez peur ?

Elle ferma les yeux, prit une profonde inspiration et retint son souffle.

— Hope, va voir où en sont les artificiers, ordonna-t-il sans tourner la tête. S'ils n'ont pas neutralisé le dispositif, je veux que tu quittes le bâtiment.

Elle se dirigea vers la porte.

— Je vais m'informer, mais je ne partirai pas d'ici sans toi.

— Ne sois pas stupide.

Hope sortit de la pièce sans répondre, laissant Gideon seul avec Tabby.

— Comme c'est touchant ! ironisa-t-elle en ouvrant les yeux. Que comptez-vous faire, Raintree ? Vous marier et fabriquer des petits monstres ? Mener une vie de famille pépère et faire semblant d'être un flic comme les autres ? Eh bien bonne chance. Même si… comment dire… nous le savons tous les deux, ça n'arrivera jamais.

Il refusa d'entrer dans son jeu.

— Où est l'autre bombe ?

— Vous savez pourquoi, n'est-ce pas ?

— C'est votre intérêt de coopérer, Tabby. Au fait, c'est votre vrai nom ? demanda-t-il d'un ton désinvolte.

Elle ne répondit pas. Elle remuait sa mâchoire de façon bizarre et, avant qu'il ait réalisé ce qu'elle faisait, elle mordit dans une capsule dissimulée dans sa bouche. Aussitôt, son corps se contracta, ses yeux roulèrent dans leurs orbites. Quelques secondes plus tard, ses muscles se relâchèrent et elle s'effondra.

Gideon proféra un chapelet de jurons en traînant Tabby hors de la pièce. Hope le rejoignit dans l'escalier.

— La bombe est pratiquement désamorcée. Son mécanisme était rudimentaire. Que s'est-il passé ?

— Elle avait dissimulé une capsule de poison dans sa bouche, et quand elle a compris qu'elle était fichue, elle a mordu dedans. Nom de Dieu !

Il était furieux contre lui-même. Il aurait dû penser à la poudre qu'elle lui avait jetée au visage pour le neutraliser et se douter qu'elle userait d'une drogue quelconque pour échapper à la prison. Il ignorait si elle avait posé une autre bombe et si elle n'était qu'une comparse au sein d'une bande organisée. Qui étaient ces *ils* dont elle avait parlé ? D'autres personnes étaient-elles au courant de ses dons ? Selon toute apparence, quelqu'un attendait dehors pour prendre la place de Tabby.

— Elle est morte ?

— Pas encore.

Si c'était le cas, son esprit malveillant serait déjà là pour le harceler.

— Elle a dit où se trouvait la deuxième bombe ?

— Non. Je ne suis même pas sûr qu'elle existe.

Une ambulance se trouvait déjà sur place et les infirmiers s'avancèrent vers eux en les voyant sortir en hâte du bâtiment avec Tabby. Ne sachant pas ce qu'elle avait avalé, Gideon leur recommanda de ne la laisser sortir sous aucun prétexte si elle reprenait connaissance : elle risquait une fois de plus de semer la mort sur son passage.

De l'autre côté de la rue, il aperçut un des agents de sécurité qu'il avait engagés pour surveiller le Calice d'Argent et l'appartement de Rainbow. Furieux, il se fraya un chemin parmi les badauds, saisit l'homme au collet et le plaqua contre le mur.

Maintenu fermement par Gédeon, ce dernier ne se débattit pas et bredouilla une explication.

— Au moment où les clients se précipitaient hors de la boutique, une femme a hurlé qu'on lui avait arraché son sac à main. Les gens couraient dans tous les sens et parlaient d'une bombe. C'était la pagaille, et du coup j'ai relâché ma surveillance. Je suis désolé.

— Où est votre collègue ? demanda Gideon d'une voix dure. J'avais bien spécifié que vous soyez toujours *deux* pour assurer la sécurité du bâtiment.

L'agent, un tout jeune homme, blêmit.

— Joe a dû être conduit à l'hôpital dans la

première ambulance. Il faisait sa ronde autour de l'immeuble quand une femme l'a poignardé. Il était salement amoché mais il a quand même pu faire sa déposition aux policiers. D'après les toubibs, il s'en tirera.

Gideon relâcha l'agent, et sa colère se dissipa peu à peu. Il se passa nerveusement la main dans les cheveux et s'éloigna à grands pas.

Il aperçut Hope qui parlait à sa mère, sans doute pour lui fournir des explications ou la rassurer. Quand elle croisa son regard, elle tapota affectueusement le bras de Rainbow puis se dirigea vers lui.

Il l'enlaça sans se soucier du qu'en-dira-t-on.

— Je t'aime, murmura-t-il.

— Moi aussi, je t'aime.

Blottie contre lui, elle se sentait merveilleusement bien. C'était un geste naturel, comme si elle avait déjà tout accepté : leur amour, Emma, la personnalité hors norme de Gideon mais aussi sa propre évolution. Dire qu'en début de semaine elle était encore cette jeune femme rigide et effrayée qui croyait uniquement aux choses qu'elle pouvait voir ou toucher !

— Rentrons à la maison, dit-elle en écartant une mèche folle de la joue de Gideon. On demandera au médecin de garde de nous prévenir si Tabby reprend ou non connaissance. J'ai hâte de rentrer chez nous.

Sa voix était pleine d'espoir en prononçant ces mots : « chez nous ». La maison de Gideon était devenue la sienne, la leur.

— Entendu, mais auparavant, il me reste un devoir à accomplir.

Il desserra son étreinte et se tourna vers Lily dont la silhouette perdait enfin de sa consistance.

— Merci, Lily.

Le fantôme lui adressa un sourire timide.

— Je vous ai bien aidé, n'est-ce pas ?

— Oui. Sans vous, jamais je n'y serais arrivé.

Elle avait réclamé justice et l'avait obtenue. Pourtant elle ne se décidait pas à partir. Quelque chose la tourmentait.

— Si elle meurt, elle ira là où je vais ? Est-ce que je devrai supporter sa présence durant toute l'éternité ?

Gideon comprit qu'elle parlait de sa meurtrière.

— Non. Tabby rejoindra une autre destination.

Où et comment ? Il l'ignorait et ne cherchait pas à en savoir davantage, mais il était certain d'une chose : Lily était à jamais débarrassée de Tabby.

Sa silhouette commença à s'estomper.

— Ils sont si fiers de vous, dit-elle d'une voix de plus en plus lointaine.

— Qui donc ?

— Vos parents. Ils sont si…

Lily Clark disparut soudain avec un petit bruit sec que lui seul entendit.

C'était étrange. En l'espace de quelques jours, la demeure de Gideon était devenue son véritable foyer, bien plus que ne l'avaient jamais été l'appartement de sa mère, la maison où elle avait grandi ou son studio de Raleigh où elle avait vécu plusieurs années.

L'hôpital avait appelé à peine cinq minutes après leur arrivée. Tabby était décédée. D'après les restes de la capsule trouvée dans sa bouche et la façon dont elle était morte, le médecin légiste en avait conclu qu'elle s'était empoisonnée, mais il n'avait pas réussi à identifier la toxine. Il faudrait attendre plusieurs jours pour avoir les résultats définitifs.

Hope comptait appeler le laboratoire lundi matin au sujet de la poudre utilisée par Tabby pour neutraliser Gideon. Peut-être existait-il un lien entre les deux substances ?

Ce soir-là, Gideon semblait distrait. Après avoir déshabillé Hope lentement, il lui avait fait l'amour sans dire un mot. Il n'avait pas pris le temps d'éveiller son désir par des caresses. Il l'avait prise en un coup de reins vigoureux, la chevauchant avec fougue jusqu'à ce qu'elle s'abandonne dans un cri d'extase. Et il n'avait pas tardé à la rejoindre, terrassé à son tour par une onde de volupté qui l'avait fait flotter hors du temps et de la réalité. Il luisait encore un peu dans l'obscurité.

Son halo lumineux finit par s'estomper. Il attira Hope contre lui et l'enlaça étroitement. Sans sa main qui la caressait par intermittence et son souffle irrégulier, elle aurait pu croire qu'il dormait. Mais il était tout à fait éveillé, elle le devinait parce qu'elle le connaissait.

— Tu peux tout me dire, Gideon, murmura-t-elle. A quoi penses-tu en ce moment ?

Elle crut un instant qu'il allait se murer dans le silence mais il finit par lui ouvrir son cœur.

— Je n'ai jamais vu mes parents.

— Que veux-tu…

— Après leur mort. Leur fantôme ne m'est jamais apparu. Pourtant, je suis environné d'esprits. Mais j'ai beau chercher, je ne les vois nulle part. Au début, ça m'a rendu fou et je leur en ai voulu. En fait, j'en avais après le monde entier.

Elle caressa son visage du bout des doigts.

— Après leur assassinat, j'ai failli mal tourner.

Il leva ses mains et les examina comme si c'étaient celles d'un étranger, des mains qui lui posaient une véritable énigme.

— Tu te rends compte ? Aucun système de sécurité ne me résiste. Aucune porte de prison ne peut me retenir. A l'aide d'une puissante décharge électrique je fais sauter n'importe quel verrou. J'aurais pu devenir un nouvel Arsène Lupin et, pendant un moment, j'étais si désespéré que j'ai failli franchir le pas.

Il n'aurait jamais pu devenir un voleur, lui qui était la droiture même. Un cœur et une âme.

— Qu'est-ce qui t'a retenu ?

— Mon frère et ma sœur. Et aussi la pensée que mes parents risquaient de me voir, même s'ils demeuraient invisibles à mes yeux.

— Ça fait longtemps que tu as pris cette décision, Gideon. Pourquoi y repenser maintenant ?

— Avant de partir, Lily a dit quelque chose à propos de mes parents. Qu'ils étaient fiers de moi, comme si… elle leur avait parlé. Peut-être l'a-t-elle fait. Et puis il y a aussi ma rencontre avec toi. Cela m'oblige à réfléchir à des situations que je n'avais jamais envisagées auparavant. Par exemple, Emma… Je ne sais même pas comment je vais m'y prendre avec elle.

Hope posa la main de Gideon sur son ventre nu, et il l'y laissa, trouvant ce contact apaisant.

— Tu apprendras à notre fille tout ce que tes parents t'ont enseigné. Quels que soient ses dons, tu sauras toujours trouver les mots justes pour la guider dans la vie.

Elle lui décocha un grand sourire.

— Et moi, je lui apprendrai à tirer au pistolet et à faire des prises de judo pour qu'elle sache se défendre.

Il l'embrassa. Soudain, dans le silence de la nuit, leur parvinrent les échos de la fête organisée par Honey et sa copine brune. Elles avaient mis la sono à fond, et la musique envahissait la chambre. Ils entendaient aussi les rires des invités à mesure que la réception battait son plein.

Gideon s'écarta brusquement de Hope et s'assit sur le lit.

— Une réception. Tabby a dit qu'elle était invitée ce soir. Tu ne penses pas…

— Voyons, Gideon, c'est samedi soir ! Il y a des tas de gens qui font la fête en fin de semaine.

Pour l'heure, personne n'avait signalé la présence d'une autre bombe. Tabby bluffait-elle ?

Gideon se leva et s'habilla.

— Je vais faire un tour par là, au cas où. Elle a dit qu'on voyait la mer de ma fenêtre ; elle connaissait donc mon adresse. Si elle a déposé une bombe dans la journée, elle doit être sous la maison.

— Je viens avec toi.

— Non.

Il se pencha vers elle et l'embrassa.

— Je préfère que tu restes ici. Je n'en ai pas pour longtemps.

Il ouvrit la porte donnant sous la véranda baignée par le soleil couchant.

Hope se blottit dans le lit et ferma les yeux mais le sommeil la fuyait. Au bout de quelques minutes, elle se leva, enfila un T-shirt de Gideon et se dirigea à son tour vers la véranda. Accoudée à la balustrade, elle contemplait la terrasse voisine éclairée par des lanternes multicolores, où se pressait une foule d'invités. L'ambiance, très festive, était loin de ses préoccupations. Elle n'allait jamais en boîte de nuit et n'aimait pas faire la fête, sauf en famille. Elle avait toujours été d'un naturel trop sérieux, s'efforçant d'adopter une ligne de conduite juste et convenable.

Des jeunes gens des deux sexes, vêtus, pour la plupart, de maillots de bain – même s'ils n'étaient pas venus ici pour se baigner – buvaient de la bière, dansaient et riaient. Elle se pencha, cherchant des yeux Gideon, mais ne le vit pas. De l'endroit où elle se tenait, elle n'apercevait pas le devant de la maison ni l'accès au soubassement où il devait chercher la bombe – si Tabby ne les avait pas menés en bateau.

Honey enlaçait un jeune homme efflanqué, avec de longs cheveux blonds et un bronzage impeccable. Son amie brune était aussi en galante compagnie. Toutes deux, aussi bronzées que leurs compagnons, arboraient des couleurs vives et avaient dû passer des heures à mettre au point leur coiffure qui pourtant avait l'air savamment naturelle.

La vie superficielle que menaient ces jeunes femmes lui était totalement étrangère. Avait-elle jamais été aussi jeune et insouciante, ne pensant à rien d'autre qu'à la prochaine danse ? Non. A aucun moment. La plupart des invités se ressemblaient. Ils souriaient, dansaient, s'embrassaient et s'amusaient, comme si rien au monde, en dehors d'eux-mêmes, n'avait d'importance.

Mais, de façon inattendue, elle aussi éprouvait depuis peu cette même joie de vivre et cette envie de faire la fête. Sa réception à elle se limitait à deux convives – peut-être trois – mais Gideon Raintree avait le don de la faire rire et de la transporter au septième ciel. Grâce à lui, elle se sentait vraiment heureuse pour la première fois de sa vie d'adulte.

En attendant son retour, elle examina les invités de la maison voisine. Une femme blonde vêtue d'une robe de plage courte et de couleurs vives se tenait, solitaire, près de la balustrade. Elle tourna la tête vers la maison de Gideon, comme si elle se sentait observée. Apercevant Hope, elle leva la main et l'agita dans sa direction. Le cœur de Hope bondit dans sa poitrine et ses genoux fléchirent.

Tabby.

16

Si la bombe avait été déposée chez Honey, elle devait se trouver soit sous la maison – peut-être sous la terrasse – soit dans le garage. Gideon fit le tour du bâtiment et examina en détail le moindre recoin. Il ne lui fallut pas plus de quinze minutes pour constater qu'il n'y avait rien d'anormal. Lily Clark avait sans doute raison : Tabby bluffait en parlant d'une deuxième bombe.

Avant de rentrer, il alla faire un tour au bord de l'Océan. Il ne se lassait pas d'admirer le coucher de soleil sur la mer et ce moment, entre chien et loup, où la lumière cède le pas à l'obscurité. Il ressentait toute la magie de ces instants, à la fois paisibles et puissants. S'il n'y avait pas eu une trentaine de personnes massées sur la terrasse de Honey, il se serait redynamisé ici et maintenant. Il aurait attiré à lui un orage pour absorber l'énergie des éclairs. Mais il ne pouvait pas courir le risque d'être vu par l'un des invités, même si la plupart d'entre eux étaient déjà éméchés.

Un jour peut-être, il achèterait une île et y bâtirait une demeure pour sa famille. Elle serait si isolée de tout qu'il pourrait recharger ses batteries au gré de ses envies et que nul meurtrier, nul fou furieux n'oserait s'approcher de lui, de Hope ou d'Emma. Cette idée était réconfortante, mais était-elle réaliste ? Avait-il le droit de fuir ses responsabilités ?

Non. C'était impossible, pour lui comme pour Hope. Ils devraient construire leur vie dans le monde réel, en jonglant avec les tueurs en série, le chagrin et l'incertitude.

Il revint sur ses pas et aperçut Honey, vêtue d'un Bikini et la tête ceinte d'un bandana, qui agitait la main dans sa direction.

— Viens nous rejoindre ! lui cria-t-elle.

— Non, désolé. Je ne peux pas.

Déçue, elle se détourna d'un air boudeur et une autre femme, blonde elle aussi, lui fit un signe.

Le fantôme de Tabby !

Bon sang, il avait l'air on ne peut plus consistant et réel ! Allait-il errer longtemps dans les parages et le suivre partout où il irait ? Pendant des années, Gideon avait été hanté par des esprits tristes mais jamais encore par un fantôme malveillant.

Tabby se dirigea vers l'escalier et se faufila parmi les invités en prenant soin de ne pas les bousculer.

Se croyait-elle encore vivante ? Gideon s'arrêta et l'attendit de pied ferme. Il devait se débarrasser d'elle une fois pour toutes, même s'il n'avait pas la moindre idée de la façon dont il allait s'y prendre.

Elle s'avança vers lui, son éternel sourire aux lèvres. Si Lily Clark avait réussi à affecter la réalité de ce monde, de quoi serait capable un esprit aussi ténébreux que Tabby ? Il savait comment se comporter avec des fantômes tristes et des voyous mais la situation actuelle était inédite, et il lui faudrait improviser.

A mesure qu'elle s'approchait, il sentit une boule se former au creux de son estomac. Il avait un mauvais pressentiment. Elle était trop réelle, trop solide — ses pieds laissaient une empreinte sur le sable.

Ce n'était pas un fantôme !

Elle sortit un petit revolver de sa poche. Son couteau préféré avait été mis sous scellés avec les autres preuves, mais elle semblait aussi à l'aise avec une arme à feu.

— Alors, surpris de me voir ?

— Oui. Je vous croyais morte.

— J'en avais seulement l'apparence. J'imagine la tête du médecin légiste au moment de pratiquer l'autopsie, quand il découvrira que mon cadavre s'est fait la malle !

— Où est la bombe ?

Elle fit un signe de tête en direction de la terrasse.

— Au beau milieu des danseurs. Elle attend son heure.

De toute évidence, elle ne bluffait pas. Elle prenait trop de plaisir à voir la souffrance d'autrui pour ne pas profiter d'une aussi belle occasion.

— Il reste combien de temps ?

— Pas beaucoup.

Il avait laissé son arme sur la commode, comme il le faisait toujours quand il se promenait sur la plage, qu'il s'asseyait dans la véranda pour écouter le bruit des vagues ou qu'il attirait les orages nocturnes pour se ressourcer à leur énergie. Il tenait à ces rares moments de pure détente au cours desquels la réalité n'avait plus de prise. Mais pour l'heure, sans son arme de service, il était à la merci de Tabby, plus vivante et déterminée que jamais.

— Je suppose que vous pouvez m'envoyer une autre décharge, remarqua-t-elle. Mais comment expliquerez-vous votre geste à tous ces gens massés sur la terrasse ? Parce qu'ils nous *observent*, Raintree. Ils sont curieux et ils s'ennuient. Et puis il y a cette blonde qui meurt d'envie que vous lui fassiez l'amour. En attendant, n'importe quel type fera l'affaire, mais c'est *vous* qu'elle veut. Ça la rend triste de voir votre coéquipière s'incruster chez vous. Triste et jalouse, méchante et envieuse.

— Que voulez-vous ?

Tabby rejeta la tête en arrière.

— La même chose que votre voisine, mais dans un genre très différent.

Elle leva son arme et tira.

Pressentant son geste, Gideon bondit sur le côté, mais pas assez vite pour éviter la balle qui l'atteignit à l'épaule. Il tomba lourdement sur le sable et roula sur lui-même. Malgré la douleur cuisante, il réussit à se relever et se mit à courir. Non pas pour fuir Tabby mais pour se ruer sur elle. Et, de nouveau, elle le mit en joue.

Il cherchait se rapprocher d'elle le plus possible pour lui envoyer une petite décharge destinée à la neutraliser, en évitant de faire jaillir un feu d'artifice qui attirerait l'attention des spectateurs massés sur la terrasse de Honey. Il prenait un gros risque en retardant le moment de libérer l'étincelle salvatrice, mais son talisman le protégerait comme il l'avait toujours fait. Encore quelques pas, et il la stopperait sans dévoiler ses talents aux badauds qui les observaient. Un dernier pas…

— Gideon !

Surpris, tous deux se retournèrent pendant que Hope enjambait la balustrade et retombait souplement sur le sable, ses longues jambes nues dépassant du T-shirt de Gideon. Elle braqua aussitôt son pistolet en direction de Tabby.

— Lâchez votre arme ! ordonna-t-elle.

Folle de rage, Tabby fit volte-face et tira non pas sur Gideon mais sur Hope. Celle-ci ne tomba pas. A son tour, elle fit feu ; à deux reprises. Et ce fut Tabby qui s'effondra sur le sable, une balle dans la tête et l'autre en pleine poitrine. Gideon se précipita pour récupérer le revolver qu'elle avait laissé tomber et le jeter loin du corps pendant que Hope le rejoignait en quelques enjambées.

— J'espère que tu as ton compte cette fois-ci, sale garce ! marmonna Hope entre ses dents.

Puis elle se tourna vers Gideon.

— Mais tu saignes !

Sans plus attendre, il fit demi-tour en courant.

— La bombe se trouve sur la terrasse de Honey.

Hope lui emboîta le pas.

— J'appelle l'équipe de déminage.

— Pas le temps !

Il grimpa les marches quatre à quatre. La musique assourdissante continuait de résonner sur la terrasse mais les invités ne dansaient plus et avaient cessé de rire. Tous arboraient une mine sombre : c'était la première fois qu'ils voyaient quelqu'un se faire descendre sous leurs yeux.

— J'appelle la police, déclara un jeune homme.

— Excellente idée, répondit Gideon.

Il se dirigea vers Honey.

— Cette femme, est-ce qu'elle a déposé un objet chez toi ?

— Quel genre d'objet ? Elle a dit qu'elle était une de tes amies et que tu viendrais un peu plus tard. Est-ce que…

— A-t-elle laissé quelque chose ici ? insista Gideon d'une voix tendue.

Honey jeta un regard alentour.

— Elle est venue avec un grand sac. Je pense qu'elle a dû le laisser… Oui, là-bas, à côté du bar, s'écria-t-elle en désignant l'endroit de la main.

Il se fraya un chemin parmi les invités, empoigna le sac et dévala l'escalier.

— Eh ! cria Honey. Tu saignes !

Il courut en direction de l'Océan, aggripant fermement le sac encombrant d'une main. Hope se tenait près du corps de Tabby, son regard allant de Gideon au sac.

— Retourne à la maison ! hurla-t-il en se rapprochant d'elle.

— Pas question, Raintree !

En arrivant à sa hauteur, il la regarda droit dans les yeux.

— Pas pour moi, mais pour Emma.

A contrecœur, elle obtempéra et se hâta vers la maison pendant qu'il entrait dans l'eau jusqu'aux mollets. Il souleva le sac de toutes ses forces et le lança le plus loin possible. Il le vit planer au-dessus de la mer. Il pria pour que cette deuxième bombe ne soit pas plus puissante ni plus compliquée que celle déposée au Calice d'Argent. Si c'était le cas, il se trouvait hors de danger, tout comme Hope et les invités de Honey. Sinon…

Il ne pouvait pas laisser une bombe non explosée flotter sur l'Océan ou s'échouer sur le rivage au risque de tomber entre des mains innocentes. Se positionnant de façon à dissimuler autant que possible ce qu'il devait faire, il libéra un flux d'électricité au moment où le sac retombait dans l'eau. Au contact de l'étincelle, la bombe explosa.

La déflagration fut telle que Gideon se trouva projeté en arrière et atterrit sur le sable humide. En l'espace de quelques secondes, il ne resta plus du sac que des débris flottant sur l'Océan.

Presque aussitôt, Hope le rejoignit en courant et se laissa tomber sur le sable à son côté.

— Tu es un vrai tireur d'élite, constata Gideon en l'enlaçant.

— Tu en doutais ?

— Non, je suis soulagé et heureux.

Hope posa sa tête sur son épaule indemne. Ils entendirent au loin les sirènes des ambulances.

— L'espace d'une seconde, j'ai bien cru que je voyais un fantôme.

Elle se blottit contre lui.

— J'ai eu la plus belle peur de ma vie.

— Je sais.

— J'ai cru que mon cœur allait bondir hors de ma poitrine.

Il caressa ses cheveux.

— Tu n'as pas paniqué. Je suis fier de toi.

— Je panique uniquement quand je trouve des talismans contre la stérilité autour de mon cou, le taquina-t-elle.

Plus sérieusement, elle ajouta :

— Quand j'ai compris que je ne délirais pas, j'ai couru chercher mon revolver et je suis sortie juste à temps pour la voir se diriger vers toi.

La nuit tombait vite mais les lanternes de Honey éclairaient la plage.

— Tu feras une excellente coéquipière.

— C'est ce que j'ai essayé de te dire toute la semaine!

— Quand nous serons mariés, le patron essaiera de nous séparer au nom du sacro-saint règlement.

— On trouvera un moyen de le contourner.

Hope se redressa et tendit la main à Gideon pour l'aider à se relever pendant que les ambulanciers et deux agents se précipitaient sur la plage.

— Allez, debout, Raintree! On va rentrer à la maison pour soigner cette épaule. Sinon tu risques de faire sauter les équipements médicaux de ces pauvres urgentistes.

*
* *

La police et l'équipe médicale venaient de quitter les lieux, emportant le corps de Tabby. Il avait fallu fournir des explications aux personnes présentes, ce qui s'était avéré plutôt délicat, deux des invités de Honey jurant leurs grands dieux qu'ils avaient vu une étincelle jaillir des doigts de Gideon juste avant l'explosion de la bombe. Mais, comme ils étaient passablement éméchés, personne n'ajouta foi à leur témoignage.

Hope demeurait sous le coup de l'émotion. A ce jour, elle n'avait jamais tiré sur un être humain mais uniquement sur des cibles, lors des entraînements ou des contrôles de routine. Cependant, quand elle avait vu Tabby faire feu sur Gideon, elle n'avait pas eu le choix. A cet instant précis, elle n'avait pas pensé à Emma, au mariage, aux dons surnaturels ou à l'amour au clair de lune.

Elle avait réagi en professionnelle : une psychopathe menaçait de descendre son coéquipier.

Une fois qu'ils furent seuls, elle ferma les portes à double tour et se dirigea vers la salle de bains en compagnie de Gideon. Elle effleura le pansement sur son épaule. La blessure était superficielle. Accélérerait-il la cicatrisation en attirant à lui un éclair ou laisserait-il le temps faire son œuvre ?

— Deux types m'ont vu, n'est-ce pas ? demanda-t-il avec insouciance.

— Oui. Mais je leur ai expliqué qu'ils étaient trop éméchés pour avoir pu distinguer la moindre étincelle. Et je pense avoir réussi à les convaincre.

— Tu es très persuasive.

— Merci.

Ils avaient presque fini de se déshabiller quand elle se blottit contre la poitrine de Gideon. Elle leva les yeux vers lui.

— J'ai convoqué Frank Stiles lundi après-midi pour l'interroger.

— Tu comptes lui tirer les vers du nez ?

Elle fit un signe d'assentiment.

— Oui. Tu as fait la partie du boulot qui t'incombait. Maintenant, c'est à moi de prendre le relais.

Elle était douée pour extorquer des aveux aux suspects. Gideon ne connaissait pas encore cette facette de son talent mais il ne tarderait pas à se rendre à l'évidence.

— Tu penses qu'il se mettra à table rien que pour tes beaux yeux ? la taquina-t-il en écartant une mèche de cheveux de sa joue.

— Mais non, idiot ! Je suis une excellente joueuse de poker. Une fois que tu m'auras communiqué toutes les informations sur cette affaire, je lui ferai mon numéro de bluff et il ne restera plus qu'à recueillir ses aveux.

— Si je comprends bien, le pauvre type est fichu d'avance.

— Oui. La vie est vraiment injuste.

Il l'enlaça étroitement et elle se fondit en lui. C'était si bon de sentir son étreinte passionnée et tendre, de savoir que désormais elle avait un foyer bien à elle et un homme merveilleux avec lequel elle passerait le restant de sa vie.

— J'ai eu si peur de te perdre, avoua-t-elle. Quand Tabby a tiré sur toi et que je t'ai vu tomber…

— Je vais bien, la rassura-t-il.

— Je sais, mais…

Elle ne parvint pas à finir sa phrase. Le bien était indissociable du mal, et le bonheur allait de pair avec l'inquiétude : le fameux équilibre de la nature.

Il se pencha pour embrasser sa gorge.

— Puisque tu te sens si bien disposée à mon égard, on pourrait peut-être renégocier cette interdiction de faire l'amour sur le bureau…

Dimanche matin — 11 h 36

— Au moins, cette fois-ci, elle n'a pas pris la poudre d'escampette, constata le médecin légiste en contournant la table sur laquelle était allongé le corps de Tabby recouvert d'un drap.

Ce matin, Gideon avait tenté de convaincre Hope de rester à la maison. En vain. Elle avait insisté pour l'accompagner. Un de ces jours, il devrait se résoudre à se montrer moins protecteur envers elle ; son attitude de mère poule l'agaçait.

Mais ce n'était pas demain la veille.

— C'est la balle en pleine tête qui a entraîné la mort, expliqua le médecin sans émotion. Celle qui l'a atteinte au thorax a manqué le cœur et s'est logée dans la colonne vertébrale. A elle seule, cette balle ne l'aurait pas tuée mais carrément paralysée.

Gideon vit Hope blêmir. Elle n'avait jamais tué personne avant cette nuit. C'était elle qui avait appuyé sur la détente pour stopper Tabby, mais elle n'avait rien à se reprocher ; elle n'avait fait que son devoir. Ni l'un ni l'autre ne se sentaient coupables de la mort de cette femme. Elle était la personne la plus démoniaque qu'il ait jamais rencontrée et elle ne méritait pas de vivre.

— Que vouliez-vous me montrer ? demanda-t-il.

Il détestait cet endroit. Même s'il vivait centenaire, il ne parviendrait jamais à envoyer dans un monde meilleur tous les fantômes des victimes qui hantaient ce lieu sinistre.

Avec l'aide de son assistant, le médecin légiste

découvrit le corps allongé sur la table et le retourna avec précaution.

— Je n'ai jamais rien vu de semblable. Au début, j'ai cru que c'était un tatouage mais c'est bel et bien une marque de naissance. Je sais que ces taches peuvent prendre des formes très diverses, néanmoins ce croissant de lune sur l'omoplate du cadavre est parfaitement dessiné. Qui plus est, sa couleur est tout à fait inhabituelle. J'ai pensé que cette marque pourrait vous aider à l'identifier.

Abasourdi, Gideon ne pouvait détacher son regard du croissant de lune bleu. Comme le médecin l'avait fait remarquer, la forme et la couleur étaient exceptionnelles.

— Bon sang! s'exclama-t-il.

— Qu'y a-t-il? demanda Hope.

Il se dirigea en hâte vers la sortie, son portable à la main, pendant que Hope lui emboîtait le pas.

— Tabby a dit *ils*, marmonna Gideon. Elle craignait pour sa propre vie si elle ne réussissait pas à me tuer. Et pour cause! Elle voulait Echo par la même occasion; c'est ce qu'elle nous a dit chez ta mère.

— Raintree, de quoi parles-tu?

Hope dévalait l'escalier derrière lui. Il ne réussit pas à obtenir la tonalité et maudit son téléphone tout en sortant du bâtiment.

— Elle s'appelle Tabby Ansara. Nous pensions

qu'ils étaient anéantis une fois pour toutes. Vaincus et réduits à l'impuissance et… Nom de Dieu, voilà qui change tout.

Pendant qu'il s'éloignait à grands pas de l'immeuble pour capter un signal correct, son portable sonna. Au lieu de le passer à Hope, comme il l'avait fait ces derniers jours, il prit la communication et eut droit à la friture habituelle.

C'était Dante. Gideon ne comprit pas grand-chose à ce qu'il disait mais il entendit très distinctement les deux mots les plus importants.

Ansara.

Sanctuaire.

Gideon se tourna vers Hope. Il l'aimait et, même si elle n'appréciait pas son attitude protectrice, il était hors de question de la mêler à ce qui allait suivre. Il n'en avait ni le droit ni le pouvoir.

— Je dois partir. Dans la demeure familiale.

L'inquiétude se peignit sur le visage de Hope et dans ses beaux yeux bleus. Lui avait-il dit qu'il aimait ses yeux ? Non, pas encore. Mais dès qu'il reviendrait, il le lui dirait, et bien d'autres choses encore.

— Je t'accompagne, insista-t-elle.

— Non.

— Comment ça, *non* ? s'exclama-t-elle, surprise et contrariée.

— Il y a du grabuge là-bas ou, tout au moins, il risque d'y en avoir bientôt.

Une bataille inimaginable et titanesque, qu'elle ne pourrait pas comprendre, même s'il tentait de le lui expliquer.

— Je veux que toi et Emma, vous soyez en sécurité.

— J'ai un revolver, assura-t-elle, et je sais m'en servir.

Comment lui dire que, même avec un pistolet dans chaque main, elle serait désarmée dans la lutte sans merci qui se préparait ?

— Je t'en prie, reste ici, insista-t-il.

Hope soupira et finit par céder, à contrecœur. Elle avait du mal à s'avouer vaincue.

— Appelle-moi dès que tu seras arrivé.

— Entendu.

Si je peux, songea-t-il en son for intérieur.

— Je ne comprends pas pourquoi je ne peux pas t'accompagner, grommela-t-elle. J'en sais déjà long sur ta famille, alors ce n'est pas comme si tu avais quelque chose à me cacher.

Il devina dans son regard la question informulée : *« Est-ce le cas ? »*

Il prit le visage de Hope dans ses mains.

— Je t'aime. Mon amour pour toi est si fort que j'en suis terrifié. Je n'aurais jamais cru qu'il était possible de tenir à quelqu'un comme je tiens à toi. Et c'est arrivé si vite que j'en ai le vertige. Tu occupes une grande place dans mon cœur et je veux que nous ayons une vraie chance de réussir notre vie de couple. Un jour, je t'emmènerai dans la demeure familiale, je te le promets. Mais pas aujourd'hui.

— Je ne comprends pas, dit-elle d'une voix douce.

— Je sais, et j'en suis désolé.

Il l'embrassa longuement, mais pas aussi longtemps qu'il l'aurait souhaité, puis il sauta dans sa Mustang.

— Appelle Charlie et dis-lui de te ramener à la maison. Je te passerai un coup de fil dès que possible.

Il abandonna Hope, au comble de la perplexité, au beau milieu du parking. Elle n'était pas habituée à attendre, il le savait, mais elle le ferait pour lui, il en était certain.

Aujourd'hui, c'était le solstice d'été, et il ne s'agissait pas d'une coïncidence. Pas plus que les tentatives d'assassinat sur sa personne et celle d'Echo. Les Ansara voulaient s'emparer de la demeure des Raintree — le Sanctuaire — et des pouvoirs qu'il abritait. Et ce, depuis la nuit des temps.

Mais ils ne l'auraient pas.

Un jour, sa femme et sa fille découvriraient la beauté et la puissance du domaine familial qu'ils avaient coutume d'appeler le Sanctuaire. Il était de son devoir de le préserver et de protéger Hope, Emma et les autres enfants qui viendraient au monde au fil des ans. Il devait tout mettre en œuvre pour sauvegarder ce qui *lui appartenait*, il en allait de son honneur. Et si, pour y parvenir, il fallait en passer par les fantômes, les flux électriques et la bataille qui s'annonçait, alors il était prêt.

Une fois sur l'autoroute, les cheveux au vent, il roula aussi vite que sa Mustang le lui permettait. Le Sanctuaire se rapprochait à chaque tour de roue. Et quand un orage venant du sud surgit à l'improviste, assombrissant le ciel au-dessus de la voiture, il n'y eut aucun témoin à des kilomètres à la ronde pour observer l'inimaginable.

Le 1er décembre

BLACK ROSE

Black Rose n°70

Le chalet des secrets - Justine Davis
Des traces dans la neige... Ainsi, son mystérieux visiteur était revenu. Que peut bien faire cet inconnu à errer ainsi autour de son chalet ? Méfiante, Kit Cameron fait tout pour l'éviter. Jusqu'au jour où, alors qu'elle s'est blessée, il lui porte secours. Soudain face à lui, elle ne sait si elle doit le remercier ou le fuir. Car au village, d'étranges rumeurs courent sur cet homme au visage pourtant si beau...

Dangereuse liaison - Lori L. Harris
En apprenant que son ex-mari a été assassiné, Lexie Dawson sait qu'irrémédiablement, les soupçons vont se porter sur elle : elle a divorcé peu de temps auparavant. Elle est la dernière personne à avoir été en contact avec lui. Et surtout, elle est enceinte d'un autre. D'un homme dont elle est amoureuse, mais qu'elle évite depuis la seule nuit qu'ils ont partagée, et qui n'est autre que Jack Blade, le chef de la police locale...

Black Rose n°71

Le vertige du doute - Rita Herron
Certaine que son frère ne s'est pas suicidé, comme l'a conclu la police, Grace Gardener décide de mener sa propre enquête. Bientôt victime d'agressions, elle comprend qu'elle a vu juste et qu'elle ne pourra s'en sortir seule. Aussi tente-t-elle sa chance en demandant son aide à Parker Kilpatrick, un inspecteur qui a une dette envers elle...

Rencontre interdite - Sheryl Lynn
Embauché comme garde du corps lors d'un mariage, Jay McKennon a pour mission d'assurer la sécurité des mariés. Aussi, lorsqu'une jeune femme tente d'interrompre la célébration, prétendant que la mariée, sa jeune sœur, est sur le point d'épouser un criminel, la considère-t-il tout de suite comme son ennemie. Même si sa beauté et sa détermination le troublent infiniment...

Black Rose n°72

La nuit du destin - Beverly Barton
Trilogie des Raintree (3ème partie)
Mercy Raintree n'a jamais oublié l'inconnu avec lequel elle a passé une seule et extraordinaire nuit d'amour quelques années plus tôt et dont elle a eu un enfant, la merveilleuse petite Eve. Aussi est-elle bouleversée lorsque celui-ci se présente sur le pas de sa porte. Une surprise qui se transforme en méfiance lorsqu'elle découvre sa véritable identité. Car Judah Ansara est en réalité son pire ennemi...

Best-Sellers n°353 • thriller

Elles étaient si jolies - J.T. Ellison

A Nashville, le cadavre atrocement mutilé d'une ravissante jeune femme est retrouvé sur le bord d'une autoroute. Avec l'aide de son amant et profiler John Baldwin, la jeune lieutenant Taylor Jackson se lance à corps perdu dans la traque du meurtrier, l'Etrangleur du Sud. Même s'il lui faut plonger dans les secrets des quartiers huppés de Nashville pour arrêter la course folle de l'assassin...

Best-Sellers n°354 • roman

Neige sur le lac des Saules - Susan Wiggs

Tout en regardant les flocons tomber à la surface gelée du lac des Saules, Sophie Bellamy s'étonnait : elle se sentait bien. Là, chez l'inconnu qui venait de la secourir en pleine nuit au cœur d'une tempête de neige. Qui aurait pu prévoir cette rencontre ? Car si elle avait décidé de retourner dans la petite ville d'Avalon, c'était pour vivre plus près de ses enfants, c'était pour enfin faire face à son mariage raté et cesser de fuir. Pas dans l'intention de tomber sous le charme d'un homme irrésistible dont elle ne savait rien...

Best-Sellers n°355 • historique

Nuits de satin - Rosemary Rogers

Angleterre, Paris et Madère, 1815. A peine sortie du couvent où, selon les dernières volontés de sa mère, elle a reçu une excellente éducation, Raine Wimbourne retrouve son père qui lui fait alors une incroyable révélation: il est le brigand de Knightsbridge, ce bandit de grand chemin qui, depuis des années, dépouille l'aristocratie au profit des pauvres. Blessé la nuit précédente, il est désormais traqué par les gendarmes et risque le gibet. Prête à tout pour le sauver, Raine conçoit alors un projet fou. Elle endossera le rôle du bandit pendant que son père s'affichera ostensiblement au village, détournant ainsi les soupçons. C'est ainsi que, la nuit suivante, pistolet au poing et vêtue de la cape écarlate du célèbre brigand, elle attaque la diligence d'un riche voyageur...

Best-Sellers n°356 • thriller

Le Pacte - Alex Kava

Minneapolis. Columbia. Omaha. Dans plusieurs villes des Etats-Unis, des prêtres pédophiles sont assassinés. Le profiler du FBI Maggie O'Dell tente d'établir le profil du meurtrier. Maggie connaît bien Omaha : elle y a enquêté sur des meurtres d'enfants dont le coupable, le père Keller, a réussi à s'enfuir. Un coupable qui, se sachant cible du tueur, refait surface à Omaha pour demander la protection de Maggie. Non sans lui avoir imposé un pacte odieux au préalable…

Best-Sellers n°357 • thriller

Sang de glace - Sharon Sala

« Tu seras châtiée »

Ecrivain à New York, Caitlin Bennett sent l'angoisse l'envahir devant les lettres de plus en plus menaçantes que lui adresse l'un de ses fans. Des lettres que la police refuse de prendre au sérieux, jusqu'à ce qu'apparaisse une troublante ressemblance entre Caitlin et les victimes d'un psychopathe qui sévit dans la ville…

Best-Sellers n°358 • roman

Le lien brisé - Barbara Bretton

Abandonnée à la naissance, défigurée par un accident, Corey s'est construite seule, avec la rage au cœur. A force de ténacité, elle a déjà pris une belle revanche sur la fatalité : métamorphosée par la chirurgie esthétique et brillement diplômée, elle a toutes les chances de réussir sa vie sentimentale comme professionnelle. Mais ce qu'elle veut avant tout, c'est retrouver celle qu'elle n'a cessé de haïr : sa mère, Lili Spaulding, devenue riche et célèbre…

Composé et édité par les
éditions Harlequin
Achevé d'imprimer en octobre 2008

par

LIBERDÚPLEX

Dépôt légal : novembre 2008
N° d'éditeur : 13877

Imprimé en Espagne